곤
충

장민혜 미스터리 스릴러

곤충

Insect

고즈넉이앤티 GOZKNOCK ENT

곤충

초판 1쇄 발행 2018년 4월 30일

지은이 장민혜
펴낸이 배선아
펴낸곳 (주)고즈넉이엔티

출판등록 2017년 3월 13일 제2017-000022호
주소 서울시 강서구 공항대로 649 제성빌딩 303호
대표전화 02-6269-8166 **팩스** 02-6166-9199
이메일 gozknock@naver.com

ⓒ 장민혜, 2018
ISBN 979-11-88504-99-2 03810

"곤충은 자신의 일 외에는 결코 관심이 없다."

장 앙리 파브르

차례

한 번쯤 겨울 숲에 가본 적이 있을 것이다.

마른 가지에 쌓인 눈, 단단하게 얼어붙은 땅, 휘어져 부는 바람이 그곳의 전부라고 알고 있다면, 갈라진 줄기 틈에서 혹독한 겨울에 맞서 싸우는 어린 친구들을 아직 발견하지 못했다면, 부디 이 작은 친구가 당신의 세계에도 기적을 일으키길.

1

빌어먹을 매미 소리. 밤낮으로 그놈의 소리가 귀를 떠나지 않는다. 극심한 스트레스로 인한 이명. 의사는 그렇게 진단했다.

"우리는 항상 소음 속에 살고 있습니다. 소음이 하나 더 추가됐다고 생각하고 마음을 편히 가지세요."

3분 만에 특진이 끝나고 받은 처방이었다. 기름진 턱과 광대를 가진 그 의사는 평생 귀울림 따위로 머리통을 잘라내고 싶은 고통을 느낀 적은 없을 것이다.

임씨는 자신의 증세가 무엇 때문인지 잘 알고 있었다. 경비실 유리창을 뚫고 한 평짜리 공간에 거침없이 쏟아지는 직사광선은 끊임없이 그를 미치게 했다.

임대아파트 하늘마을 경비인 임씨의 요구는 간단했다. 선팅을 해달라는 것. 그러나 관리소장은 몇 년째 답이 없었다. 뿐만 아니라 오늘 아침에는 임씨와 동료들의 여름휴가를 없앴다. 1801동 여자가 관리사무소를 뒤집어놓고 긴 것이 발단이었다.

여자는 동 1층 승강기 앞에 내려놓은 고추장 단지가 없어졌다며 CCTV 녹화영상을 보여 달라고 했다. 하필 시집간 딸에게 보낼 고추장 단지였다.

여자의 요구는 이뤄질 수 없었다. CCTV 녹화기는 경비실에 겹겹이 쌓아올려져 있었다. 선팅도 안 된 좁은 공간에서, 녹화기가 복사열에 달궈져 멈춘 것이 분명 임씨의 책임은 아니었다. 이미 한 달간 그 상태였다. 소장도 알다시피, 매년 여름엔 그랬다.

여자는 녹화기가 고장난 사실을 알자마자 당장에 동 회장에게 달려갔고, 동 대표 중 몇몇이 경비원의 월급을 반으로 줄여야 한다고 소리 높였다. 소장은 여름휴가를 없애는 합리적인 해결책으로 사태를 무마했다.

휴일도 없이 열두 시간마다 교대근무를 한 임씨는 한 달간 근무를 멈춘 CCTV 녹화기를 대신해서 시말서를 제출했다.

임씨는 의사의 처방대로 현실을 받아들이기로 마음먹었다. 소음이 하나 더 추가됐을 뿐이다, 앞으로도 결코 선팅은 되지 않을 것이다, 소장의 지시에 따라 수도계량기 검침, 주차장 콘크리트 작업, 제초 작업, 조경, 용접 등—애초에 임씨의 일이 아닌—노역은 계속될 것이다. 다른 경비들이 그러하듯, 다행히 임씨만 감당해야 하는 유별난 일은 아니었다. 다만, 이번 여름은 조금 더 길고 끔찍할 것이다.

햇볕은 뜨겁고, 흩날리는 풀들이 눈을 찔러왔다.

웅— 웅웅— 제초기 소리가 매미 울음소리를 잡아먹었다. 임씨는 기계음 속에서 편안함을 느끼며 풀을 베는 일에 집중했다. 비를 마시지 않아도 무섭게 자란 녀석들은 칼날에 사정없이 잘려나갔다. 짜릿한 손맛이 주는 묘한 쾌감에 아랫도리가 부르르 떨렸다.

아파트 둘레길 화단 한가운데, CCTV 카메라가 덩그러니 서 있었다. 녀석의 네모난 눈이 거만하게 내려다보았다. 논바닥에 세워진 허수아비만도 못한 존재. 임씨는 그 아래에서 보란 듯이 몸을 풀고 싶었다. 화단을 따라 길게 늘어선 화물트럭들이 방패막이가 되어줄 것이다.

한적한 도로 건너 몇 블록을 지나면, 가온 신도시는 8차선 도로와 거대한 유리방음벽으로 단절되어 있었다. 잠시 후면, 관리소장은 유리벽 너머로 두 딸을 데리러 갈 것이다. 이왕이면 그때가 어떨까 생각할 즈음, 잘려나간 풀 사이에서 무언가 춤을 추듯 날아올랐다.

임씨는 동공을 조여 시선을 어지럽히는 녀석에게 초점을 맞췄다.

붉은 눈, 기다랗고 반질한 몸통, 두툼한 딱지 날개가 온통 녹색인, 곤충이었다.

이윽고 코를 찌르는 시큼한 냄새와 함께 벌레 떼가 시커멓게 덮쳐왔다.

임씨는 입과 코, 귓구멍으로 파고드는 침입자를 쫓느라 제초기를 허공에 휘둘렀다. 그래도 소용없이 입안에 서걱서걱 벌레가 씹혔다. 아예 제초기를 내동댕이치고 두 팔을 허우적대며 온몸으로 저항했다.

기계음이 꺼지자 다시 격렬한 매미 울음이 뒷골을 울렸다. 지끈한 두통에 무릎이 꺾였다.

임씨의 시야로 수풀 사이, 빛바랜 붉은색이 언뜻 비쳤다. 여기 사는 녀석들은 무엇이든 화단에 집어던지는 못된 습관이 있었다. 쓰러질 깃 같온 몸뚱이를 양 팔과 무릎으로 버티고 붉은색을 향해 기어갔다. 임씨는 얼어붙은 듯 멈췄다. 빛바랜 붉은색의, 낡은 운동화를 꺾어 신은, 반바지 차림의 누군가 누워 있었다.

가냘픈 체구. 아마도 어린, 여자였다. 임씨는 자신을 바라보는, 본래는 예쁜 두 눈이 있었을 텅 빈 구멍을 보며 매미소리가 평생 자신의 귀를 떠나지 않을 것이라고 직감했다.

2

"말해봐, 애랑 나 둘 중에 누구야?"

윤수는 붉은 머리칼을 넘기며 체구만큼 통통한 목소리로 물었다.

흙과 톱밥을 가득 채운 라면상자에 온통 정신을 빼앗긴 다인은 대답이 없었다. 마르고 핏기 없는 얼굴에 가느다란 눈과 얇은 입술이 도드라져 보였다.

"응? 누구냐고."

윤수는 답을 알면서도 다인을 졸랐다. 형이 사랑하는 것들에 질투가 났다. 자신은 형이 첫 번째였지만, 형은 그렇지 않았다. 처음 봤을 때부터 그랬다.

다인을 만나기 전까지, 윤수는 세상에서 가장 운 나쁜 아이였다. 햇볕 좋은 날, 하필 인적 없는 골목에 검은 재규어가 유혹하듯 서 있었던 것도, 쉽게 차문이 열린 것도 좋은 징조는 아니었다.

딱 한 바퀴만 돌고 제자리에 갖다놓을 생각이었지만, 몇 백 미터도 못 가서 초보운전자 차량에게 뒤 범퍼를 들이박힌 것도 그랬다. 잔뜩 긴장해서 내린 운전석의 남자가 자신을 보고 기가 차서 웃던 건 13년 인생을 통틀어 손에 꼽을 만한 굴욕이었다.

소년법정에서 세 번째 같은 판사를 만난 건 더욱 최악이었다.

재판 도중 가족들은 말없이 이사했고, 법정에 부모가 올 수 없다는 것을 안 판사는 10호 처분을 내렸다. 저주받을 10호 처분. '학교'라고 이름 붙인 소년원에 6개월을 처박히는 거였다.

아침 6시 기상, 점호, 반복되는 시청각 교육. 생활관과 교육관을 오가는 단조로운 생활은 몹시 견디기 힘들었다. 단조로움은 지루함을 가져왔고, 지루함은 나쁜 기억을 몰고 왔다.

새 주인이 와서 누구냐고 물을 때까지 100번도 더 눌렀던 집 현관 비밀번호, 삐이익— 하며 길게 울리던 경고음, 가족에게 버려졌다는 걸 깨닫는 순간 발밑이 무너지는 것 같던 기분.

소년원에서 뛰쳐나가고 싶은 걸 억누르느라 틈이 날 때마다 운동장을 달렸다. 그때마다 운동장 구석 밤나무 아래 다인이 서 있었다.

자신보다 1년 6개월을 더 있었다는 다인에게는 아무도 가까이 가지 않았다. 재규어를 몰래 운전하다 걸렸다거나, 편의점에서 현금을 집었다거나 하는 것과는 다른 차원의 일을 저질렀다고 했다. 웃기네, 저 몸으로. 윤수는 믿기지 않았다. 하지만 시시한 아이들처럼 거들먹거리지 않아서 끌렸다.

한 달 정도 뒤에, 더 이상 호기심을 참지 못한 윤수가 다가갔다. 다인은 인기척을 느끼지 못한 채 계속 나무줄기를 주시하고 있었다.

"죽여준다!"

윤수는 자기도 모르게 소리쳤다. 밤나무 줄기에서 손바닥 크기의 얼룩덜룩한 갈색 곤충이 막 투명한 껍질을 벗고 있었다.

"뭐야, 이거?"

질문보다는 경탄이었다.

"하늘소."

다인은 담담하게 대답했다.

쩍 벌어진 껍질 가운데로 톱니 모양의 더듬이를 앞세우며 머리부터 뚫고 나오는, 가슴에 노란 반점이 있는 하늘소는 딱 한 번 몰아본 뚜껑 열리는 스포츠카보다 멋졌다. 실보다 가는 털이 커다란 몸을 온통 감싸고 있어 외국의 이종격투기선수 같기도 했다.

매일 혼자 이런 걸 보고 있었던 거야? 윤수는 다인이 대단해 보였다.

"얘 엄마는 어디 있어?"

불쑥 질문이 튀어나왔다.

"혼자 두고 가버렸어."

"그럼 형, 내가 얘 엄마하면 되겠네."

윤수는 자신도 모르게 '형' 소리가 나왔다. 이렇게 멋진 녀석도 버림을 받았다는 게 왠지 위로가 되었다. 생각지도 못한 말을 뱉어놓고 속마음을 들킬까 봐 심장이 조마조마했다.

"그럼 그럴래?"

다인은 고개를 돌려 윤수를 보았다.

"그냥 지켜보기만 하면 돼. 그걸로 충분해."

역시 시시하지 않았다.

그때부터 털북숭이 하늘소의 엄마가 된 윤수는 다인의 세계에 빠져들었다.

고작 한 살 많은 다인을 꼬박꼬박 형이라고 부르며 곁을 맴돌았고, 다인은 그런 유수를 털북숭이라고 불렀다.

　물론 형과 같이 키우는 곤충들이 다 멋진 것은 아니었다. 죽은 동물에 꼬이는 구더기는 정말 질색이었다. 형은 그들도 보물처럼 귀하게 여겼다. 형의 가장 소중한 친구는 썩은 나무와 버섯에 달라붙은 온갖 딱정벌레였다. 그중 녹색빛의 딱정벌레에 대한 사랑은 소중하다는 말로는 다 표현할 수 없을 정도였다.

　지금도 형은 아파트 큰 방을 곤충들에게 내주고 거실에서 지냈다. 소년가장에게 지원하는 임대아파트 계약금 160만 원을 마련하기 위해 갈빗집 설거지, 주유소 총잡이, 게임방 보조 등 가리지 않고 밤낮없이 일했으면서.

　그래도 친구들을 돌볼 수 있어서 괜찮다고 했다. 인터넷도, TV도, 게임도 하지 않는 형에게는 그 곤충들이 유일한 친구이자 가족이었다.

"이래도 안 돼?"

　윤수는 더 심통 난 소리로 발갛게 부어오른 얼굴을 들이밀었다.

　모기약이고, 바퀴벌레약이고 곤충에게 해로운 것은 아무것도 쓰지 못하게 하는 형에게 부리는 원망 섞인 투정이었다.

"약을 안 치니까 아파트 모기들이 다 여기로 오잖아."

　다인은 라면상자에 깔린 톱밥을 갈아주며 그저 배시시 웃었다.

"에이, 씨."

　윤수는 입으로는 퉁퉁거리면서 손은 분무기를 눌렀다. 신선한 톱밥에 고루 물기가 배었다.

"형…… 나 이번에…….”

"와! 해냈구나."

다인이 산란목을 비집고 나오는 흰색 애벌레에 환호하는 바람에, 윤수는 말이 끊겼다.

역시 형에게는 곤충이 첫째고, 자신이 둘째였다. 사실 윤수가 하고 싶은 말은 지금부터였다.

좋은 건수가 있는데, 한 번만 하면 안 되겠냐고. 별로 위험하지도 않다고. 바꿔 말하면, 경찰에게 크게 걸릴 만한 일은 아니라고. 그러나 형은 반대할 게 뻔했다.

소년원에 갈 짓은 다시 하지 않는다

함께 이 집을 구하고 같이 살자고 조르면서 형과 한 약속이었다. 하지만 윤수는 열네 살이 벌 수 있는 것보다 더 많은 돈이 필요했다. 얼마 전부터 형은 새벽 신문배달을 시작했지만 그걸로는 생활이 빠듯했다. 임대아파트 전세금 지원은 스무 살이 되면 끊겼다.

윤수는 언젠가 뚜껑달린 스포츠카에 형을 태워서 세계를 돌고 싶었고, 몰래 이사해버린 엄마, 아빠에게 후회할 만큼 멋진 모습으로 나타나고 싶었다. 그러려면 뭐든 해야 했다.

"이번엔 뭐?"

다인은 애벌레를 제 검지 손톱 위에 올리고 환하게 웃으며 물었다.

"아냐……."

윤수는 별것 아니라는 듯 말을 돌렸다.

"지금 나가? 혼자 갈 거지?"

몸을 일으킨 다인은 또 그저 배시시 웃었다.

형은 늘 숲에 혼자 갔다. 다인이 숲에 데려가기 위해 방금 태어난 애벌레를 챙기는 동안, 윤수는 커다란 들통에 요구르트와 설탕을 붓고 끓이기 시작했다.

곤충 식구들이 점점 많아져서, 형이 벌어오는 돈만으로 먹이를 감당하기 힘들었다. 윤수는 인터넷을 보고 몇 번의 실패 끝에 곤충 젤리 만드는 법을 익혔다. 이대로 약한 불로 한참을 끓이다가, 냉장고에서 식히면 푸딩같이 탱탱한 젤리가 되었다.

집 안에 달콤한 향이 가득 퍼졌다. 윤수는 나른해지며 한결 여유가 생겼다. 아무래도 형에게는 다음에, 아니 비밀로 하는 편이 낫겠다고 결심했다.

다인은 자전거를 달려 끝도 보이지 않게 늘어선 아파트를 빠져나왔다.

복작거리는 상가들을 지나자 비닐하우스와 텃밭이 펼쳐졌다. 여기서부터는 자전거도로가 끊겼다.

가온지구와 그 일대는 차들의 속도가 무섭게 빨랐다. 산업단지에서 나오는 화물트럭들도 언제 나타날지 몰랐다. 다인은 인도에 올라탔다. 저만치 숲이 보였다.

여름 숲이 뿜어내는 녹색의 기운은 지극히 사랑스러웠다. 산책로 안내 팻말에 자전거를 기대어놓고, 바로 오른쪽 사람이 다니지 않는 좁은 길로 들어섰다.

잠자리, 노린재, 공벌레, 쥐며느리……. 사람이 사는 곳이면 어디든 곤충은 있었다. 그러나 다인의 곤충 친구들은 숲에서 가장 자유로움을 느꼈다. 친구들이 느끼는 것은 다인도 당연히 느낄 수 있었다.

오솔길 한쪽 쓰러진 소나무 줄기에 노란 버섯이 무리지어 나 있었다.

얼핏 보면 느타리버섯이나 새송이버섯 같기도 했다. 쓴맛이 나는 이 버섯은 조금만 먹어도 꿈을 꾸는 것처럼 몽롱해지고, 웃음이 터져 나왔다.

몇 시간 지나면 원래대로 돌아오지만, 간혹 너무 많이 먹으면 영영 깨어나지 못하고 잠들 수 있었다.

이 버섯에도 곤충이 살고 있었다. 검은 몸통에 노란 반점이 박힌 버섯벌레는 노란 갓의 뒷면을 즐겨 먹었다.

다인은 문패처럼 버섯 모양만 보고도 척척 거기 있는 친구들을 맞혔다. 친구들은 버섯에서 태어나 자라거나, 다른 곳에서 옮겨와 버섯 주변에서 살아갔다. 나무껍질을 뭉게구름처럼 뒤덮는 버섯에는 빨간 버섯벌레, 동그란 무늬가 세 가지 색을 내는 버섯에는 구슬더듬이검정벌레, 삿갓처럼 피어난 버섯에는 검은 풍뎅이가 살았다. 때로는 한 집에 서로 다른 친구들이 모여 살기도 했다.

닥치는 대로 먹는 것처럼 보이지만, 친구들은 좋아하는 먹이만 골라먹었다. 주위에 아무리 먹을 게 많아도 긴 시간 동안 적응했던 먹이만을 고집했다. 심지어 먹는 부위와 방법까지 정해져 있고, 생김새도 먹이에 따라 달라졌다. 서로를 지키기 위한 소중한 약속이었다.

수박 속살을 뒤집어쓴 것 같은 무당벌레가 속날개를 펼쳐 날아올랐다.

풀줄기 위에 동글동글 예쁜 알들이 남겨져 있었다. 방금 짝짓기를 마치고 낳은 것이었다. 그것으로 엄마 무당벌레는 할 일을 다했다.

다인은 풀줄기를 묶어서 남겨진 알들 위에 살짝 그늘을 만들었다.

개미나 벌을 제외하고 대부분의 곤충은 알을 낳으면 떠나버렸다. 알에서 깨어난 어린 친구들은 스스로 자신을 지키고 자라야 했다. 다인과 친구들은 같이 이 험한 세상을 견디고 커나가야 하는 것이다.

어른으로 변신하는 일은 고통스러웠다. 다인은 어른이 되는 일을 건너뛰고, 곤충 친구들처럼 변신하는 방법을 알고 있었다. 하지만 기다릴 줄 알아야 했다. 친구들이 견디는 것처럼.

친구들은 저마다 묵묵히 버티며 변신의 때를 기다렸다. 다인도 언젠가 자신에게 그때가 오기를 간절히 바랐다. 아직 자신은 땅속에 잠든 번데기였다. 아주 오랜 시간 동안.

긴 기다림이 끝나면 녹색빛의 찬란한 날개를 가질 수 있을 터였다.

다인도 다른 곤충 엄마들처럼 산란목에서 갓 깨어난 친구를, 여기 놓아주었다.

가슴 깊은 곳에서 애벌레의 울음이 들려왔다.

엄마, 날 버리지 마. 버리면 안 돼.

***

종이 울리자, 아이들이 떼를 지어 과학실을 빠져나갔다. 하루의 마지막 수업이었다. 둥, 둥, 건물 벽을 타고 아이들의 분주한 발걸음이 울렸다.

현지는 스테인리스 바늘, 핀셋, 라벨지, 비닐 팩 등으로 어지러운 책상을 둘러보았다.

진열장에 놓인 지구본들과 벽에 기대어 선 인체모형이 그녀를 노려보았다. 푸른색 블라인드 틈으로 새어드는 빛이 현지의 뺨을 창백하게 물들였다.

과학특성화지원을 받은 중앙초등학교 과학실은 인근 고등학교보다도 시설이 나았다. 교감은 매일 한 번씩 둘러보고는 흐뭇한 웃음을 흘렸다. 현지는 이곳을 관리하는 데 적임자였다. 그녀가 꼼꼼하게 기록한 실험실습일지는 깐깐한 과학교사 기연호마저도 감탄해 마지 않았다.

아이들이 제멋대로 빼놓고 간 의자를 가지런히 집어넣던 현지는 익숙한 소음이 사라진 것을 깨달았다. 천장에 달린 선풍기가 멈춰 있었다. 에어컨도 마찬가지였다.

과학교사 기연호는 홀로 남아서 뒷정리를 하는 계약직 과학실무원의 더위를 걱정할 만큼 사려 깊지 않았다.

현지의 젖은 등에 얇은 블라우스가 찰싹 달라붙었다. 하지만 현지는 에어컨을 켤 권한이 없었다.

피부의 끈적임보다 괴로운 것은 따로 있었다. 교사책상 앞에 선 현지는 전방의 물건들을 어떻게 처치할지 궁리하느라 미간을 찌푸렸다.

화장기 옅은 동그란 이마에 얇은 핏줄이 섰다. 셀로판지를 부비는 것 같은 바스락 소리가 신경을 날카롭게 긁어댔다. 아까부터 긴장한 어깨 근육이 돌처럼 단단해졌다. 책상 위 커다란 스티로폼엔 아직 숨이 붙은 곤충들이 가느다란 핀에 꽂힌 채 파르르 날개를 떨고 있었다.

그녀는 곤충표본 실습이 가장 싫었다.

몇 시간 전만 해도 현지는 아무렇지 않은 듯 이 수업을 견디려 했다. 그러나 곤충농장 남자가 그녀의 결심을 망쳐놓았다.

표본을 만들 때 채집한 지 오래된 곤충은 관절이 딱딱하게 굳어 핀을 꽂기 어려웠다. 5~10분 정도 물에 넣고 끓여서 부드럽게 만드는 수고가 필요했다. 현지는 농장에 주문할 때, 반드시 살려서 보내야 한다는 과학교사의 당부를 전했다. 그러나 도착한 상자를 열자 곤충의 반은 말라서 버석거렸다. 기연호의 신경질적인 얼굴이 겹쳐졌다.

"에이, 보낼 땐 다 말짱했어요."

'숲속지기'라는 곤충농장의 남자는 전화기 너머로 능청을 떨었다.

"다시 보내주시면 좋겠는데요. 퀵을 부르면 수업 전에는 올 것 같아요."

현지는 남자의 능청에 아랑곳없이 침착한 어조로 말했다.

농장 남자는 날카로운 쇳소리를 냈다.

"아가씨, 여긴 수 백 군데 납품하는 전문농장이에요. 왜 억지를 부려."

남자는 대신 다이어트에 좋은 애벌레 셰이크와 쿠키를 서비스로 보내겠다고 했다. 현지는 애벌레가 아니라, 전화 속 남자를 갈아 마시고 싶었다.

"그럼 직접 구하세요."

과학교사 기연호는 현지의 설명을 듣더니, 별일 아니지 않냐는 투로 말했다.

현지는 갑작스럽게 결정된 곤충채집 수업을 위해 정신없이 도구를 챙겼다.

아이들이 비닐 팩에 곤충을 넣도록 돕고, 빠짐없이 활동을 기록하게 하는 것도 물론 그녀의 몫이었다. 허겁지겁 과학실로 돌아와, 채집한 곤충을 마칠할 겨를도 없이 수업은 이어졌다.

기연호는 교사책상 위에 곤충을 늘어놓고 영웅담처럼 자신의 어린 시절을 읊었다.

주머니 가득, 잠자리 머리를 똑똑 끊어서 불룩하게 넣고 있다가 팝콘처럼 입안에 털어 넣고 오도독오도독 씹어 먹던 이야기. 여치의 더듬이를 잘라내고 다리 관절을 하나하나 떼놓으며 우스꽝스런 춤을 즐겨 보던 이야기. 곤충은 마땅히 그래도 되는 존재라는 듯 직접 시범까지 보이며 멈출 줄 몰랐다.

허리와 다리가 잘리고, 배가 갈려 펼쳐진 곤충들이 역한 냄새를 풍겼다.

수업은 효과적이었다.

소리를 지르고, 책상을 쿵쿵 쳐대며 고통스러운 짜릿함에 어쩔 줄 몰라 하던 아이들은 용기백배해서 살아있는 곤충의 몸통에 망설임 없이 스테인리스 바늘을 꽂았다.

이것은 실험수업일 뿐이었다. 현지도 잘 알고 있었다. 그러나 그 잔혹함을 마주하기 싫었다. 세상 어딘가에서, 이보다 더 잔혹한 일들이 곤충이 아니라 사람을 대상으로 벌어질 수 있다는 것을 떠올리는 그 무엇도 마주하고 싶지 않았다. 그런 생각들은 창자 깊숙한 곳으로부터 견딜 수 없는 화와 슬픔, 두려움을 불러왔다.

현지는 표본이 된 곤충들에게 최대한 시선을 주지 않으려 애쓰면서 스티로폼을 간신히 진열장 옆 벽으로 옮겼다.

바동거리는 곤충의 떨림이 가냘픈 손목으로 그대로 전해졌다. 날카로운 가위로 몸을 가른 곤충들의 생즙 냄새가 아직 남아 있었다.

환기를 시기려 블라인드를 걷고 창을 열었다. 짝을 찾는 매미의 울음이 과학실 안으로 넘어왔다. 올해 매미 소리는 유난히 귀에 거슬렸다. 3년 전과 같은 말매미였다.

덜커덩.

문소리에 현지는 반사적으로 고개를 돌렸다.

볼이 발갛게 상기된 남자아이가 서 있었다.

"선생님, 전 이걸로 표본 할래요."

비닐 팩을 손에 쥔 아이는 진열장 옆에 세워둔 스티로폼으로 곧장 다가갔다.

현지는 내키지 않았지만 곁에 다가섰다. 비닐 팩 안에는 녹색빛이 감도는 딱정벌레가 있었다. 처음 보는 종이었다. 곤충도감에서 봤을 수도 있지만, 기억나지 않았다.

"예쁘구나."

아이의 얼굴엔 자랑스러움이 가득했다.

현지는 수업에 들어오는 학생들을 일일이 기억하지 못했다. 그녀에게는 예린과 예린이 아닌 아이가 있을 뿐이었다.

"이름이……."

흰색 라벨마다 표본을 만든 학생의 이름이 적혀 있었다.

신승호. 아이는 그중 한 곳을 가리켰다. 그 이름 옆은 비어 있었다.

승호는 잔뜩 기대되는 표정으로 비닐 팩을 내밀었다. 갇혀 있는 녹색 생명이 출구를 찾아 정신없이 돌아다녔다. 현지는 또 다시 생몸통에 바늘을 꽂을 생각을 하니 끔찍했다. 자신이 해야 할 일은 명확했다.

"승호야, 어쩌지? 수업은 끝났는데."

아이의 눈이 선생님의 말을 헤아리느라 어지럽게 깜빡였다.

현지는 짐짓 자상한 미소를 지어주고, 아이를 창가로 이끌었다.

창문을 열자, 무슨 뜻인지 깨달은 아이는 몇 번이고 딱정벌레와 선생님을 번갈아보았다.

현지의 표정은 부드럽지만 단호했다. 아이는 마지못해 손에 힘을 풀었다. 비닐 팩이 벌어지고, 딱정벌레는 순식간에 벗어나 창밖으로 사라졌다.

아이는 멀어지는 곤충을 보려 창문에 얼굴을 바싹 붙였다.

현지는 아쉬워하는 아이의 머리를 가만히 쓰다듬었다. 몇 년간의 교직 근무로 몸에 밴 의미 없는 행동이었다. 그러나 아이는 그걸로 노력의 보상이 된 듯했다.

"선생님한테서 벌꿀 냄새가 나요."

종소리도 듣지 못하고 헤매고 다녔을 아이의 머리카락에는 풀잎이 섞여 있었다.

***

15미터 높이 인공암벽에 매달린 서준의 가쁜 숨이 허공을 갈랐다. 그는 초크를 묻힌 손끝으로 다음 잡아야 할 홀더에만 신경을 집중했다.

억지로라도 여유를 좀 가져봐

숨 돌릴 틈 없는 강력계 형사에게 여유라니.

선배의 충고에 서준은 코웃음을 쳤다. 하지만 그에게도 그 충고는 절박했고, 선배를 따라 클라이밍을 시작한 지 2년이 되었다.

암벽을 오르는 순간만큼은 세계와 분리되어 온전히 자신에게만 집중할 수 있었다. 선배는 작년에 보란 듯이 경찰청에 사표를 던지고, 클라이밍 센터를 오픈했다. 서준은 결코 가질 수 없는 인생을 사는 선배였다.

서준은 잠시 숨을 뱉은 후, 양 발을 벌려 정삼각형을 이룬 몸에 반동을 주어 순식간에 다음 홀더로 튕겨 올랐다. 175센티미터를 약간 넘는 키에 알맞게 마른 몸이 유연하게 출렁거렸다.

다시 발을 한곳으로 모으고, 오른팔을 옆 홀더로 옮겨 잡아 역삼각형을 만들었다. 들숨과 날숨마다 단단하고 둥근 갑골근이 섬세하게 움직였다.

그의 여자가 저만치 아래에서 홀린 눈으로 그를 올려다보았다. 여자들은 서준의 갸름한 턱과 깊이 파인 쇄골, 멋진 등 근육을 사랑했다. 아울러 서준의 배경도. 그들은 서준이 강력계 형사로 생을 마감하리라 믿지 않았다.

"자기는 분명 더 멋진 일을 해낼 거야!"

하나같이 서준의 가느다란 모발을 손끝에 감으며 이렇게 속삭였다.

판사 아버지와 교수 어머니를 둔 서준은 육체적 능력만큼 지적 능력도 뛰어난 사내였다. 손꼽히는 S의대 본과를 포기하고 경찰공무원을 지원했을 때, 집안은 발칵 뒤집혔다. 경찰대학이나 행정고시도 아닌, 순경에 지원한 그의 선택은 아버지로서는 용납할 수 없는 일이었다. 그러나 서준은 도덕적인 성공에 집착했고, 아버지의 배경이 작용할 게 뻔한 간부 지원은 하고 싶지 않았다. 그는 아버지가 법의 망치로 세상에 지은 죄를 씻고 싶었다. 이렇게 죄의식으로 무장된 완벽주의는 늘 스스로를 궁지로 밀어 넣고 괴롭혔다.

강력계를 택한 것은 천형이었다. 누구보다 빠른 진급을 해왔지만, 사건 현장을 보는 일은 여전히 고통스러웠다. 악몽으로부터 도망치기 위해 미친 듯이 수사에 빠져서 몇 개월씩 보내고 나면, 격렬한 섹스를 통해서도 얻지 못한 안정감을 클라이밍을 통해 얻었다.

서준의 긴 속눈썹에 눈물처럼 땀이 맺혔다. 마지막 호흡을 집중하고 홀더를 잡으려던 찰나, 진동음이 울렸다. 긴급호출이었다.

제발, 이번에는 조금이라도 덜 끔찍한 사건이기를.

서준은 허리를 감싼 로프에 의지해 암벽 아래로 몸을 던지며 성호를 그었다.

스타렉스 안에 달큰한 짜장 향이 퍼졌다. 규철은 두 번째 겔 봉지를 입에 물고 가장자리부터 쭉쭉 짜냈다. '식사 전에 50ml씩 하루 두 번! 위장에 특효'라는 홈쇼핑 광고가 사실이길 바라며.

강력계 형사로 잔뼈가 굵는 동안 위통과 혈변은 내 일이 되었고, 마누라와 자식은 남 일이 되었다. 도중에 죽지 않는다면, 퇴임까지는 12년밖에 남지 않았다. 손톱만큼이라도 정의가 남아 있다면, 사회는 헌신의 대가를 적절히 보상해야 마땅했다. 그러나 그 손톱만큼은 늘 조금씩 모자랐다. 특히 승진 문턱에서.

자신이 아직 만년경사로 남아 있는 것은 세상이 공정하지 못한 단적인 증거였다. 두고 봐라. 신물이 올라오는 것을 참으면서, 식어서 불어터진 면발을 꾸역꾸역 텅 빈 위장에 집어넣었다.

탕, 당, 탕.

샌님 같은 작자가 스타렉스 문을 두드리고는, 경멸하는 눈빛으로 규철을 노려보았다.

'다 먹고 살자고 하는 일인데.'

규철은 무시했다. 관할경찰서가 있는데도 구태여 경찰청에서 나온 게 마땅치 않았다. 지금 상태로라도 더 살고 싶으면 끼니는 거르지 마세요. 주치의의 당부였다. 어차피 감식반이 움직이는 동안은 기다리는 것 말고 딱히 할 일이 없었다.

그는 눈으로는 시경수사관을 쫓으면서 입으로는 계속 면발을 씹었다.

스타렉스에서 돌아선 시경수사관은 시신을 처음 발견한 목격자에게로 향했다. 이곳 경비로 근무하는 목격자는 동공이 풀린 채 멍하니 서 있었다. 규철은 피식, 웃음이 났다. 보나마나 건질 것은 없었다.

잠깐 사이에 하늘마을 화단에 모여든 구경꾼은 두 배로 불었다. 조성된 지 4년밖에 안 된 중앙시 가온지구는 지구대가 없었다. 인근에서 파견 나온 순경들이 노란 선을 지키느라 애를 먹었다.

테이프에 찍힌 '출입금지', 'Police Line' 같은 공권력을 상징하는 문구들은 여기 주민들에게 별 위협이 되지 않았다. 주민들은 살인사건 현장에 대한 호기심으로 틈만 나면 선을 넘나들었다.

다시 차문을 두드리는 소리가 울렸다.

아, 진짜 시발! 성을 내며 눈을 치켜뜨는데, 서준이었다.

규철은 입안에 반쯤 들어간 짜장면을 뱉으며 벌떡 일어섰다.

오후 3시. 가장 뜨거운 시각이었다. 허공엔 매미 울음소리가 가득했다.

서준은 감식반과 몇 마디를 나눈 후 노란 선 안으로 곧장 들어섰다.

감식반은 혈흔 같은, 눈에 띄는 흔적은 발견되지 않았다고 했다. 다른 증거를 찾아야만 했다. 규철은 목격자 경비를 데리고 그 뒤를 따랐다.

하늘마을 화단은 아파트 외곽을 따라 시멘트 경계석을 세워 만들어졌다. 수풀의 반절이 잘려 나갔고, 반절은 허리까지 무성했다. 현장은 그 가운데 걸쳐 있었다.

잘려 나간 수풀 아래, 비가 오지 않아 메마른 땅에 발자국이 어지러웠다. 발자국의 밑창은 모두 같은 문양이었다. 허둥지둥한 모양새로 보아 영락없이 처음 시신을 발견한 경비의 것이었다. 수풀의 경계에서 발자국은 한참을 머무른 듯 더 깊었다.

경비는 곤충 떼가 덮쳐서 제초기로 날려버렸다고 설명했다.

"기를 쓰고 단서들을 쫓아버리셨네."

규철은 곤충을 쫓은 것을 나무랐다. 경비는 뭐라고 변명하려다 입을 닫았다.

서준이 현장을 내려다보는 CCTV 카메라를 가리켰다.

"이것도 아파트에서 설치한 거죠?"

경비는 고개를 끄덕였다.

"녹화영상 받아갈게."

얼굴이 붉어진 규철이 재빨리 말을 받았다.

"저것들 블랙박스도 다 수집해야지?"

그는 화단 앞에 일렬로 늘어선 트럭을 가리켰다.

서준이 도착하자마자 왜 파일부터 챙기지 않았냐고 나무라는 것만 같았다. 자신보다 어리고 경력도 짧았지만, 서준은 경위였다. 단순히 직급이 높아서 눈치를 보는 것은 아니었다. 입 밖으로 꺼낸 적은 없지만, 서준이 전직 부장판사의 아들이라는 건 누구나 아는 사실이었다. 규철은 서준을 황금 동아줄이라고 굳게 믿었다.

아까부터 표정이 좋지 않던 경비가 바지춤을 만지작거리며 비실비실 땀을 흘렸다.

CCTV에서 관심을 돌리고 싶었던 규철이 그 모습을 놓치지 않았다.

"왜 그래요?"

"……탓이 아니에요…….."

경비는 입안에서 맴도는 소리로 중얼거렸다.

"네? 크게 좀 말해요."

규철은 답답하게 웅얼거리는 경비를 다그쳤다.

"제 탓이 아니에요."

경비는 울먹이다 뒷말을 마저 토했다.

"빌어먹을 매미 소리 때문이라고요."

"매미요? 그게 무슨…….."

시답지 않은 소리냐고 말하려던 규철을 막고, 서준이 물었다.

"달리 생각난 것이 있으십니까?"

"그게…… 아뇨…….."

경비는 말끝을 흐리더니 고개를 저었다.

"긴장 풀어요. 이러면 꼭 범인 같잖아."

규철은 농담처럼 흘렸다. 어수룩한 발견자는 의심만 남기고 용의자로 지목되기 십상이었다. 경비는 하얗게 질려서 눈만 끔뻑거렸다.

수풀의 경계에서 멈췄던 발자국은 움푹한 홈으로 바뀌었다. 서준은 홈을 따라 허리까지 자란 수풀 속으로 들어갔다.

몇 걸음 가지 않아 몸이 여러 번 휘어질 정도로 길게 뻗은 박하 덩굴 사이에 소녀가 누워 있었다. 무성한 수풀은 짙은 그늘을 드리웠다. 한여름엔 피부가 빠르게 팽창했다가 곤죽이 되어 흘러내리기 마련이지만, 소녀는 바짝 말라 알아보기 힘들었다. 가지런한 치아와 엉켜 있는 단발만이 생전 모습을 짐작하게 했다.

시신은 언제나 현장에서 직접 검사할 것
날씨나 악취 혹은 근무시간 어쩌고 하는 생각은 깨끗이 잊을 것

서준은 수사교본의 이 지침을 한 번도 어긴 적이 없었다. 과학수사를 신봉했으며, 집중력이 남달랐다. 서준의 시선이 소녀의 머리에서 몸으로, 발과 발가락으로 살펴 내려갔다. 규철이 서준의 시선을 쫓았지만 아무것도 없었다.

서준은 조심스레 소녀를 뒤집었다. 역시 다른 흔적은 없었다. 다음엔 소녀의 몸에 코를 묻고 깊게 숨을 들이마셨다. 규철은 코를 찌르는 시큼한 냄새가 느껴지는 것 같아 어질했다.

서준은 혀끝으로 말라붙은 피부를 핥아 입안에서 천천히 굴렸다. 처음은 짧게, 다음은 조금 더 길게. 옆에 있던 목격자 경비는 참지 못하고 노란 선 밖으로 뛰쳐나갔다. 규철은 짜장면이 목까지 넘어왔다.

서준은 아랑곳하지 않고 소녀의 머리카락 사이로 손을 넣어 천천히 훑어 내렸다. 빈손이었다. 그는 고개를 살짝 저었다.

규철은 일이 힘들어졌음을 직감했다. 경찰청에서 배포한 '법곤충 감식매뉴얼'에 의하면, 파리는 생명이 죽은 지 10분 만에 모여들어 그늘진 구멍에 알을 낳았다. 알에서 깨어난 구더기들은 시신을 먹고 자라나 몇 번의 허물을 벗고 어른 파리가 되었다. 녀석들이 자란 상태는 사망 시각을 알려주는 시계였다.

때로는 구더기를 먹기 위해 몰려든 송장벌레, 수시렁이 같은 것들이 함께 발견되기도 했다. 하지만 소녀에게선 그 무엇도 보이지 않았다. 규철은 인상을 썼다. 아마도 경비가 다 쫓아버린 탓일 것이다.

"기분이 어떠니?"

서준이 소녀에게 말을 건넸다.

"좀 도와줄래?"

그는 소녀의 몸에 귀를 바짝 갖다 붙이고 눈을 감았다. 소녀가 지르는 무언의 비명을 놓치지 않으려는 것처럼.

서준의 이러한 행동을 감식반은 '피해자와의 대화'라고 불렀다. 눈에 보이지 않는 상처에 기생하거나, 빛을 피해 시신 안으로 숨어버린 곤충을 찾기 위한 그만의 방법이었다. 곤충들은 서로의 몸을 부비거나, 더듬이를 닦아내거나, 시신을 갉아먹는 온갖 소리들로 죽은 이를 대신하여 그에게 말을 건네곤 했다.

마침내 서준의 속눈썹이 미세하게 떨렸다. 허공의 매미 소리를 뚫고 무슨 소리를 들은 게 틀림없었다. 그는 신중하게 소녀의 귓바퀴 안을 살폈다.

서준의 눈빛이 반짝였다. 규철이 재빨리 핀셋을 건넸다. 자칫하다가는 정체 모를 녀석이 더 깊숙한 구멍으로 숨어버릴 터였다. 규철은 숨을 멈췄다.

이윽고, 날카로운 주둥이를 가진 녹색 곤충이 소녀의 말라버린 귀 안에서 끌려 나왔다.

성이 난 듯, 녀석은 가로줄이 새겨진 더듬이를 휘저으며 에메랄드 빛의 화려한 딱지날개를 한껏 벌렸다.

시경수사관이 금지된 선 밖에서 서준을 지켜보고 있었다. 규철은 왠지 어깨에 힘이 들어갔다.

3

    산업단지 한쪽에 녹지 방벽을 세워 조성한 신도시 가온지구의, 임대단지에서 분양단지로 넘어가는 첫 번째 아파트가 현지네 새 보금자리였다.

    가온신도시는 4만 세대, 12만의 인구가 유입될 꽤 규모가 큰 지구였다. 신도시 부지 오른편에는 원래 커다란 질소공장이 있었다. 1930년대부터 있던 공장 안에는 키 큰 소나무들이 자연 상태 그대로 보존되었다. 직원들은 야근을 하다가 화장실에 갈 때면 유유자적 돌아다니는 오소리와 마주치기도 했다. 그러나 수십 년 동안 터를 잡았던 질소공장은 7년 전 예기치 못한 사고로 다른 지역으로 밀려났다.

    부처님 오신 날을 낀 황금연휴 저녁, 공장에서 커다란 폭발음과 함께 불길이 솟았다. 며칠 동안 화재가 진압되지 않아 피해가 막심했다. 불산, 암모니아 같은 독성물질이 공기와 만나 폭발했고,

유독성 가스가 바람을 타고 수십 킬로미터를 날아가 주민들을 위협했다.

산업단지에 예정된 택지개발계획으로 인해 공장 이전 요구가 빗발쳤다. 결국 질소공장이 떠나고, 그 자리를 포함해 가온지구가 조성되었다.

산업단지에서 가온지구 외곽도로를 지나면 도시농업지역이 있고 그 너머 숲이 있었다.

외곽도로 반대편에는 원주민들이 거주하는 낡은 빌라가 몇 채 남아 있었지만, 그곳을 의식하는 사람은 없었다. 조만간 사라지고 말, 신도시의 가장자리일 뿐이었다.

입주가 시작된 후에도 가온지구의 절반 이상은 한창 공사 중이었다. 삐죽하게 솟은 철근들과 건물마다 세워진 뾰족한 교회탑, 대형 마트와 창고형 건물, 고르게 다져진 빈터와 공원이 공존하는 이곳에 완공된 순서대로 자리를 잡은 사람들은 신도시 특유의 서먹함에 적응해나갔다. 현지네도 그중 하나였다. 그리고 이곳에서 예린을 잃었다.

6월 27일 토요일. 보름 후면 예린이 사라진 지 3년이 되었다. 현지는 예린의 양말을 챙겨 신고, 예린의 방울로 머리를 질끈 묶은 뒤 런닝화를 꿰찼다.

현관 입구에 걸린 달력에 X표 하나가 더 생겼다. 신발장에 가득 쌓인 전단 중 한 묶음을 꺼냈다. 거기 예린이 있었다. 이때마다 돌이킬 수 없는 지난 시간들이 더 생각났다.

"그러니까 엄마한테는 어떻게 들리냐고."

매미 소리는 사람마다 다르게 들린다는 말을 어디서 들었는지, 초등학교 3학년인 예린은 현지 뒤를 조르르 쫓으며 졸라댔다.

"다 똑같지, 뭐가 어떻게 들려."

저녁만 차려놓고, 또 푸드코트로 출근해야 하는 현지는 짜증 섞인 목소리로 대답했다.

"안 똑같아. 그러니까 얘기해줘!"

예린은 조르기를 멈추지 않았다.

"진짜 쓸데없이 왜 그러니!"

현지는 목소리를 높였다. 이번에 늦으면 세 번째라고, 그러면 다섯 시간을 꼬박 서서 일하고도 하루치 임금을 뱉어내야 한다고 설명하기엔 시간이 부족했다.

자신이 알아낸 지식이 너무 멋져서 흥분을 감추지 못하던 예린은 실망이 번졌다.

늦은 밤, 현지가 한없이 늘어지는 몸을 이끌고 돌아왔을 때, 식탁 위 저녁은 손대지 않은 채 그대로였다.

현지는 환하게 불이 켜진 딸의 방문을 열었다.

예린은 허벅지까지 잠옷이 말려 올라간 채 모로 누워 있었다.

관찰숙제 – 우리 주변에 사는 곤충

머리맡에 펼쳐진 공책 위 글씨가 눈물에 번져 있었다.

창밖 화단에 터를 잡은 말매미들이 방 안으로 쉼 없이 고함을 토해냈다. 현지는 소리가 잦아들기를 바라면서 커튼을 내렸다. 매미

소리에 섞인 딸의 가냘픈 숨소리에 마음이 쓰라렸다. 미안했지만, 곧 만회할 수 있을 거라고 위안했다.

생일이나 크리스마스, 혹은 다가오는 여름방학 중 하루. 온전히 딸을 위해 쓸 수 있을 어떤 날. 방학 때는 쉽지 않을 수도 있었다. 학교를 쉬는 대신, 오전 타임에 할 수 있는 다른 일을 찾아야 할 테니까.

아이가 어른으로 자라는 데는 많은 돈이 필요하고, 현지는 그 책임을 나눌 다른 사람이 없었다. 조금만 봐줄래, 익숙한 다짐이 가슴 밑을 맴돌았다. 그러나 현지는 기회를 갖지 못했다.

지난 3년 동안 하루도 빠짐없이, 아침저녁으로 예린의 사진이 박힌 전단을 부착했다. 가온 신도시부터 시작해서 주말이면 역전과 번화가, 전국 어디든 갔다. 실종아동기관에 접수해 지하철 스크린과 홈페이지, 어플리케이션에도 사진을 걸었다.

광고를 통해서 몇 명의 아동이 부모를 만났다는 기사가 보도될 때마다, 포기하지 말자고 지친 마음을 추슬렀다.

방학에는 전단을 더 많이 뿌렸다. 학기 중에 모아둔 얼마 안 되는 급여는 순식간에 없어졌다. 턱없이 모자라는 비용은 고스란히 카드빚으로 남았다.

불편하고 피하고 싶은 일을 겪은 사람은, 어느새 그 자신이 불편하고 피하고 싶은 존재가 되어간다. 예린이 없는 시간 동안, 현지는 사람들 사이에서 불편한 존재가 되었다. 환갑을 넘긴 부모조차도 아파트에 그녀를 홀로 둔 채, 강화에 있는 주말농장에서 대부분의 시간을 보냈다.

혼자 지내는 것이 현지에게도 편했다. 불편한 존재가 되지 않으려 노력하는 일은 몹시도 고통스러웠기 때문이다.

언젠가 한 번 '실종된 아이들의 부모 모임'이라는 곳에서 연락이 왔다.

현지의 부모는 그녀가 같은 고통을 겪는 사람들로부터 치유받기를 원했다. 그러나 20년, 30년 혹은 40년씩 돌아오지 않는 아이들의 부모를 만나는 건 너무나 끔찍한 일이었다.

그들은 실종된 아이들을 '도난당한 아이'라고 불렀다.

"경찰에 신고를 했는데 관심을 두지 않았어요. 자기 자식이면 그렇게 했겠어요."

"학교에서부터 샅샅이 다 뒤졌어요. 파출소에 신고했지만 한 사람도 나오지 않는 거예요. 위에 보고를 안 했다면서."

"아이를 잃어버리고 3일이 지나서야 형사가 나왔어요. 그렇게 17년이 흘렀어요."

그이들이 줄곧 되풀이하는 말 속에는 골든타임인 처음 3일을 놓친 원망이 가득했다.

도움 없이 버티는 긴 세월 동안 부모들은 아이를 기다리고 찾는 일에 익숙해졌다. 가정이 풍비박산 나고 빚더미에 앉아 신용불량자로 전락한 이들도 적지 않았다. 남은 것이라고는 3D프로그램으로 추정하여 만든, 중년이 된 아이의 가상 사진뿐이었다.

모임에 참석한 첫날 현지는 쏟아지는 한탄을 듣다가 자리를 박차고 일어났다.

자신은 그들처럼 될 수 없었다. 희망이 모두 사라진, 화석처럼 굳어진 삶은 바라지 않았다.

예린이는 그 아이들과 달라

그녀는 자신에게 닥친 이 고통이 곧 끝날 것이라고 믿었다.
예전에 그랬던 것처럼.

열여섯, 현지는 여름 내내 다리에 깁스를 한 채 병실에서 보내야
했다. 운전자가 기어를 후진에 놓고 액셀러레이터를 밟는 바람에,
주차해야 할 차가 현지에게 돌진해 다리를 깔아버렸다. 사람들이
몰려들어 아픔보다 창피함이 더 컸다.

수술은 한 시간 만에 끝났다. 조각난 복숭아뼈에 나사를 박고, 그
위에 두터운 석고를 발랐다. 의사는 계속 아플 거라고 했다. 어쩌면
평생.

현지는 눈에 띄지 않는 곳에 흉터가 생겨서 다행이라고 여겼다.

한 달간 종합병원에서 치료가 끝나고, 개인병원으로 입원실을 옮
겼다. 엄마는 더 이상 병실을 지키지 않았다. 아파트 상가에 자리한
현지네 호프집은 여름밤을 즐기려는 손님들로 바글댔다.

밤 아홉 시면 병원은 승강기를 멈추고, 정문 셔터를 내렸다. 그때
까지 깁스를 풀지 못한 현지는 혼자서 적막함을 견뎌야 했다.

창밖의 화려한 빌딩 전광판은 혼자라는 걸 더 실감나게 했다. 밤
마다 누군가 침대로 들어와 긴 어둠을 함께 견디는 상상을 했다.

상상은 곧 현실이 되었다. 한밤중 불 꺼진 복도에서 링거 병을 매
달고 정수기를 더듬던 현지는 고꾸라졌고, 마법처럼 누군가 나타나
허리를 안았다.

남자는 현지보다 스물다섯 살이나 많은 마흔한 살이었다. 하지만 훨씬 젊어 보였고 꽤 잘생겼다. 그가 병원에 온 것은 이혼한 전처의 딸을 만나기 위해서였다는 걸 나중에야 알았다.

가벼운 교통사고였던 딸은 퇴원했지만, 그는 밤마다 병실에서 현지 곁을 지켰다. 마실 물도 떠다주었고, 말없이 잠든 얼굴을 바라보다 아침이 되면 사라지거나, 현지의 손을 꼭 쥔 채로 보호자석에서 새우잠을 자기도 했다. 2인실의 침대 하나는 비어 있었지만, 비좁은 보호자용 간이침대를 고집했다.

그에게서 느껴진 감정은 이성적 설렘과는 거리가 멀었다. 그러나 처음 부모에게 가져보는 비밀이 현지를 아찔하게 만들었다. 어쩌면 학교로 돌아갔을 때 반 아이들에게 자랑하고 싶었는지도 모르겠다.

어느 밤 그가 침대에 함께 누웠을 때, 열여섯의 현지는 거칠게 자신의 속옷 안으로 파고드는 남자의 손길에 당황했다. 한 번도 생각해보지 못한 일이었다. 태어나 처음 맡는 사내의 살 냄새가 역겨웠지만, 자신을 누르는 묵직한 체중에서 도저히 벗어날 수 없었다. 버둥거리는 다리가 석고 깁스 안에서 맴돌았다.

"오빠 사랑해?"

그는 절정에서 사랑하냐고 물었다. 현지는 입술을 굳게 닫았다. 그는 매끄러운 두 손으로 현지의 목을 조르며 다시 물었다.

"말해, 사랑하냐고!"

억지로 열린 입술이 부들부들 떨렸다. 얇은 유리처럼, 눈물이 차오른 현지의 눈동자가 금방이라도 부서질 것 같았다. 사랑해요, 몇 번을 토할 때까지 남자의 거친 욕설이 쏟아졌다.

관계는 퇴원 후에도 이어졌다. 자신이 뱉은 말의 포로가 된 열여섯 살은 그가 부르는 곳이면 어디든 가야 했다. 주차장. 공원. 화장실. 남자가 스스로 그녀를 놓을 때까지.

임신을 알게 된 남자는 연락을 두절했고, 현지는 혼자 출산의 공포와 싸웠다. 세상 사람들이 모두 자신의 배만 바라보는 것 같아, 버스나 지하철에서 임산부석 앞은 피했다.

인터넷으로 동물들의 출산 영상을 본 뒤로는 꿈속에서 번갈아 하마, 기린, 표범이 되어 새끼를 낳다가 피를 쏟고 울었다. 그러다 교복치마가 꽉 끼기 시작했다. 곧 친구들이, 엄마가 알아볼 거였다. 가급적이면 집에서 먼 곳으로 지낼 만한 곳을 검색했다. 복대로도 감출 수 없을 만큼 배가 불러오자, 현지는 짐을 꾸렸다.

그녀가 찾은 곳은 '평안의 집'이라 불리는, 미혼모보호센터였다.

센터에는 같은 또래의 소녀들이 많았다. 마음껏 불러오는 배를 드러내고 TV 예능프로그램에 구김살 없이 깔깔대며, 여느 십대들처럼 센터 이모가 해주는 떡볶이에 달려들었다. 시간이 흐르면서 현지는 자신도 이 소녀들과 다르지 않다는 것을 받아들였다. 그러나 출산일이 다가올수록 악몽은 심해졌다.

그때마다 같은 방을 쓰는 미선이 현지를 흔들어 깨웠다.

"또야? 뭐가 무섭다고 그래?"

출산을 먼저 경험한 미선은, 현지를 안심시켰다.

"별거 아냐. 똥 싸는 거랑 똑같아."

현지는 피식 웃음이 터졌다.

미선은 이곳이 두 번째였다. 그녀보다 두 살 많은 미선은 입양 보낸 첫 아이 사진을 핸드폰에 담아 틈만 나면 자랑했다.

"이렇게 예쁜 애가 멍청하게 나한테 왔어!"

투박하지만, 아픔이 느껴지는 말이었다. 그때부터인지도 모르겠다. 현지가 뱃속의 아이를 어떻게든 제 힘으로 키워야 한다고 생각했던 건.

센터에서는 입양을 권유했다. 그러나 입양 동의서에는 친부와 친모의 서명이 모두 필요했다. 남자는 여전히 연락이 되지 않았다.

센터 복지사는 아이 아빠에게 연락을 하지 않는 현지가 무책임하다고 채근했다.

"여기서 나가면 똑같은 실수 안 하고 잘살 것 같지? 그런데 또 들어오는 경우가 많아. 왜 그런 것 같니?"

현지는 답을 알 수 없었다. 복지사는 단호히 말했다.

"실수가 아니기 때문이야."

순간 현지의 얼굴이 수치심으로 새하얘졌다.

백 일이 지나자, 현지는 아이를 안고 거리로 나왔다. 센터는 출산까지만 임시로 의탁할 수 있는 곳이었다. 차가운 바람을 타고 사선으로 눈발이 내렸다. 추위를 피하려면 어디로 가야 할지 알 수 없었다. 검은 코트의 남자가 다가와 친절하게 말을 붙였다. 현지는 놀라서 후다닥 자리를 피했다.

어두워지면, 더 많은 이리들이 자신과 아이를 노리고 달려들 것 같았다. 다행히 현지는 현명했다. 익숙한 골목길을 한참 동안 돌아 오래된 녹색 대문 앞에 섰다. 좋아하는 가수의 콘서트 표를 사고 싶어서 직접 페인트칠을 한 대문이었다. 철문을 스윽 밀자, 마당 안쪽에서 유리 미닫이문이 드르륵 열렸다. 엄마였다. 엄마는 맨발로 뛰어나와 말없이 어린 딸과 딸의 젖먹이 아기를 안았다.

현지는 예린에게 완벽한 엄마가 되고 싶었다. 그녀가 갖지 못한 모든 것은, 예린에게 주고 싶은 모든 것으로 되었다. 그러려면 더 강해져야 했다. 취업을 위해 검정고시를 통과했고, 학점은행제로 학사 학위도 취득했다.

예린이 초등학교에 입학하던 해, 그녀도 초등학교 과학실에 취업했다. 저녁에도 시간제 일을 했다. 버거운 생활이 계속되었지만, 예린의 앞날을 생각하며 이를 악물었다.

무엇보다 부모와 함께 지내는, 낡고 좁은 집부터 벗어나게 해주고 싶었다. 잡동사니들이 빽빽하게 자리를 차지하고, 난방도 제대로 되지 않아 씻을 때마다 고역이었다.

모처럼 네 식구가 한 자리에 모인 저녁, 현지는 잡채에 넣을 설탕을 찾느라 싱크대 문을 여기 저기 열어댔다.

예린은 할머니가 제 방에 두는 걸 봤다며 조르르 달려갔다. 또 대책 없이 큰 용량을 사서는 아무데나 쑤셔두었구나 싶었다.

"엄마!"

날카로운 예린의 비명이 울렸다.

현지는 제 손이 부엌칼에 베인 것도 모르고 예린에게 뛰어갔다.

방바닥에 쏟아진 설탕 봉지 안에 미처 어둠 속으로 숨지 못한 바퀴벌레 수십 마리가 우글거렸다. 그러나 예린이 기겁하며 가리키는 것은 그 옆에 내동댕이쳐진 가계부였다.

언제부터 처박혔는지 알 수 없는 가계부는 접힌 부분이 볼펜을 끼워 넣은 것처럼 볼록했다. 현지는 설마 하는 심정으로 눈을 질끈 감고 그 위로 손을 가져갔다. 손끝이 닿는 순간, 볼록한 곳에 밀집된 바퀴벌레의 질감이 느껴져 소스라쳤다.

예린의 할머니가 달려와 가계부를 비닐봉투에 넣고 마구 밟아댔다. 우두둑, 우두둑. 단단한 껍질이 으깨지는 소리가 들렸다.

그날 밤 현지는 도저히 집에서 잠을 이룰 수 없었다. 불을 끄면, 바퀴벌레가 떼 지어 움직이는 소리가 들리는 듯했고 불을 켜면 어디선가 놈들이 튀어나올 것 같았다. 결국 예린을 데리고 찜질방으로 갔다.

방역업체가 와서 화장실 배수구며 환풍구, 싱크대 구멍, 출입문, 베란다까지 외부에서 들어오는 틈을 다 막고 깨끗이 처리한 후 모조리 확인시켜줬다.

야행성인 바퀴벌레는 낮에는 나무껍질, 장판, 싱크대, 문고리, 정수기 같은 곳에 숨어 지낸다고 설명했다. 업체직원이 몇 번이고 괜찮다고 장담하고 나서야 현지는 예린과 집으로 돌아갔다.

그러나 낡고 좁은 집에서 계속 살게 할 수는 없었다. 악착같이 아파트 분양에 매달렸고, 분양권이 당첨된 후에는 대출을 얻기 위해 부모를 설득했다.

아버지는 엄마에게 남의 돈을 빌려 집을 사는 건 정신 나간 짓이라고 했다. 하지만 현지 앞에서는 아무 말도 하지 않았다.

입주 전부터 현지는 새 아파트에 완전히 반했다. 오래된 성곽 돌을 빼내온 것 같은 보도블록, 현무암을 박아 고풍스러운 멋을 더한 외벽, 야광석이 환히 비추는 거대한 일주문. 인공분수, 주민 전용 헬스장, 수영장이 있었고, 바퀴벌레나 쥐 따위는 없었다. 어떤 침입자도 넘볼 수 없을 만큼 높이 세워진 유리벽이 그 모든 것을 안전하게 에워싸고 있었다.

밤이 되면 도시 전체가 깊은 침묵에 빠져들었다.

자신의 숨소리가 귓전을 울릴 듯한, 고요. 그것이야말로 그녀가 바라는 모든 것이었다. 아무 일도 일어나지 않는 평온한 일상. 열여섯부터 품어온 오랜 꿈.

입주 첫 날, 세라믹 욕조에 뜨거운 물을 실컷 틀어놓은 스물여섯 살의 젊은 엄마 현지는 어린 딸을 데리고 가능한 오래 몸을 담갔다. 딸의 살 냄새와 샴푸 향을 맡으며 간절하게 이곳에서 행복해지길 기도했다.

"안녕, 엄마."

사진 속에서 예린이 생긋 웃고 있었다. 그때처럼 세상에서 가장 행복해 보이는 모습으로. 돌아오면, 엄마를 향해 또 이렇게 곱게 웃어줄까.

현지는 그날을 고대하며 동 게시판에 부착한 새 전단을 가지런히 매만졌다.

'아악!'

다음 동으로 이동하려는 현지의 귀에 어렴풋하게 괴성이 들렸다.

기다란 복도에 일렬로 현관이 난 하늘마을은, 온갖 소음이 새벽 공기를 타고 동에서 동으로 넘어다녔다. 현지는 괴성이 어느 동에서 난 것인지 정확히 알 수 없었다.

이곳 임대단지는 다 복도에 창이 없었다. 여름에는 비가 들이치고, 겨울에는 현관에 맺힌 물방울이 복도로 흘러내려 얼어붙었다.

현지네 아파트에서 8차선 바다 건너의 섬 같은 이곳에 전단을 들고 올 때마다, 공기마저 다른 생경함에 놀라곤 했다.

걸음을 옮겨 동 입구로 들어가던 현지는 급하게 튀어나오는 검은 물체와 부딪혔다.

뼛속으로 전해지는 묵직한 충격에 바닥에 웅크렸다. 품에 있던 예린의 전단이 쏟아져 내렸다.

검은 물체는 현지에게 성큼 다가왔다. 현지의 심장이 빠르게 뛰었다. 바짓단 아래로 드러난 가느다란 발목과 매끈한 복사뼈를 보고 서야 안심이 된 그녀는 시선을 위로 올렸다. 검은 후드를 깊이 뒤집어쓴 소년이었다.

한쪽 팔에 신문 뭉치를 낀 소년의 시선은 흐트러진 전단에 고정되어 있었다.

"괜찮……."

"야, 이 벌레 같은 새끼야!"

현지의 말이 끝나기도 전에 위층에서 험상궂게 생긴 사내가 소년을 향해 고함을 질렀다. 사내의 목소리에 적대감이 가득했다.

현지는 황급히 도망치는 소년의 뒷모습을 보며 어린 소년이 저렇게까지 욕먹을 일이 뭐가 있을까 생각했다.

잔뜩 겁을 집어먹고 흔들리던 소년의 눈빛이 계속 남았다.

***

부득이 사체인수를 포기코자 하오니 관계법규에 의거 처리함에 있어 법률적, 도덕적 어떠한 이의도 제기하지 않을 것임을 날인합니다.

시신포기서는 굵고 뭉툭한 펜으로 선명하게 날인이 되어 있었다.

서준은 날인된 각서와 남자를 번갈아보았다.

하필 형사당직이 모두 자리를 비웠다. 책상 앞에 버티고 서 있는 남자의 면상은 바퀴벌레처럼 탁한 갈색을 띠었고, 하관이 길었다. 서준은 그 얼굴을 기억했다.

형사과에서 형사팀과 강력팀으로 업무를 분리하기 전, 자신이 마지막으로 담당한 변사사건이었다.

"그러니까…… 아내분의 사체인수를 포기한다고 직접 서명하신 거잖아요?"

공단 입구에서 변사로 발견된 사십대 여자는 한국인과 결혼해 귀화한 중국인이었다. 급성심장마비로 판명된 여자의 수사는 빠르게 종결되었다. 남자에게 사망 소식을 알렸지만 끝까지 시신 인수를 거부했다. 여자에게는 남편과 아이들이 유일한 연고였다.

유족들이 병원비와 장례비를 감당할 수 없어서, 또는 감당하고 싶지 않아서 시신을 포기하거나 모르는 사람이라고 잡아떼는 일은 흔했다. '무연고시신'으로 분류된 여자는 규정에 따라 '처리'되는 일만 남아 있었다. 고인을 위한 최소한의 장례 절차조차 없이, 안치실에서 화장장으로 바로 이동하여 처리되거나 해부용으로 제공될 터였다.

여자의 죽음은 일간지 귀퉁이에 실릴 테지만, 혹 여자를 기억하는 이가 있다 하더라도 애도의 기회를 가질 수는 없었다. 살아서 외로웠던 사람은 죽어서도 외로웠고, 살아서 가난했던 사람은 죽어서도 가난했다. 정부는 기초생활수급자가 사망하면 75만원의 장제급여를 지급했다.

장제급여는 시신의 사망 이유를 확인하고 운반해서 화장하는 비용으로 지원되었다. 이들에게도 역시 장례식을 치를 여유는 허락되지 않았다.

"없던 걸로 한다고요."

남자, 그러니까 여자의 남편은 황달기 있는 눈을 희번덕거리며 시신포기를 취하하겠다고 억지를 부렸다. 남자에게서 기름 냄새와 술 냄새가 났다. 가난의 냄새였다. 서준은 곳곳에 멍든 흔적이 있는 여자의 몸이 떠올랐다.

"주민센터로 가시죠."

"몇 번을 말해. 거긴 벌써 갔다니까."

수사가 끝난 변사의 처리는 주민센터 사회복지과가 담당하고 있었다. 아마도 남자는 정부로부터 지원금을 받을 수 있다는 사실을 뒤늦게 알고는 그곳에서 생떼를 쓸 만큼 쓰다가 왔을 터였다.

서준은 지금껏 수많은 죽음을 만나면서 결국 죽음의 값은 남아 있는 이들에 의해 정해진다는 걸 알고 있었다. 찾는 이 없는 무연고 변사자는 값이 없었다. 다행히도 이 여자의 죽음은 75만원이다.

다행이라는 건, 서준의 진심이었다. 이유가 어떠하든, 해부용으로 처리되는 것보다는 이편이 나을 테니까. 무엇보다 여자에게는 아이들이 있었다.

서준은 병원 안치실에 전화를 걸어 아직 여자의 시신이 옮겨지지 않은 것을 확인했다.

형사팀에는 대신 민원을 해결한 것으로 전하면 될 터였다. 나머지는 보호자인 이 남자가 할 몫이었다. 서준은 남자에게 병원 주소를 내밀었다.

"아이들은 괜찮습니까?"

남자는 알 수 없는 표정으로 걸음을 떼지 않고 머뭇거렸다.

서준은 말을 보탠 것을 후회했다. 그는 더 이상 남자를 받아줄 겨를이 없었다.

"고인의 명복을 빕니다."

차갑고 단호한 어조에 남자는 군말 없이 사라졌다.

남자의 곤궁한 냄새가 빠져나간 뒤, 서준은 책상 위에 놓인 문서철을 펼쳤다. 또 다른 변사의 신원확인 결과였다.

시신의 손가락에는 지문이 남아 있지 않았다. 그러나 유전자 정보가 등록되어 있었다. 보호자가 등록한 것이다. 적어도 사체인수를 거부하는 일은 없을 것이다.

보호자에게 사망 사실을 알리는 것은 괴로운 일이었다. 그 순간을 혼자 견디고 싶지는 않았다. 서준은 규철을 호출했다.

***

"이현지 씨, 맞습니까?"

현지는 낯선 남자들의 방문에 불안해졌다.

이곳에 온 뒤 누군가 현지를 찾은 건 두 번째였다. 좋은 일은 아니었다.

입주한 지 한 달쯤 지나서 처음 현지네 벨을 누른 건 앞집 여자였다.

"이 집도 가온초등학교죠?"

인터폰으로 들리는 여자의 소리는 카랑카랑했다. 임대아파트 가장자리에 있는 가온초등학교에 예린이 다녔다. 현지는 망설이다 문을 반쯤 열었다.

여자는 현관을 제치며 대뜸 서명지부터 내밀었다.

"엄마 맞아요?"

"네."

여자는 젊고 아름다운 현지의 외모에 의심 어린 눈길을 보냈다.

현지는 여자가 제멋대로 상상을 키우는 걸 막기 위해, 재빨리 서명지를 받아들었다. 칸마다 빼곡히 날인이 된 '가온초등학교 학군 조정신청'이라는 제목의 서명지는 꽤 두툼했다. 굳이 현지의 서명까지 필요 없어 보였다.

아마도 여자는 한 달 동안 현지네를 관찰하다 도저히 호기심을 누를 수 없어 벨을 눌렀을 것이다.

"몇 살이에요?"

여자가 한껏 친근한 목소리로 물었다.

"서른둘이에요."

현지는 늘 네댓 살을 높여서 대답했다.

"심하게 동안이네."

여자는 무심한 듯 현지를 살폈다. 현지는 볼펜을 쥔 손에 힘이 들어갔다.

자신들만 임대단지와 한 학교로 배정받는 것이 불만이던 현지네 아파트 엄마들의 민원은 교육청에 올라갔고, 예린도 다른 아이들과 함께 분양단지 내 학교로 옮겨가게 되었다.

현지는 학교를 굳이 옮기겠다는 여자들이 극성이라는 생각도 들었지만, 이주민, 조선족, 수급자가 많은 임대단지 아이들과 예린이

섞이는 게 내키지 않은 터라 다행이라 여겼다. 거기에는 현지의 자격지심도 있었다.

그 뒤로 앞집 여자는 용케도 현지가 집에 있는 시간에 맞추어 벨을 눌렀다. 주말에 같이 교회에 가자고도 했고, 부녀회 모임에도 나오라고 했다.

그때마다 여자의 신경을 거스르지 않고 거절하느라 진땀을 뺐다. 여자가 다른 집 엄마들과 어떤 말을 떠들어댈지 뻔했다. 열여섯 나이에 세상이 얼마나 차가운지 온몸으로 겪었으니까.

"경찰서에서 나왔습니다."

벨을 누른 낯선 남자들은 남동경찰서 형사라고 신분을 밝혔다.

유서준, 강규철. 희멀건 젊은 남자와 썩은 옥수수 같은 나이든 남자의 이름이었다.

"따님 이름이 이예린 맞습니까?"

젊은 형사의 물음에 현지의 심장이 미칠 듯이 뛰었다.

앞집 여자가 배달우유를 챙기는 핑계로 현관문을 열고 빠끔히 고개를 내밀었다. 현지는 재빨리 형사들을 집 안으로 들였다.

그들은 머뭇거리며 쉽게 용건을 말하지 못했다. 현지는 차를 권한 것을 후회했다. 잔을 홀짝이는 것은 침묵의 좋은 핑계가 되었다.

입이 바싹 말랐지만, 섣부른 말로 기대를 깨뜨리고 싶지 않아 최대한 인내심을 발휘했다. 젊은 형사는 찻잔에서 시선을 들어 현지를 정면으로 보았다.

침착하고 깊은 눈빛이었다. 현지는 그 속에 예린이 있기라도 한 것처럼 시선을 탐색했다.

정적 사이로 나이든 형사가 끼어들었다.

"따님을 찾았습니다."

현지는 기도가 막혀 소리를 내지 못했다.

젊은 형사의 눈빛이 살짝 흔들렸다. 나이든 형사는 쉬지 않고 말을 이었다.

"지난 6월 22일 15시경 변사로 발견되었고……."

현지는 오감이 마비되어 더 이상 듣지 못했다. 진공상태에 있는 것처럼 몸이 붕 떠오르더니, 무거운 추를 매단 듯이 한없이 내려앉았다. 형사가 뱉은, 희미하게 의식 저편을 떠도는 단어의 의미를 생각하느라 한참을 멍하게 있었다. 지금껏 자신과는 전혀 상관없는 말이었다. 단어는 뇌 속에서 점점 강하게 소리를 키우더니 선명해졌다.

변사…… 죽어? 누가? 예린이가?

"잘못된 거예요."

냉정을 되찾은 현지는 단호히 말했다.

예린이 살아있다는 그녀의 믿음은 확고했다.

***

엄마를 두고 죽는다면, 엄마는 슬플까, 시원할까. 아니, 어쩌면 화를 낼까.

승호는 엄마한테 혼나는 건 질색이었다. 그게 죽음 이후라도.

책가방을 매고 집을 나와서 오전 내내 무작정 걷다 보니 숲이었다.

숲을 헤매는 몇 시간 동안 세상에 혼자 남은 기분이 들어 신이 났다. 정말 그렇게 된다면 꽤 멋진 일일 것 같았다. 하지만 지금은 배가 고프고 다리가 아팠다.

슬슬 집 생각이 났다. 그렇다고 집에 돌아가면, 엄마가 학교에 학원까지 빼 먹은 걸 알면, 아, 그 다음은 끔찍했다.

곧 어두워질 거고, 갈 곳을 생각해내지 못하면, 숲에서 밤을 보내야 했다. 그건 엄마만큼 두려웠다.

마음이 숲과 집 사이에서 갈팡질팡했다. 불현듯 '죽음'이라는 단어가 떠올랐다.

승호가 도망칠 수 있는 곳. 죽는다면, 혼은 나겠지만 괴로움은 덜할 것 같았다.

수풀에서 부스럭 소리가 들렸다.

아까부터 뭔가가 지켜보는 느낌을 일부러 무시했는데, 소리까지 나는 걸 보면 확실했다. 누구세요!

승호의 목소리가 가늘게 떨렸다.

수풀에서는 아무 반응이 없었다. 승호는 돌멩이 하나를 집어 소리가 난 쪽으로 던졌다. 엄마 앞에서만 아니면, 자신은 용감한 아이였다.

"갈 곳이 없어?"

나무 뒤에서 튀어나온 얼굴이 물었다.

승호는 솔직하게 고개를 끄덕였다.

약간의 망설임은 있었지만, 승호는 그가 이끄는 대로 걸음을 옮겼다.

엄마가 걱정하지 않을까. 잠깐 스치던 생각은 오늘 밤만 넘기자는 마음 뒤로 사라졌다.

아침이 되고, 평소처럼 엄마가 문화센터에 나가면 그 사이에 집에 들어가 공부방에서 얌전하게 자습을 하며 아무렇지 않은 듯 학습지 선생님을 맞이해야지.

앞서 걷던 걸음은 숲 경계의 낡은 집으로 들어갔다.

구불구불 물결치는 회색지붕이 신기했지만, 그 아래를 받치고 있는 나무들이 까맣게 썩어 곧 무너질 것 같았다.

이제 와서 되돌아가기엔, 집은 너무 멀었다. 오늘 밤만이야.

승호는 다짐을 하며 뒤따라 회색지붕 안으로 들어갔다. 퀴퀴한 냄새와 어둠이 승호를 덮쳤다.

***

두 형사는 현지를 아파트에서 과학수사연구소로 에스코트했다.

차 안에서 그들은 끊임없이 뭔가를 설명했지만 현지는 기계적으로 고개를 끄덕일 뿐이었다. DNA 감식. 신원확인. 중간중간 이런 단어들만 분절되어 들렸다.

실종신고를 하면서 DNA 정보를 제공한 것을 현지도 기억하고 있었다. 그러나 이런 결과를 기대한 것은 아니었다. 그녀는 두 사람의 말에서 허점을 찾기 위해 온 신경을 집중했지만, 머릿속에 예린의 얼굴이 꽉 차서 아무 생각도 할 수 없었다.

한 시간여 동안 고속도로를 달린 승합차는 백색 건물 앞에 도착했다.

건물 3층 오른편에 '국립과학수사연구소'라는 팻말이 붙었지만, 겉모습은 세무서나 경찰서에 더 가까웠다.

형사들이 앞장섰고, 자동개폐 유리문이 입을 벌리며 현지를 맞이했다.

천장이 높은 로비는 대리석 타일 때문에 휑해 보였다. 대기하고 있던 흰 가운의 검시관이 현지 일행을 가족실로 안내했다. 주름이 지지 않은 가운은 외부인을 만날 때만 입는 듯했다.

3인용 소파와 테이블이 놓인 좁은 공간은 세 남자에게 둘러싸이자 답답하게 느껴졌다. 현지는 그들 중 누구와도 몸이 닿지 않기 위해 애쓰는 게 싫어 소파 옆에 선 채로 검시관의 설명을 들었다. 침착함을 유지하느라 목과 어깨 근육이 빳빳하게 굳었다.

나이든 형사가 테이블 위에 현장 사진들을 펼쳤다.

"발견 당시 의복과 소지품입니다."

스니커즈 운동화, 면 반바지, 만화 캐릭터가 그려진 티셔츠. 수풀에 누워 있는 시신은 얼굴이 안 보였다. 예린은 이런 유치한 문양의 티셔츠를 좋아하지 않았다. 특별히 꾸미는 것에 까다로운 아이는 아니었지만, 마음에 들지 않는 옷은 입지 않았다. 현지는 고개를 저었다.

"제 딸이 아니에요."

예린이 아닐 가능성을 찾은 것에 현지는 안도했다.

"더 보시죠."

나이든 형사는 익숙한 반응이라는 듯 사진을 추가로 더 건넸다.

몇 개의 동전과 자잘한 물건을 찍은 사진들을 의미 없이 넘기던 현지의 손이 멈췄다. 열쇠고리. 문구점에서 손쉽게 살 수 있는 싸구려 액세서리였지만 눈에 익었다. 고리를 장식한 펜던트에는 현지와 예린이 서로의 볼을 맞대고 웃고 있었다.

현지의 심장이 강하게 조여 왔다. 아니야, 누군가 예린이 것을 훔쳤을지도 모르지. 현지는 처음 형사의 설명 중 놓친 부분을 다시 물었다.

"어디에서 찾으셨다고 했죠?"

젊은 형사가 대신 대답했다.

"가온 신도시 18단지, 하늘마을 화단입니다."

"어디요?"

현지는 틀림없이 잘못 들은 것이라고 생각했다.

돌아온 답은 같았다. 가온 신도시 18단지 하늘마을. 현지의 아파트에서 8차선 도로를 건너 3개 단지를 더 지나면 있는 곳. 바로 며칠 전에도 예린의 전단을 부착했던 곳. 시퍼런 칼날이 몸을 반으로 쪼개는 것 같았다.

현지는 확실히 확인하고 싶어졌다. 마음이 급했다.

"얼굴을 보게 해주세요."

"아직 부검실에 있습니다."

검시관은 곤란하다는 표정을 지었다.

"얼굴을 봐야 돼요."

"보지 않는 게 나을 수도 있어요."

젊은 형사가 나서서 현지를 만류했다.

"내가 직접 봐야 한다고요!"

끓어오르는 현지의 목소리가 대기실을 가득 채웠다.

결국 검시관이 앞장섰다. 오른쪽으로 꺾어 들어가자 어둡고 긴 복도가 미로처럼 이어졌다.

현지는 거의 허공에 뜬 듯이 그를 따라 걸었다. 머리카락으로 짚신을 삼아 저승에서 자식을 찾아왔다는 오래된 이야기가 떠올랐다.

예린이 거기 있다면, 현지도 죽음과 싸워 데리고 나올 거였다.

복도 막다른 곳에서 한 번 더 모퉁이를 돌자 지하로 내려가는 철재계단이 나타났다.

빛이 제대로 들지 않는 계단 아래 '출입제한구역' 팻말이 걸려 있었다.

두 개의 문을 지나자 포르말린 냄새가 나는 차가운 공간이 나타났다. 벽과 바닥에선 환풍기가 쉼 없이 돌아갔다. 현지는 침대까지 몇 걸음의 거리가 아득히 멀게 느껴졌다.

그녀는 아직 예린이 아닐지 모른다는 희망을 버리지 않았다. 그러나 막상 침대를 덮은 하얀 시트를 내려다보자 그녀가 기억하고 있는 예린의 수백 가지 얼굴이 필름처럼 스쳐 지나갔다.

검시관이 시트를 살짝 내렸다.

아니야.

처음 현지는 고개를 저었다.

그러다 귀가 이상할 정도로 높이 올라가 있는 게 보였다. 예린이는 늘 그런 귀를 부끄러워하며 머리카락으로 가리고 다녔다.

현지는 호흡을 고르고, 다시 침상 위에 있는 얼굴을 찬찬히 살폈다.

들여다볼수록 부인할 수 없는, 예린이었다. 3년 만에 돌아온, 숨구멍 같은 딸 예린.

형사의 말이 맞았다. 어쩌면 보지 않는 게 나았다.

예린은 더 이상 그녀가 기억하는 모습이 아니었다. 꾸덕하게 말라버린 살과 비어 있는 눈은 밝고 예쁘던 딸의 얼굴을 앗아가버렸다. 현지는 남은 힘을 다해 검시관의 손에서 시트를 빼앗아 와락 벗겨 내렸다.

말라붙은 딸의 몸은 죽음의 기운이 너무나 선연했다.

바로 시트를 덮어준 그녀는 주저앉아서 꺼억꺼억 빈 숨을 토했다.

검시관은 예린의 몸에 성관계 흔적이 있다는 말을 보탰다.

눈물이 밀고 올라오지 못해 온몸이 터질 것 같았다.

***

회색지붕의 집은 밖에서 보기보다 훨씬 넓었다.

승호가 아는 천국은 예배 때 들은 것이 전부지만, 늘 꿈꾸던 곳이 천국이라면 이곳이 맞았다. 달콤한 향이 가득한 실내의 공기는 적당히 차가웠고, 가구 없이 넓은 공간 한가운데 푹신한 소파가 놓여 있었다.

소파는 비록 갈라지고 낡기는 했지만 승호가 마음껏 올라가 폴짝폴짝 뛰어도 될 정도로 컸다. 파랗고 두꺼운 비닐천이 창을 가린 대신, 회색 물결치는 지붕의 벌어진 틈 사이로 얇게 햇살이 새어들었다.

승호는 고슬고슬한 카펫에 누워 작은 몸을 이리저리 굴렸다. 이곳엔 수영강습도, 영어학원도, 학습지도 없었다. 스르르 잠이 몰려왔다.

밥 먹고 자

친절한 목소리는 꿀처럼 달았다.

승호를 혼자 두고 나갔던 주인이 어느새 돌아와 있었다.

집에서 나온 이후로 계속 굶은 승호는 뭐든지 맛있게 먹을 준비가 되어 있었다. 천국은 식탁도 멋졌다. 택배 라벨이 붙은 커다란 우체국 상자 위에 노란 곰돌이 식판이 놓여 있었다.

"잘 먹겠습니다!"

신나게 식판에 달려든 승호는 멈추었던 눈 껌벅거림을 시작했다. 천국의 첫 번째 도전 과제였다. 이건 예수님도 해결해주지 못할 거야. 정말 먹어도 될까. 엄마가 있었다면 분명 야단맞았을 텐데.

승호는 선뜻 숟가락을 들지 못했다.

"겁내지 않아도 돼!"

맞은편에 앉은 천국 같은 집의 주인이 먼저 한 숟가락을 퍼서 입에 넣어 보였다.

"더러워."

승호는 식판 가장자리 얼룩을 가리켰다. 자신이 숟가락을 들지 않은 건, 겁쟁이여서가 아니란 걸 인정받고 싶었다.

주인은 씨익 웃고는 말았다.

승호는 거짓말을 들킨 것 같아 수치심을 느꼈다. 여기서 무엇을 먹든 엄마는 절대 알 턱이 없다. 아니, 지금껏 엄마는 뭐든지 다 알아냈다. 자신이 한 아주 사소한 거짓말까지. 하지만 이제 상관없다. 엄마는 승호를 보고 싶지 않다고 했고, 자신도 어쩌면 집에 돌아가지 않을 거니까. 그래, 어쩌면.

승호는 조심스레 식판에 담긴 하얀 가루를 퍼서 입에 넣었다.

한 번도 느껴보지 못한 강렬한 단맛에 혀가 아렸다. 온몸을 마비시키는 찌릿한 통증이 지나고, 사르르 녹아들어 금세 황홀해졌다. 맥이 빠지고, 구름 위를 걷는 것처럼 몽글몽글 행복한 기분이 밀려왔다. 승호는 정신없이 숟가락을 입에 가져가기 시작했다. 어질한 쾌감이 발끝까지 퍼져나갔다.

"여기 계속 있어도 돼요?"

"가족이 된다면."

주인의 음성은 다정했다. 승호는 기쁘게 고개를 끄덕거렸다.

문득, 그의 이름이 궁금해졌다.

"뭐라고 부르면 돼요?"

"그냥 조. 다들 그렇게 불러."

승호는 주인의 그 말이 멋져 보였다.

조가 자신의 식판을 바닥에 쏟아 붓자, 곤충들이 모여들었다.

4

2012년 7월 7일 실종신고 접수
2015년 6월 22일 변사로 발견

사건 파일에 이예린의 행적은 단 두 줄로 적혀 있었다.

여름. 소녀는 매미 소리와 함께 사라져서, 매미 소리와 함께 왔다. 특별한 의미는 없을 터였다. 하지만 열세 살의 죽음에 어떤 특별함도 없다는 건 슬픈 일이었다.

서준은 파일에 첨부된 전단지 속 사진을 보았다.

자신에게 닥칠 비극을 알지 못한 채, 소녀는 환하게 웃고 있었다.

여름의 한복판에서 겨울이 잘 그려지지 않는 것처럼, 겨울의 한복판에서는 여름이 그려지지 않았다. 아무리 맑은 날씨여도, 겨울의 잿빛은 한여름의 쨍하고 선명한 녹색을 상상하기 어렵게 만들었다. 서준에게 소녀가 살아있던 모습은 겨울 한복판의 여름처럼 생경하기만 했다.

서준은 커서를 움직여 문서의 빈 곳을 채워 넣기 시작했다.

소녀는 부검에서도 특별한 점이 없었다. 굳이 찾자면, 성관계 경험이 있으며, 아파트 화단에서 발견되었고 시신의 상태가 말라 있었다는 것, 귀에서 정체 모를 딱정벌레가 발견되었다는 것 그리고 엄마가 유난히 젊다는 것 정도였다.

서준은 소녀의 엄마를 생각하자, 가슴이 아련해졌다.

그가 딸의 이름을 뱉었을 때, 동그란 눈이 더욱 커지던 소녀의 엄마에게선 보라색 냄새가 났다. 오래전 서준의 기억 속에 묻어둔 익숙한 향이었다.

그가 아는 한, 모든 감정은 냄새를 가지고 있었다. 아프리카의 한 부족은 얼굴 냄새를 맡아 상대의 기분과 건강 상태를 알아낸다고도 했다. 서준의 경우, 각각의 냄새는 각각의 감정을 일으키는 기억과 연결되어 있었다.

그녀에게서 났던 냄새는 아무리 두드려도 열리지 않던 문, 사람들의 수군거림, 맨살을 때리던 차가운 밤공기를 서준에게 데려왔다. 그곳에서 어린 서준은 발가벗은 채, 담벼락 아래 웅크리고 있었다.

무엇 때문이었는지는 기억나지 않지만, 아버지는 어린 서준의 잘못을 바로잡겠다고 옷을 벗겨서 대문 밖에 세워놓았다.

"네가 뭘 잘못했는지 알겠어?"

아버지가 이렇게 물을 때면, 어린 서준은 온갖 상상력을 동원해서 잘못을 짜내야 했다. 모르겠다고 하거나, 우물쭈물하는 것은 허용되지 않았다. 대답을 하는 동안 아버지의 표정을 살피며, 아직 더 많은 잘못을 생각해내야 하는 것인지 가늠하곤 했다.

아버지는 서준의 진술이 끝나면, 법정에서 판결을 하듯 체벌을 정했다. 엄마에게도 마찬가지였으므로, 어린 서준은 당연한 일로 여겼다. 간혹 푸른 멍이 남은 엄마의 팔뚝은 아프지만 익숙한 거였다.

그러나 4학년 여름 수련회 이후 모든 것이 달라졌다. 집에서 멀리 떨어져 나온 것에 신나서 마구잡이로 옷을 벗어대던 반 아이들은 벌겋게 줄이 간 서준의 허벅지를 보며 놀라워했고, 새 부모와 사는 아이라고 멋대로 지어대며 놀려댔다.

우리 엄마 아빠는 친부모라고 설명하는 것은 구차해 보였다. 자신이 다른 아이들과 다르다는 것을 깨달은 서준은 얼굴에 열기가 몰려왔다. 그때부터 아버지의 물음에 대답하는 일을 그만두었다. 아버지가 휘두르는 골프채에 살이 찢겨나가도 더는 그러고 싶지 않았다.

"아빠 때문에 우린 다 죽을 거예요!"

서준은 끌려 나가면서 그렇게 말했던 것 같다.

아버지는 서준의 목덜미를 잡아채서 던지고는, 두터운 발로는 어머니를 밟았다.

담벼락은 높았고, 밤은 길고 무서웠다.

아버지가 잠든 뒤에 엄마가 찾아 나왔을 때, 어린 서준은 집에 들어가기를 체념하고 사라진 뒤였다. 혼이 빠져서 헤매던 엄마는 아들을 자율방범대 팻말이 붙은 낡은 컨테이너에서 찾아냈다.

그는 또래 남자아이 하나와 함께 있었다.

"얘도 집에서 쫓겨났대."

서준의 말에, 엄마는 무너지는 표정으로 그를 꼭 껴안았다. 까끌까끌한 엄마의 보라색 스웨터에서 새벽이슬을 머금은 서늘하고 슬픈 향이 났다. 그녀에게서 났던 것과 같은.

서늘한 포르말린 냄새를 묻히고, 딸의 시신을 확인하고 돌아온 그녀는 생각보다 침착했다. 의례적인 탐문을 마친 뒤, 그녀가 뱉은 말은 얼음보다 차가웠다.

"내 딸은 당신들이 죽였어요."

왜 그렇게 말했을까. 단지 원망할 곳이 필요해서?

서준은 책상 위에 쌓인 3년 전 기록을 들추었다. 소녀의 실종신고는 한 달 만에 가출로 종결되었다. 기록에는 그 즈음 가온지구에 몇 건의 실종신고가 더 있었다. 대부분 임대단지의 아이들이었다. 마찬가지로 모두 가출로 처리되었다.

법에서는 만 18세 미만의 아동을 실종아동으로 명시하고 있었다. 하지만 법이 이렇게 개정된 것은 2013년이었다. 개정 이전에는 만 8살 미만인 경우에만 미아로 인정했다. 그렇다 하더라도, 같은 지역에서 연달아 아이들이 사라졌다면 수사에 들어가야 했다. 그러나 기록에 그런 내용은 없었다. 서류로는 더 이상 알 길이 없었다.

당시 담당 형사의 이름과 소속, 연락처를 확인했다.

이청완. 여성청소년 수사팀이었던 그는 일 년 전 중앙시경찰청 아동청소년계로 전임 배치되었다.

***

한더위에 달리기 위해 모인 사람들이 가온신도시 해맞이공원 광장을 가득 채웠다.

애드벌룬에 매달린 대형 현수막에는 '이열치열! 중앙시 혹서기 극복 마라톤'이라는 글귀가 선명했다. 시장이 보궐선거 출마를 준비하면서 가을로 예정된 대회가 갑작스럽게 한여름으로 앞당겨졌다.

최신 댄스곡이 쉼 없이 앰프에서 쿵쾅거리고, 핫팬츠 차림으로 허벅지를 드러낸 사람들이 저마다 가볍게 몸을 풀고 있었다. 어른, 아이, 외국인 할 것 없이 가족, 연인, 친구와 대회에 참가하기 위해 모인 사람들은 조용하던 동네가 이렇게 시끄러울 수 있다는 것에 신기해했다.

대회 시작 30분 전, 참가자들은 사회자인 유명 개그맨의 구호에 맞춰 준비운동을 시작했다. 가볍게 몸을 풀고 출발 준비를 하는 사람들의 표정에는 설렘이 가득했다.

이청완 수사관은 열 살짜리 아들과 아홉 살 난 딸의 무릎에 스프레이 파스를 뿌려주었다.

"무조건 앞만 보고 달리는 거야. 알겠지?"

두 아이는 들떠서 번잡함에 넋을 반쯤 빼앗겨 있었다.

"아빠 말 들은 거야?"

청완은 아이들의 어깨에 가볍게 손을 얹었다.

아이들은 그제야 고개만 끄덕거렸다. 그는 두 아이의 손을 잡고 출발선에 섰다.

사람들은 출발선에 선 상태로 군악대의 연주와 시의원들의 연설을 내리 들었다. 시장의 연설이 대미를 장식하고, 길게 도열한 치어리더들이 빨간 술을 흔들며 다시 분위기를 고조시켰다.

청완은 호흡을 멈추고 청각에 집중했다.

탕!

짜릿한 총성과 함께 참가자들은 일제히 함성을 지르며 달려 나갔다.

청완도 두 아이를 이끌고 앞발을 힘껏 내디뎠다. 아드레날린이 솟구치고, 탄탄한 장딴지 위로 핏줄이 불거졌다. 지금부터는 바람을 가르고 달리는 일 말고는 아무것도 생각할 필요가 없었다. 한 시간 여 동안 세계는 온전히 그의 것이었다.

툭, 오른팔에서 뭔가 떨어져나가며 균형이 흔들렸다. 체인이 풀린 자전거 뒷바퀴처럼 팽팽하던 근육에 힘이 풀렸다. 첫째아이가 저만치 나동그라져 있는 게 보였다.

청완은 달리기를 멈췄다. 제 발에 걸려 넘어진 아이는 팔꿈치와 무릎에서 피가 배어나왔다. 사람들은 청완과 아이를 젖히고 앞서 달려갔다. 옆을 보지 않는 나방 떼처럼. 청완은 거기에서 이탈된 게 분했다. 아이는 울음을 꾹 참고 아빠를 올려다봤다. 청완은 마음을 가라앉혔다. 가족은 그에게 무엇보다 소중했다.

그는 미소 띤 얼굴로 아이를 일으켜 세우며 먼지를 털어주었다.

"괜찮아. 사랑하는 아들, 아빠 차에 데려다줄게."

서준은 가온 신도시에서 이렇게 태연히 행사가 진행될 수 있다는 사실에 놀라웠다.

그늘막을 치고 가져온 수박, 치킨, 김밥을 펼친 채 가족과 모여 앉은 사람들의 표정은 즐겁기만 했다. 이들은 소녀의 죽음이 아무렇지 않은 걸까, 아니면 모르는 걸까, 모른 척하는 걸까. 그는 불편한 마음으로 연이어 파이팅을 외쳐대는 치어리더들 사이에 서서 출발선을 달려 나가는 사람들을 훑었다.

이청완 수사관은 시간이 나지 않는다며 만남을 계속 미루었다.

경찰청의 다른 선배가 마라톤 광인 그가 이 대회에도 참가할 거라고 알려줬다. 그러나 대열의 맨 마지막에 '어둠을 뚫고 빛을 찾아서'라고 적힌 현수막을 들고 손목에 녹색 헬륨 풍선을 매단 시각장애인들이 달려 나갈 때까지도 청완은 보이지 않았다.

공원 한쪽에서는 관공서마다 홍보 부스를 차려놓고 시민들의 참여를 독려했다. 부스를 채우고 있는 대부분은 관계자들이었다. 장애인복지관의 시각장애 체험부스에서 서준은 사진으로 익힌 얼굴을 발견하고 다가갔다.

청완은 복지관 사람들과 꽤 친해 보였다. 매끈한 피부는 실제 나이인 마흔 살보다 아래로 보였다.

"아니, 여긴 어떻게 오셨어?"

서준이 자신을 소개하기도 전에, 청완이 먼저 서준을 알아보고 악수를 청했다.

"전에 뵌 적이 있습니까?"

"지난번 화단에서도 봤는데. 유명하시잖아, 초고속 꽃봉오리로. 곧 무궁화 두 개 다셔야죠."

서준은 그의 빠른 진급이 거론되자 불편했다. 금테 안경을 두른 넓적한 광대와 뾰족한 턱이 묘한 대비를 이루는 얼굴은 역시 초면이었다.

"그날 오신 줄 몰랐습니다."

"맡았던 사건이니까."

청완은 친근한 척 눈을 찡긋거렸다.

"바쁘실 텐데 달리기를 많이 즐기시나 봅니다."

그를 찾아다녀야 했던 서준은 말이 곱게 나오지 않았다.

"바람과 나만 있는 느낌. 좋잖아요. 우리는 그런 시간이 필요하죠. 안 그래요?"

"한쪽에서는 아이가 죽었는데, 여긴 너무 아무렇지도 않네요."

"소문대로 아직 순수하시네. 사람들은 있잖아요."

청완은 부스에서 캔 음료를 집어 마개를 따서 내밀었다.

"자기한테 위협이 될 때만 관심을 가져요."

"괜찮습니다."

서준은 손을 저었다. 그와 마주보며 캔을 들이킬 기분이 아니었다. 다행히 청완은 눈치가 빨랐다.

"그런데 무슨 일로 오셨어?"

"3년 전 임대아파트에서 연달아 실종사건이 발생했던데요."

"그래서요?"

"수사내용이 없었습니다."

체험용 안대를 만지작거리던 청완은 기억을 더듬었다.

"아, 그거요. 바쁘신데 그냥 전화로 하시지."

청완은 별것 없다는 듯 어깨를 으쓱해 보인 후 당시 상황을 설명했다.

3년 전, 입주 세대가 많아지면서 가온지구는 사건 접수가 부쩍 늘었다. 아이들의 실종신고도 그 중 하나였다. 첫 번째 소녀는 엄마와 함께 넘어온 새터민이었고, 두 번째는 몸가짐이 단정치 못하다고 입방아에 오르던 소녀였다.

그 뒤 몇 건의 실종 신고가 더 있었지만 매번 얼마 되지 않아 소녀들로부터 잘 지내고 있다는 전화가 걸려왔다. 경비가 허술한 임대아파트에는 밤마다 십대들이 모여들었고, 또래가 어울려 가출하는 것은 흔한 일이었다.

그러던 중 분양아파트에 사는 예린이 사라졌다. 부모들은 긴장했고, 경찰은 학교와 주변을 탐문했다. 그러나 예린이 몇 번씩 담배도 피우다 걸린 그렇고 그런 학생이라고 알려지자 사람들의 관심은 식었다. 한 달쯤 지나 다른 소녀들처럼 걱정하지 말라는 전화가 왔고, 마찬가지로 가출로 종결되었다.

"열 살짜리가 한 전화만 믿고 종결했다는 겁니까?"

서준은 의아해서 물었다.

"애 엄마도 같은 얘길 하면서 길길이 날뛰었죠."

"당연한 반응 아닙니까?"

청완은 희미하게 웃었다.

"유서준 경위, 아동사건은 처음이시죠?"

"그래서요? 그게……."

"형사는 냉정을 유지해야죠."

청완은 정색을 하며 말했다. 서준은 가르치려는 그의 말투가 거슬렸다.

"아이를 잃어버린 부모들을 다 믿어선 안 돼요. 제가 여청만 십년이거든요."

아동사건만 십 년 넘게 전담했다는 청완은 말을 이었다.

"애들이 집을 나가는 건 대부분 부모 책임입니다. 물론 다시 돌아오는 경우도 있죠. 밤마다 엄마가 뜨거운 물을 들이붓는데도 그립다면서……. 매일 술에 절어서 매질을 하던 한 작자는, 애가 병으로 다 죽어가는데도 사람들이 아무것도 할 수 없게 막았어요. 천박한 소유욕이고 독점욕이에요. 그들이 같은 핏줄이라는 이유만으로 방

판만 해선 안 돼요. 자식을 학대하던 부모들은, 아이들이 살겠다고 나가면 당연하게 실종신고를 합니다. 매 맞는 아내에게 남편이 그러는 것처럼. 그들을 보호해야 할 법은 오히려 가족이라는 사지로 피해자들을 내몰고 있어요."

서준은 온몸에 멍 자국이 있던 공단의 여자를 떠올렸다. 그리고 죽은 소녀의 엄마도.

그녀는 딸을 학대했을까. 그래서 집을 나갔을까. 그럴 수도 있다. 천사 같은 얼굴로 자식을 학대하는 엄마는 얼마든지 있었다.

"심지어는 제 손으로 숨통을 끊어놓고도 실종신고를 하는 게 그런 부모들이에요. 난 그 아이들이 문제 학생이어서 무시했던 게 아니에요. 할 수 있는 적정 수준에서 보호하고 싶었던 거죠."

그래도 역시, 청완의 말은 궤변이었다.

"실종된 아이들이 모두 학대받았다고 볼 수는 없습니다. 도덕적인 판단은 경찰의 몫이 아니잖습니까. 법은 자신에게 부여된 역할을 다 하면 되는 거죠. 수사관 또한 그럴 의무가 있고요."

서준은 어느새 격양되어 반박했다.

청완은 금테 안경 너머로 미소를 지었다.

"뜻밖인데요, 그런 말은. 유경위 얘기는 많이 들었어요. 아버지 얘기도."

서준은 얼굴이 화끈거렸다.

"소문보다 자상한 아버지였나 보죠?"

망할 자식. 서준은 주먹을 꽉 쥐었다. 그는 자신의 신상을 다 꿰고 있는 것이 틀림없었다. 뜨거운 바람에 숨이 막혔다.

'냉혹한 뇌물수수 판사'

사람들이 아버지를 부르던 말이었다. 종일 채널에서 아버지에 대한 보도가 나오던 날이 떠올랐다. 기업가의 편을 든 판결로 가게를 몰수당한 사람들이 집 앞에 몰려오고, 기자들은 떠도는 소문을 샅샅이 모아 아버지가 서준과 엄마에게 폭력을 휘두른 사실을 더욱 크게 부풀렸다. 거실등과 TV 브라운관이 산산이 박살나고 엄마가 울부짖던 끔찍한 밤이 되살아났다.

"미인이죠?"

청완의 갑작스런 물음에, 서준은 정신을 차렸다.

"네?"

"그 애 엄마."

그는 서준이 마치 다른 속내라도 있는 것처럼 웃음을 흘렸다.

서준은 붉으락푸르락해져서 말문이 막혔다.

"아빠."

주차된 차량 사이에서 여자아이가 나오며 청완을 불렀다.

"죽기엔 너무 아까웠어요. 잘 좀 부탁해요."

그는 서준을 남겨두고 떠났다.

청완이 갑자기 사라져 서준은 화를 분출할 대상이 없었다. 죽은 아이 앞에서도 가출로 종결한 게 옳았다고 말할 수 있겠냐고 물었어야 했다는 생각에, 더 화가 났다.

어딘가 쏟아낼 곳이 절실했다. 마침 그의 여자가 전화를 해왔다. 그녀는 서준을 차분하게 만드는 묘한 매력이 있었다. 그러나 서준은 지금 더 짜릿한 자극이 필요했다. 클라이밍처럼. 그래도 이 찝찝한 기분은 사라질 것 같지 않았다.

아직 할 일이 남아 있었다. 검사는 수사종결보고를 기다렸다. 소녀에게는 수시를 진전시킬 별다른 단서가 없었다. 서준은 본분을 잊지 않았다. 지난 일로 감정을 소모할 시간이 없었다. 빠르게 다음 확인을 위해 걸음을 옮겼다.

***

국립생물자원관 한 귀퉁이 풀밭에서 흰 가운으로 살집을 감추고, 모종삽을 든 중년의 여자가 서준을 향해 반갑게 손을 흔들었다.

그 옆에선 300킬로그램 정도 무게로 보이는 돼지 한 마리가 티셔츠를 입은 채 썩고 있었다. 한껏 부풀어 올랐을 돼지 사체의 몸통은 바람 빠진 축구공처럼 가라앉는 중이었다. 그 위로 파리 수백 마리가 쉴 새 없이 날아다녔다.

서준은 하늘마을 현장에서 발견한 녹색 딱정벌레를 이곳 곤충연구팀에 의뢰했다.

"멋진 광경이죠?"

연구원이 생글거리며 흙 묻은 오른손으로 서준에게 악수를 청했다.

"현장기록이 하도 꼼꼼해서 어떤 분인가 궁금했어요. 곤충 수사에 관심 있는 분이 계셔서 반갑네요."

"박사님 덕분에 지금은 꽤 많이 알려졌습니다."

"그런가요?"

연구원은 서준의 말을 호의로 받아들였다. 그녀는 경찰청의 '법곤충감식매뉴얼'을 자문했다. 그러나 아직 지문감식이나 유전자감식처럼 일상적인 수사기법은 아니었다.

"늘 현장에 가보고 싶었지만 기회가 없었어요. 이곳에서 돼지를 보는 게 전부죠. 형사님은 직접 많이 보셨죠?"

서준은 대답대신 희미하게 웃었다. 그의 시선이 돼지에게 입힌 티셔츠에 머무는 것을 보고는 연구원이 말을 보탰다.

"대부분의 사체는 옷을 입은 채 발견되니까요."

경찰청 직무연수에서 그녀가 곤충학을 강의하던 모습을 기억했다. 설명에 몰입해서 시간을 훌쩍 넘기곤 했다.

"신체의 분해는 복잡한 과정을 거치는 현상이에요. 지금껏 인공적으로 재현할 수 있는 기계는 만들지 못했죠. 이 과정을 돕는 생물은 아주 중요한 역할을 하는데도 혐오의 대상이 되고 있어요. 사람들은 전혀 고마움을 모르죠. 구더기로 인한 부패가 일어나지 않는다면 생명의 순환은 멈추게 될 거예요."

여전히 그녀는 열정적이었다.

연구원은 서준을 돼지 사체의 머리 쪽으로 가까이 이끌었다.

"어때요? 현장의 시신도 이런가요?"

돼지 사체의 머리는 구더기로 뒤덮여 있었다. 발효된 치즈처럼 뒤엉킨 덩어리가 눈, 코, 입을 가득 메운 채 꿈틀거렸다. 눈알과 아래턱, 혀는 모두 먹혀 사라졌다. 구더기를 노리고 기어든 딱정벌레 몇 마리도 보였다.

서준은 끔찍했던 현장들을 떠올리고 싶지 않아 건성으로 대답했다.

"네, 뭐 비슷합니다."

"그래요?"

연구원은 서준을 응시하더니, 구더기 한 마리를 손등 위에 올렸다.

"파리들은 조직이 부드러운 눈, 코, 입에 먼저 알을 낳기 때문에 머리 주변에 구더기가 많아요. 이 아이는 검정파리과에 속하는 구리금파리의 유충이죠. 수술대에서 상처 부위에 풀어놓으면 메스보다 정확하게 죽은 조직을 먹어치워요."

서준은 곤충학 강의는 건너뛰고 빨리 본론으로 들어가고 싶었다. 돼지 사체가 뿜어내는 가스냄새는 견디기 힘들었다.

"박사님 말씀은 오래 듣고 싶지만……."

"이 아이로 사망 시간을 짐작할 수 있겠어요?"

연구원은 호기 있게 질문을 던지며 말을 막았다.

아무래도 그녀가 하는 대로 내버려두지 않으면 대화가 어려울 듯했다. 서준은 좀 더 참을성을 발휘하기로 했다.

서준의 지식에 의하면, 사체의 피 냄새를 맡고 몰려드는 구리금파리는 한 시간 안에 산란을 마쳤다. 알은 보통 열 시간 후 부화해 구더기가 되었고, 30도가 넘는 폭염에서 구더기가 자라는 데는 대략 4일이 걸렸다.

연구원이 손등에 올린 구더기의 크기는 손가락 한마디 정도로 거의 다 자란 상태였다. 이 시간들을 더하면 사망 시간을 추정할 수 있었다.

"죽은 지 한 4~5일쯤 된 것 같군요. 맞습니까?"

"훌륭해요."

연구원은 두툼한 광대를 올리며 흡족해했다.

"하지만 몇 가지를 더 생각해야 하죠."

그녀는 마술이라도 펼치는 표정으로 돼지 사체 옆에 파헤친 흙더미에서 뭔가를 집어들었다. 서준은 금방 알아볼 수 있었다. 구더기가 성충이 되면서 벗어놓은 번데기 껍질이었다.

"탈피각이군요."

"맞아요. 이 아이들은 번데기에 가까워지면 흙속이나 다른 어두운 장소로 떠나요. 콘트리트 바닥이 있는 건물 안에서는 30미터까지 이동해서 발견된 경우도 있죠. 야외에서는 바로 2~3센티미터 깊이의 흙 속에서 발견될 수도 있고요. 만일 겨울이거나 기온이 적당하지 않다면, 번데기 상태로 긴 잠을 자기도 하죠."

번데기 껍질이 있다는 건, 지금 사체에 있는 구더기가 1세대가 아니라는 뜻이었다. 2세대 또는 3세대일 수 있고, 최초에 구리금파리가 알을 낳은 사체의 사망 시간은 더 먼 시점이 되어야 했다.

"곤충들이 모여 있을 때는, 서로 다른 세대일 수가 있어요. 그러니 더 잘 살펴야 하죠. 사건현장의 흙은 채취했나요?"

연구원이 물었다. 서준은 화단에 누워 있던 예린을 떠올렸다.

"네, 그렇지만 이번 경우에는……."

"시신이 많이 건조한 상태였죠? 구더기도 없었고요."

연구원은 잘 알고 있다는 듯 말을 가로챘다.

"네, 채취한 흙에서도 발견된 것은 없었습니다."

"시신이 옷을 입고 있었나요? 물론 현장에서 옷을 벗겨서 검사하진 못했겠죠? 사후 부검에도 참여하지 못했을 테고."

소녀는 티셔츠와 면 반바지 차림이었다. 서준은 부검에 참여하지 못했다.

"딱정벌레의 알은 찾기 어려워요. 탈피각을 그냥 지나쳤을 수도 있고. 부검할 때 누군가는 곤충을 염두에 뒀어야 할 텐데……. 미국 테네시에 있는 바디팜에서는, 아, 기증받은 시체로 운영하는 곳이요. 시체농장이라고 부르는."

연구원은 서준이 이해했는지 확인하고 설명을 이어갔다.

"뜨겁고 건조한 기후 덕분에 다른 곳에서는 보기 힘든 시체 해체 과정을 만들어내요. 시신이 바짝 말라버리는 통에 즙을 빨아먹어야 하는 구더기는 기생할 수 없죠. 그 대신 단단한 턱과 날카로운 주둥이를 가진 딱정벌레와 그 유충이 자리를 잡아요. 이 경우 딱정벌레의 나이는 그 곤충이 처음 시신과 접촉한 시간을 나타내죠. 곤충마다 사체에 나타나기 시작하는 때가 다르니까요. 한국에서는…… 돼지 사체를 살피는 게 전부이고, 다양한 시체 해체과정을 연구하는 것이 어려워요. 그래서 이런 케이스에 도움을 드릴 자료가 별로 없어요. 그동안 전 한국에도 시체농장이 필요하다고 여러 번 제안을 해왔지만 번번이 거절당했죠."

서준은 긴 시간 돼지 사체를 견딘 보람을 찾고 싶었다.

"보내드린 곤충은 살펴보셨습니까?"

"물론이죠. 안타깝게도 DNA 지문이 없는 종이더군요. 지구상에 딱정벌레류는 4만 종이 넘지만, 연구된 종은 극히 일부에 불과하거든요. 지금도 새로운 종이 계속 발견되고 있고."

서준은 실망을 드러내지 않으려 애썼다.

"그렇다면 더 알아낼 만한 건 없다는 말씀인가요?"

"우선 생김새로 보면 이 곤충은 딱정벌레 중에서도 송장풍뎅이과나 반날개과, 풍뎅이붙이과는 아니에요. 개미붙이과나 밑빠진벌레과도 아니구요. 지금까지 법곤충학 연구는 주로 파리류에 집중되었고……."

"박사님!"

서준의 인내심은 거의 바닥이 났다.

연구원은 시무룩해져서 잠시 침묵하더니 더 이상 말을 돌리지 않았다.

"전형적인 사체 곤충이 아니라는 건, 우연히 지나가던 곤충일 가능성도 있다는 거예요. 누가 일부러 가져다둔 것일 수도 있고. 하지만 어떤 비밀을 품고 있는지는 예단할 수 없어요. 곤충의 장에 남은 내용물을 분석 중인데, 경우에 따라서는 사인을 밝히는 단서를 발견하기도 합니다. 시간이 좀 걸려요."

서준의 눈이 빛났다.

연구원은 마지막 당부를 했다.

"몇 마리 더 있다면 대략적으로 나이 정도는 확인할 수 있을 거예요. 운이 좋다면 한두 가지 새로운 사실도 밝힐 수 있을 거고요."

서준은 쿨하게 대답했다.

"개체수를 확보할 방법을 찾아보겠습니다. 다음엔 현장으로 직접 모시죠."

연구원은 불쾌한 기운을 거두고 환하게 웃었다.

서준은 현장에 곤충이 나타난 데는 분명 이유가 있을 것이라 여겼고, 박사가 밝혀주기를 기대했다. 그러나 개체수를 확보하기에는 시간이 부족했다. 이미 형사과는 며칠째 밤을 새고 있었다. 곤충에 대해 말하면, 쉽게 납득하지 않을 것이다.

법정에서도 사체곤충은 정식증거로 채택하지 않았다. 박사의 지적대로 사건과는 상관없는 우연일 수도, 범인이 남긴 단서일 수도 있었다. 언제나 경우의 수는 많았다.

그는 무거운 마음으로 소녀의 엄마를 만나기 위해 이동했다. 인

정하고 싶진 않지만, 이청완 수사관이 이야기한 학대의 가능성에
대해서도 알아봐야 했다.

　초인종을 누르자 앞집 여자가 대신 얼굴을 내밀었다.
　"그 집은 비었어요. 형사분이세요?"
　통화가 되지 않아 곧장 찾아온 서준은 앞집에 묻는 편이 낫겠다
고 생각했다.
　"그렇습니다. 괜찮으시면 몇 가지 여쭤봐도 될까요?"
　"그럼요."
　여자는 현관을 활짝 열고 밖으로 나왔다.
　"애 엄마가 사람들과 어울리지도 않고 이상했어요. 집에도 잘 없고,
애는 걸핏하면 현관 앞에 앉아서 울고. 대체 어쩌다 죽은 거예요?"
　앞집 여자는 묻기도 전에 정신없이 떠들었다.
　서준은 대답할 필요를 못 느꼈다.
　"평소에 찾아오는 사람은 없었나요?"
　"이사 온 후로 형사님들이 처음이에요. 정말 이상하지 않아요?"
　외부와 차단된 가정은 얼마든지 있었다. 서준은 바로 물었다.
　"아이가 자주 울었다고 하셨는데, 무슨 일이라고 얘기하던가요?"
　"아뇨, 걔도 제 엄마를 닮아서 인사도 잘 안 하고 통 말이 없어서요."
　"몸에 상처는 없었나요?"
　"글쎄요. 그러고 보니 있었던 것 같기도 하고……."
　"집 안에서도 우는 소리가 들린 적이 있나요?"
　"옆집에서 나는 소리는 잘 신경 안 쓰고 살죠."

서준은 지난번, 여자가 현관 틈으로 엿보던 게 떠올랐다.

현관 안쪽에 사내아이 운동화가 흐트러져 있었다.

"아드님이 이 집 아이와 자주 어울렸습니까?"

"세상에, 우리 애는 그런 애들이랑 달라요."

"그럼 평소에 가장 많이 접촉한 건 부인인가요?"

"설마요."

여자는 화들짝했다.

"아드님을 잠시 볼 수 있을까요?"

"없어요, 지금. 중요한 전화가 오기로 했는데 깜빡했네요."

앞집은 서둘러 현관문을 닫았다.

서준은 괜한 일을 했다는 생각에 씁쓸했다. 자식을 학대하는 부모의 눈빛이라면 자신이 가장 잘 알고 있었다. 그들의 피는 보통사람보다 차가웠다. 고통을 즐기기보다, 고통에 무감했다. 소녀의 엄마는 그것과 달랐다. 그래도 확인이 필요했다.

앞집 여자와 시간을 소모하는 동안, 규철의 문자가 와 있었다.

요약하면, 국립과학수사연구원에서 검시 중 누락된 것이 있다며 부검결과 정정 팩스를 보냈다는 것이다.

시신에서 발견된 성관계 흔적은 성범죄 가능성이 있음

하마터면 서준은 검시관에게 전화를 걸어 욕설을 퍼부을 뻔했다.

성관계와 성범죄는 엄청난 차이였다.

***

보름째 비가 오지 않는 마른장마가 계속되었다.

6월 중순부터 제주에서 비가 내리며 장마가 시작됐다. 그러나 북동쪽 고기압이 장마전선의 북상을 막으면서 중부 지방에 비가 내리지 않았다. 대신 더위가 길어져 사람들은 너나 할 것 없이 날카로웠다. 다들 하루에도 몇 번씩 오르내리는 감정을 다스리느라 힘든 시간을 보냈다.

관심 밖에 있던 열세 살 소녀의 시신은 질과 항문 안쪽이 손상된 성범죄 피해 흔적이 발견되자 큰 파문을 불러일으켰다. 아파트 화단에 나타난 것이 더욱 불안감을 키웠다.

한 지역일간지의 보도가 시작이었다. 기자는 소녀의 시신이 집 주변에서 발견될 때까지 3년 동안 아이를 찾지 못하고 방치한 검경의 무능력을 강하게 질타했다. 최근 몇 년간 주거지역 아동 납치와 성범죄의 증가 추세에 대해서 별다른 대책이 없는 점도 꼬집었다.

보궐선거가 얼마 남지 않은 시점에서, 가온 신도시는 이 사건으로 들썩였다.

아파트 노인회는 어린이 유괴·성범죄 방지 결의대회를 열었고, 시장은 통학로와 놀이터 등 범죄 취약지역을 중심으로 순찰 활동을 강화하겠다고 발표했다.

예린의 장례식장엔 더 이상 화환을 놓을 자리가 없었다.

현지는 밀려드는 조문객들을 맞이하느라 쓰러지기 직전이었다.

예린이 또래의 학생들부터, 예린이만 한 딸이 있다는 부모들까지 얼굴 한 번 본 적 없는 이들이 찾아와 현지 앞에서 눈물을 보였다.

시장과 시의원들이 현지의 손을 잡을 때는 카메라 셔터들도 같이 터졌다. 국과 밥을 계속 추가시켜도, 얼마 후면 도우미들은 조문객을 대접할 음식이 모자란다고 했다.

현지는 결국 예린의 할아버지와 할머니를 집으로 돌려보냈다. 둘만이라도 아수라장을 벗어나 손녀를 보내는 일에만 전념할 수 있게 되기를 바랐다.

"예린아! 이것 좀 받아!"

앞집 여자가 현지를 부르며 플라스틱 통을 내려놓았다.

"김치 좀 담가왔어."

여자는 사흘 내내 장례식장을 들락거리며 부녀회와 주민자치회 사람들을 데려왔다. 아파트 여자들은 서로를 아이의 이름으로 대신 부르곤 했다. 현지는 갑자기 살가워진 여자의 태도도, 예린의 이름을 부르는 것도 저항할 기력이 없었다.

"발인은 저희가 할게요."

양복까지 맞춰 입고 온 자치회 남자들은 굳이 운구를 돕겠다고 나섰다. 현지는 인부를 돈으로 사는 것이 편했다. 그러나 그들은 기회를 주지 않았다.

여호와는 나의 목자시니 내가 부족함이 없으리로다
그가 나를 푸른 초장에 누이시며 쉴 만한 물가로 인도하시는도다
내가 사망의 음침한 골짜기 다닐지라도 해를 두려워 않음은

발인 직전, 앞집 여자가 다니는 교회의 목사와 신자들이 몰려와 기도를 드리고 찬송가를 불렀다. 현지는 자신이 예배에 동의했는지

기억나지 않았다.

여자는 찬송가의 '푸른 초장' 대목에서 현지의 손을 꼭 잡았다. 현지는 화단에 누워 무섭고 외로운 시간을 버텼을 예린을 생각하니 창자가 끊어지는 것 같아 허리를 펼 수 없었다.

다행히 발인식 이후 화장터까지는 운구 인원 외에 더 몰려오지 않았다.

화장터에서는 특유의 냄새가 났다.

삶과 죽음의 경계에 있는 냄새.

현지는 소각로 앞에서 순서를 기다리며 초조해졌다.

예린을 보내야 할 시간이 다가올수록 불안감은 더욱 커졌다. 여기까지 자신의 의지가 아니라, 거대한 파도를 만나 정신없이 떠밀려온 느낌이었다.

현지의 부모는 시신을 불더미에 넣고 오열하는 앞 순서 가족을 보며 넋을 놓았다.

예닐곱 살 된 아이들이 울부짖는 어른들의 옷깃을 잡았다.

그들이 부둥켜안고 있는 영정사진 속에는 환갑이 넘어 보이는 남자가 있었다.

'그래도 당신들 자식은 살아있잖아.'

현지는 앞 가족과 거기에 넋을 놓고 있는 부모의 슬픔에 높은 벽을 쌓았다.

그들의 슬픔에 공감할 수 없었고 자신의 슬픔을 나눌 수 없었다. 할 수 있는 거라고는, 상처받은 여린 속살을 단단하고 두터운 껍데기 안으로 더 깊이 밀어 넣는 것뿐이었다.

현지는 장례식장에서 준 사망신고서 양식을 펼쳤다. 직원은 사망

후 한 달 이내에 주민센터에 제출해야 한다고 안내했었다. 신고서
에는 예린의 짧은 삶을 단 몇 줄로 적어 넣어야 했다. 이름, 생년월
일, 주소지, 사망날짜와 시각, 사망장소, 사망원인, 사망당시 직업.

현지는 여기에 자신이 채울 수 있는 게 많지 않다는 걸 깨달았다.
자신이 아는 예린의 생은 태어나 함께 했던 10년의 시간, 딱 거기까
지였다. 지난 3년간 어떻게 지냈는지, 어디에서, 언제, 왜 숨이 끊어
졌는지 아무것도 몰랐다.

아니, 10년의 시간에 대해서도 아는 게 없었다.

전날 장례식장을 가장 늦게 찾은 조문객은 형사 서준이었다.

"따님과는 사이가 괜찮았습니까?"

현지는 3년 전처럼 또 수사를 종결하는 건가 싶어서 덜컥했다.

"이번에 찾은 방법은 그건가요?"

"확인하는 게 저희 일입니다."

서준은 예린의 통신내역조회 통지서를 내밀었다.

"실종 이후에는 휴대폰을 가지고 있지 않았던 것 같습니다."

현지는 건네받은 내역을 훑어보았다.

오래전 예린과 주고받은 현지의 번호들, 간간이 할머니의 번호도
섞여 있었다.

"이상하죠?"

"뭐가요?"

"10살이면 친구와 연락이 더 많았을 나이입니다."

현지는 다시 내역을 살폈다. 서준의 말이 맞았다.

자신이 아는 번호 외에는, 다른 번호는 없었다.

"그게 무슨 문제가 되나요?"

"담임교사에 따르면, 아이들이 단체대화방에서 집 얘기로 괴롭혔던 모양입니다."

서준의 말에 현지는 순간 멍해졌다.

아이들 여러 명이 한 명을 메신저 대화방에 초대한 뒤 욕설과 험담을 연달아 보내는 식으로 괴롭히는 일이 종종 있다는 건 들은 적이 있었다.

집 얘기라면, 엄마인 자신의 얘기였을 것이다. 열 살 딸을 가진 스물여섯 살 엄마.

어른들 사이에 먼저 말이 돌고, 그걸 아이들이 옮겼을 것이다. 어떤 말들이 아이를 할퀴었을지 현지는 너무나 잘 그려졌다. 가슴이 무너졌다. 그동안 자신은 어떤 엄마였을까. 왜 지금에야 형사를 통해 이런 얘기를 듣는 걸까.

서준은 담임에게 아이의 몸에 학대의 흔적이 있었는지 물었다는 이야기는 하지 않았다. 말했더라도, 현지의 귀에는 들리지 않았을 것이다.

"예린아! 이것 좀 골라봐."

화장터까지 따라온 앞집 여자가 유골함의 종류과 가격이 적힌 팸플릿을 내밀었다.

"조금 비싸도 요즘은 도자기로……."

"괜찮아요."

"그럼 그냥 황토로 할까?"

"아니요."

"여기까지 와서 애쓰는 사람한테 왜 그래?"

여자의 말투에는 짜증이 묻어났다.

84

현지는 여자를 똑바로 보았다.

"이제 그만 가주세요."

"예린아!"

"그만 불러요. 그 애는 죽었어요."

앞집 여자의 얼굴이 버려진 휴지처럼 일그러졌다. 앞집 여자는 주저앉아 서럽게 눈물을 토했고, 사람들이 웅성거리며 모여들었다.

현지는 예린이를 이렇게 보낼 수 없었다. 적어도 어미라면. 그래선 안 되었다. 그녀는 입술을 굳게 깨물며 침착한 어조로 재부검을 신청하겠노라고, 예린이를 이렇게 만든 놈을 잡기 전에는 화장하지 않겠노라고 말했다.

5

피해자의 엄마가 재부검을 선포하는 바람에 언론의 관심은 가라앉지 않았다.

규철은 그녀의 분별없는 돌출행동에 짜증이 났다. 사건이 시끄러워지면 수사는 오히려 힘들어진다는 걸 사람들은 몰랐다.

5년 이내 성폭력·살인 전과자에서 10년 이내 전과자로 확인해야 할 용의자 리스트는 늘어났다. 가온지구까지 와서 범행을 저지를 만한 놈들만 골라내도, 명단은 100여 명이 넘었다. 뇌보다 아랫도리가 발달해서 거리를 배회하는 놈들을 이런 식으로 잡겠다는 게 우스웠지만 방도가 없었다.

하늘마을 화단 출입 경로에서 가온지구 전체로, CCTV와 블랙박스 수집 대상도 확대됐다.

하늘마을 화단 앞에 무단 주차한 트럭의 운전자들은 고작 두어 시간 주차했을 뿐이라며 블랙박스를 내놓지 않았다. 영장을 발부

받으면 거부할 수 없겠지만, 그땐 이미 데이터가 지워진 다음일 것이다.

가온지구의 택지개발사인 중앙주택공사는 도로 위 과속방지 카메라와 방범용 CCTV 카메라를 아직 한 대도 설치하지 않았다. 지구 조성이 끝나지 않았기 때문이라고 했지만, 설치 주체가 어디인지를 두고 시와 계속 힘겨루기 중이었다.

"그동안 아무도 안 죽은 게 신기하죠."

시 사무원이 불쑥 뱉고는, 아차 싶었는지 금세 입을 닫았다.

강력팀과 형사팀 전원은 건물주들과 개인이 설치한 사설 CCTV를 찾아 가온지구를 이 잡듯이 뒤졌다. 전과자 리스트에서 추린 100여 명의 사진을 CCTV에 찍힌 얼굴들과 일일이 비교하고, 하늘마을 화단과 도로에서 주워온 담배꽁초들과도 모조리 DNA를 대조했다.

이런 사정에도 불구하고 형사들은 온전히 수사에 전념하기 힘들었다. 가온 신도시 곳곳에서 아이가 실종되었다는 신고가 빗발쳤다.

어김없이 경찰이 출동했고, 대부분 몇 시간 연락이 두절된 것에 불과했다. 그러나 한 건은 달랐다.

초등학교 1학년 딸이 하굣길에 수상한 남자로부터 '엄마가 기다리고 있으니 차에 타라'는 말을 들었다는 신고가 접수되었다. 학부모들 사이로 은색 승합차의 남자가 '예쁜 모자를 줄 테니 같이 집에 가자'고 했다는 메시지가 퍼졌다. 키 크고 마른 남자는 항상 놀이터나 공원의 그늘진 곳에서 아이들을 지켜보고 있다고 했다. 급기야 학교는 '유괴 등 범죄 피해 우려가 있으니 주의해 달라'는 통지문을 가정에 보냈다.

규철은 고급 아파트인 퍼스트캐슬 입구에서 경찰 신분증을 보이고 지하주차장으로 들어갔다. 괴담의 진원이 된 처음 신고자가 사는 곳이었다.

며칠째 주르륵 설사를 쏟아내 운전대를 쥔 손끝이 떨렸다. 하루빨리 놈을 잡지 못하면, 소녀 다음으로 자신이 죽을 것 같았다.

화이트 빈티지 가구로 거실을 가득 채운 넓은 집의 여자는 딸을 서재에서 데려왔다. 수상한 사람을 만난 이후로 며칠째 학교에 가지 못했다는 아이는 규철을 보자 울음부터 터트렸다.

"학교 앞에서 만난 아저씨가 어떻게 생겼니?"

"팔, 다리가 굉장히 길고 말랐대요."

규철의 물음에 엄마가 대신 대답했다.

"나이는? 아빠보다 젊었어?"

아이가 고개를 끄덕거렸다.

"얼마나 젊었어?"

아이는 망설였다.

"키는 얼마나 컸니? 아저씨보다 컸어?"

역시 고개를 끄덕였다.

"옷은 무슨 색을 입었는지 생각나니?"

"빨간 색을 입었대요. 위아래 전부."

엄마가 또 대답했다.

위아래 전부? 키가 크고, 팔 다리가 길고, 빨간 옷을 입은 남자?

규철은 문득 떠오르는 얼굴이 있었다. 그는 아이에게 다가가 귓속말로 속삭였다.

아이는 계속 울먹였다. 규철은 다시 한 번 귓속말을 전했다.

"그만하세요."

집주인 여자는 아이를 끌어당기며 화를 냈다.

아이는 규철에게 다가와 소곤거렸다.

"고마워."

규철은 최대한 친절한 표정을 지어 보이고는, 집주인 여자를 향해 말했다.

"요즘 애정을 덜 주셨나 보다. 지어낸 얘기라네요."

괴담 속 남자는 아이들이 많이 보는 오래된 만화의 캐릭터였다.

아이는 다시 울기 시작했다.

"수사는 안 하고 왜 애를 울려요."

엄마는 미안한 기색 없이 규철을 돌려보냈다.

규철은 여자의 뻔뻔함에 욕이 치밀었다. 위경련으로 명치끝이 욱신거렸다. 이래도 언론은 경찰이 철저하지 못한 수사로 불안을 자극해 계속 괴담을 만들어낸다고 물어뜯을 것이다. 사람들은 한국 경찰이 미국 드라마 속 CSI처럼 하지 못한다고 비난하는 것에 익숙했다.

***

승호는 어깨까지 우거진 수풀 속으로 몸을 더 낮췄다.

또래의 남자아이와 조금 더 어려보이는 여자아이가 이쪽을 향해 걸어왔다.

싱그러운 푸른 꽃을 품에 안은 여자아이는 함박웃음을 지었고, 남자아이는 꽃들을 서로 엮어 동그랗게 만들었다.

계속 이쪽으로 오면 지신을 발견하게 될 것이다. 그리고 회색지붕 집도.

친구를 데려오고 싶으면 먼저 허락을 받아야 해. 집주인이 정한 규칙이었다.

집 안은 항상 깨끗하게. 환기는 하루 한 번, 식사는 하루 세 번. 낯선 사람은 조심. 아무한테도 말하지 않기. 그 외에도 여러 규칙들이 있었다. 하지만 이런 경우에는 어떻게 해야 하는지 알려주지 않았다.

마침 주인은 집을 비웠다. 그는 이곳에 계속 머물지는 않았다. 가족끼리는 규칙을 잘 지켜야 해. 그게 예의야. 집을 나서면서 주인이 당부한 말이었다.

조금만 더 있으면, 아이들은 회색지붕의 집을 발견하게 될 거였다. 승호는 주인의 말을 어기게 될까 봐 가슴이 두근거렸지만, 한편으론 손님이 오는 것처럼 설레었다.

아이들은 파란색 천으로 가려진 창문 틈으로 집 안을 들여다보았다. 어두워서 잘 보이지 않았다.

남자아이는 잔뜩 겁을 집어먹은 여자아이의 팔을 잡아끌었다. 동그란 화관을 쓴 아이는 마지못해 따라갔다.

둘은 썩어가는 나무 문을 향해 다가갔다. 꺄악, 여자아이가 비명을 질렀다. 수풀에서 승호가 튀어나왔다. 네가 이 집의 가장이 되는 거야. 주인의 말이 생각났기 때문이다. 가장이 되려면, 이 정도는 알아서 해야 할 것 같았다.

"들어가 볼래?"

승호는 둘에게 말했다.

최대한 다정하게. 집주인이 말하듯이.

여자아이는 품에 안은 푸른 꽃을 내던지고 정신없이 도망쳤다.

저만치 달아난 남자아이가 승호를 향해 돌멩이를 던졌다. 승호는 번쩍 정신이 들었다. 조가 정한 규칙을 어기면 안 되었다. 멀어지는 아이들을 향해 사정하듯 외쳤다.

아무한테도 얘기하면 안 돼!

***

불 꺼진 가온 신도시의 밤은 적막했다. 소녀의 죽음과 괴담이 아니라면 자정을 넘긴 시각까지 더위를 견디려는 사람들이 산책로를 서성거렸을 것이다.

규철은 방음벽의 아치문을 통과해 8차선 도로를 지키는 신호등이 녹색으로 바뀌기를 기다렸다. 어둠 속에 가온초등학교와 그 아래 임대단지들이 보였다.

달빛마을, 별빛마을, 바다마을, 그 다음이 하늘마을이었다. 유리성벽 안에서 한 차례 전투를 치른 후 물 한 모금 마실 겨를도 없이 다시 전장으로 가는 기분이었다.

임대단지는 밤이면 갈 곳 없는 십대들이 모이는 치안 사각지대였다. 가로등도 없는 놀이터 구석에서 음주를 하거나, 상가 화장실에 숨어들었다.

아이들이 가고 난 뒤면 기물이 파손되고, 헤집어놓은 가방이 굴러다녀 여러 번 신고가 접수되었다.

주는 밥 먹으면서 착실하게 공부나 할 것이지, 왜들 밤마다 기어나오니. 그때마다 규철은 혼잣말을 했다. 올해 열다섯 살이 된 아들놈은 키우는 동안 말썽 한 빈 부린 직이 없있다. 조금 철이 없긴 하지만, 쇠 빠지게 벌어서 먹이고 공부시킨 공은 잊지 않을 거라 믿었다.

아들 때문이라도, 사고 칠 싹수가 보이는 버러지 같은 놈들은 알을 까고 새끼를 치기 전에 부지런히 쓸어내야 했다. 그런 놈들이 돌아다니는 한, 아들도 언제 어디서 무슨 일을 당할지 알 수 없는 세상이었다.

등나무 아래 한 무리가 보였다.

그 중 한 명은 아는 얼굴이었다.

규철은 녀석들을 상대할 생각을 하니 머리가 지끈거리고 충혈된 눈에 실핏줄이 붉거졌다.

"짭새 아저씨, 여기서 뭐해요?"

대장격인 아이가 규철을 보자 경계했다.

"불 좀 빌리자."

"요새 담밸 누가 펴요."

아이는 비웃듯 대답했다.

"죽겠다, 뭐 좋은 거 없니?"

"얘는 어때요? 삼백만 원에 사 가요."

다른 아이가 여자애를 두고 농을 했다.

"아가리 찢어버린다!"

속눈썹을 두텁게 칠한 여자애는 짐짓 분한 표정을 지었다.

"아저씨 건 썩어서 안 돼."

"썩은 내 여기까지 나."

아이들은 규철을 두고 저희들끼리 낄낄거렸다.

"내 건 내가 알아서 할게. 그러지 말고."

규철은 지갑을 열어 만 원짜리 한 장씩을 돌렸다. 대장 아이에게는 몰래 노란색 지폐 한 장을 더 얹었다. 재작년에 그 아이의 형을 직접 철창에 넣었다.

"화단에 있던 여자애 있지. 누가 아니?"

"몰라요, 그런 애."

"그딴 걸 왜 우리한테 물어?"

아이들은 말을 돌렸다.

"그게 겨우 이걸로 돼요?"

한 명이 지폐를 흔들자, 대장 아이가 눈을 부라렸다. 아이는 입을 꾹 닫았다.

여자애가 빈정대며 말했다.

"아저씨, 저 아래 게임방에 가서 변태나 잡아요."

"변태? 누군데?"

"가보면 알아요. 지금 있어요."

"그 새끼 잡으면, 한 명당 10분씩?"

규철은 약속하라는 듯 엄지를 내밀었다. 아이들은 생글거리며 수사협조를 약속했다. 자신들이 지키지 않을 걸 뻔히 알면서도 규철이 고분하게 움직이자, 야릇한 우월감을 느꼈다.

'그러니까 니들이 그렇게밖에 못 사는 거다.'

규철은 아이들이 말한 방향으로 움직이며 생각했다. 녀석들을 다룰 때는 지들이 어른들 머리 꼭대기에 앉았다고 착각하게 해줘야 한다. 범인은 그들 속에 있을지도 모른다.

아이들 위에 가장 먼저 군림하는 것은 조금 더 나이 많은 아이들이다. 그게 포식의 법칙이다. 더구나 아이들은 또래에 대해 어른들보다 많은 정보를 가지고 있다. 그래도 역시 그런 녀석들의 비위를 맞추는 건 심사가 뒤틀리는 일이었다. 지금처럼 온몸의 신경이 터지기 직전의 압력솥 같은 때는 더욱.

게임방은 하늘마을 아래쪽 삼거리 건너에 있었다.

소음이 가득한 게임방에서 유독 자리가 듬성한 곳이 눈에 들어왔다.

네 번째 열 구석에 앉은 사내가 출입문 쪽으로 등을 보이고 모니터에 열중하고 있었다. 멋모르고 근처에 앉았던 커플이 인상을 쓰며 자리를 옮겼다.

사내는 규철이 오는 것도 모르고 계속 열중하며 바쁘게 어깨를 들썩였다.

헉, 헉.

입구에서도 들릴 만큼 호흡이 거칠어지고, 신음이 커졌다.

바로 옆까지 갔을 때는 아예 상체를 젖히고, 흰자위를 까뒤집으며 대놓고 까무러치기 시작했다. 지퍼를 내린 손이 쉴 새 없이 움직이고 있었다. 규철은 왼손으로 사내의 목울대를 누르고, 오른손으로 잔뜩 부풀어 오른 물건을 꽉 움켜쥐었다. 사내는 컥, 비명을 질렀다. 손등에 비릿한 액체가 튀어 올랐다. 규철은 인상을 찌푸렸다. 그동안 억눌렸던 짜증과 울분이 터져 나왔다.

"찌질한 새끼, 나와!"

사내의 머리통을 팔꿈치 안쪽에 걸고 계단으로 끌고 올라와 아스팔트에 집어던졌다.

규철이 힘껏 허벅지를 후려 차자 윽, 소리를 냈다. 몇 번을 더 후려 차도 분이 가시지 않았다.

사내의 웃통을 까고, 티셔츠를 얼굴에 둘둘 말아, 주먹으로 실컷 내리쳤다. 축 늘어진 사내가 더 몸을 일으키지 못하는 걸 보고서야 등 뒤로 팔을 꺾어 수갑을 채우고, 몸을 수색했다.

사내의 뒷주머니에서 여러 번 접은 빠닥빠닥한 종이가 나왔다. 종이를 펼쳐든 규철의 눈이 커졌다. 예린이 환하게 웃고 있는 전단이었다. 한쪽에 하얀 정액이 말라붙어 있었다.

"변태 새끼!"

규철은 사내의 꺾인 팔을 더 세게 비틀었다.

* * *

시멘트 냄새 가득한 비상계단에 발소리가 울렸다.

킥킥거리며 소곤대는 목소리는 한창 변성기를 겪는 소년들이었다. 간간이 소녀의 웃음소리도 섞여서 들렸다.

발소리가 멈추자 어둠 속을 휴대전화 LED 라이트가 환히 밝혔다. 빛은 반경 3미터의 커다란 원을 그렸다. 네댓 명의 앳된 얼굴이 드러났다.

"너무 밝은 거 아냐?"

한 아이가 걱정스럽게 물었다.

"새끼, 겁은."

다른 아이가 무시하듯 뱉고는, 라이트를 비추는 데 집중했다.

"멀었어?"

"기다려."

대답을 한 아이는 윤수였다.

윤수는 휴대전화 빛에 의지해서 커다란 자물쇠를 끌렀다.

아이들은 작은 탄성을 내며 발을 굴렀다. 자물쇠를 벗겨내고 단단히 동여맨 쇠사슬을 풀어 철문을 열어젖히자, 사람을 타지 않은 밤공기가 그들을 맞이했다.

도시의 밝은 곳에는 윤수와 아이들이 있을 곳이 없었다. 그러나 어둠 속에는 많았다. 특히 막 지은 아파트나 빌딩 옥상은 마음 편히 차지하기 좋은 장소였다.

아이들은 어두운 도시 꼭대기에서 가슴이 탁 트이는 해방감을 느꼈다.

일행 중 하나가 어깨에 멘 가방을 열어서 전자담배를 꺼내더니 한 개비씩 돌렸다. 가방 안에는 전자담배 수십 개가 들어 있었다.

윤수는 소년원에 가기 전처럼 다시 시시한 애들 틈에 끼고 싶지 않았다. 자판기를 터는 것은 시시한 짓이었다. 그러나 지금 이 아이들 틈에서 꿇리고 싶은 생각은 없었다. 그럴듯하게 폼을 재며 플라스틱을 물고 빨았다. 형이 봤다면 연기 뿜는 벌레라고 했겠네.

계속 지켜보던 여자아이가 윤수 옆에 와서 앉았다. 땀을 많이 흘렸을 텐데도, 향긋한 냄새가 났다. 여자아이는 윤수를 보며 생긋 웃었다.

전자담배를 돌린 아이가 윤수에게 말했다.

"아까 건 연습이고, 오늘이 제대로야. 밤 열 시!"

윤수는 아직 결심을 굳히지 못했다. 지금은 새벽 한 시. 스물한 시간 남았다.

지금껏 남의 차를 몇 번 건드린 적은 있지만 그건 운전을 하고 싶어서였다. 차 안에서 다른 걸 훔쳐낸 적은 없었다. 잠시 빌리는 것과 훔치는 것은 다르니까. 더구나 전자담배 따위에는 흥미가 없었다.

소년원 갈 짓은 하지 않는다

형과의 약속이 다시 떠올랐다. 그러나 놓치기엔 아까운 기회였다. 윤수는 곧 형과 이곳을 떠날 계획이었다. 돈이 필요했다.

"오늘만 하면, 그 사람 소개해주는 거야?"

윤수는 무리의 대장 아이에게 물었다.

"새끼, 속고만 살았나?"

오래전부터 아이들 사이에는 누군가 돈과 일자리를 준다는 말이 돌았다. 별로 위험하지도 않다고.

윤수는 거기에 끼고 싶었다.

"아파트에 살 수 있는데 왜 싫다는 거야? 다른 곳에는 우리가 들어갈 집이 없어."

같이 살 집을 구할 때, 처음부터 지금의 임대아파트에 살자고 조른 건 윤수였다. 형은 싫다고 했다. 좋은 벌이만 있다면 다른 곳에 가서도 생활은 어떻게든 꾸릴 수 있을 거고, 엄마 아빠를 찾는 날도 빨라질 거고, 나중에 형도 이해해주겠지. 윤수는 자신을 계속 설득했다.

갑자기 따스한 기운이 팔을 감는 게 느껴졌다.

동그란 눈이 토끼처럼 귀여운 여자아이가 윤수의 팔뚝을 안은 채 물끄러미 보았다. 윤수의 뱃속에서 꾸르륵거리며 물소리가 났다. 두 볼이 발갛게 달아올랐다.

건물 옥상은 난간이 눈높이보다 높았다. 시야가 막혀 답답한 아이들은 거침없이 난간 위로 올라섰다.

가온 신도시가 한눈에 들어왔다. 어둠을 꽉 채운 수많은 불빛이 각자의 존재를 증명하고 있었다. 하지만 그곳에 아이들의 자리는 없었다.

"우리 여기 있다!"

아이들은 휴대전화 액정 불빛을 흔들어대며 환호성을 질렀다. 그런다고 사람들은 알 턱이 없었다. 대장 아이가 장난기 어린 얼굴로 바지를 확 내렸다. 다른 아이들도 내렸다. 어둠 속에서 작고 통통한 흰 엉덩이들이 춤을 추었다.

그래, 시시한 짓은 오늘만 참자

윤수도 바지를 확 내렸다. 뜨거운 숨이 가까이 느껴지더니 오른쪽 뺨이 촉촉해졌다. 여자아이가 살포시 입술을 대었다 재빨리 떼었다. 희열에 찬 밤이었다.

***

가온지구 임대단지를 포괄하는 가온1동 주민센터 강당에 100여명의 사람이 들어찼다.

남동경찰서 형사과, 인근 지구대 의무경찰 그리고 시의 협조요청을 받고 자원해서 온 주민자치회와 부녀회 회원들이었다.

지역의 곤충 전문가로 소개된 중앙초등학교 과학교사 기연호는 긴장된 얼굴로 단상에 섰다.

그는 준비된 테이블 위에 포충망, 유리관, 막대기, 삼각봉투, 병, 돋보기, 핀셋 같은 것들을 늘어놓고는 앉아 있는 사람들을 향해 미소를 지어 보였다. 학생들 앞에서 수업할 때와는 전혀 느낌이 달랐다.

불이 꺼지고 프로젝터에서 빔이 쏟아졌다. 흰 배경막에 장수하늘소, 수염풍뎅이, 상제나비, 산굴뚝나비 같은 곤충의 사진과 이름이 나타났다.

"여러분이 곤충채집을 할 때 가장 주의하실 점은, 천연기념물은 잡으시면 안 돼요."

기연호의 말에 청중 중 누군가 웃음이 터졌다. 기연호는 만족스러워하며 기름진 목소리로 설명을 이어갔다.

"두 번째로 주의하실 부분은 독성이 있는 곤충인데요……."

맨 뒤 열에서 지켜보던 강력2팀장은, 거북함을 견디지 못하고 뒷문으로 빠져나왔다.

전담검사가 주재한 전원회의에서 서준이 현장에서 발견된 곤충에 대한 보강수사가 필요하다는 기안을 올렸을 때만 해도, 누구도 이러한 결과를 예상하지 못했다.

"증거능력도 없는 곤충에 힘 빼자고? 강력2팀 아직 여유 있네."

검사는 서준이 전직 부장판사의 아들만 아니었다면 더 독한 말을 쏟아냈을 것이다.

형사과장은 강력2팀장을 매섭게 노려보았다.

제발 그만해라. 팀장은 서준을 끌어다 앉히며 귀엣말을 했다. 서준은 굽히지 않았다.

"할 수 있는 건 다 해봐야죠. 다른 단서가 없지 않습니까?"

"뭘 다해. 검거에 도움 되는 걸 하시라고. 제발!"

검사는 노발대발했다.

회의에 배석한 수사관들은 불쾌한 기색을 감추지 않았다. 결국 동료 경위가 서준을 데리고 나갔다. 혼자 잘난 자식. 팀장은 부아가 치밀었다.

그러나 이틀 만에 검사의 생각은 달라졌다.

주민들의 불안감이 극에 달해, 수사에 진척이 없는 검경은 말린 생선처럼 두들겨 맞고 물어 뜯겼다. 매시간 바늘방석에 앉은 것 같기는 시장도 마찬가지였다.

중앙시와 수사지휘부는 자신들이 얼마나 강한 의지로 노력하고 있는지 어필하고, 여론을 환기시킬 수 있는 탈출구가 절실했다. 곤충의 소재를 파악하고, 개체수를 확보하기 위한 곤충채집은 시선을 끌 수 있는 맞춤 이벤트였다.

팀장은 형사과장의 말을 듣고도 믿겨지지 않았다. 그는 곧장 서준의 자리로 갔다.

"그럼 괜찮을 것 같으시대. 말도 되고."

"예?"

"곤충 잡는 거 말야."

서준은 강력2팀장을 멀뚱히 보았다.

"어떤 식으로 하시겠다는 겁니까?"

"몰라, 새끼야. 네가 싼 똥이니까, 네가 다 책임져."

팀장은 형사과장 앞에서 자신이 지었던 것과 같은 표정을 한 서준에게 등을 돌렸다.

물론 이런 이벤트는 서준이 원한 방식이 아니었다. 팀장도 쇼원도 수사로 수집한 곤충들을 유의미하게 분류하고 분석하는 것 자체가 실정에 맞지 않는다는 걸 알았다. 무엇보다 언론은 늘 하나의 가능성만을 선택해서 부풀렸고, 그런 속성은 객관적인 수사를 어렵게 만들었다. 머리로는 서준의 잘못이 아니란 걸 알지만, 결과적으로 원망은 서준에게 돌아갔다.

경찰청 홍보실 카메라가 허겁지겁 강당으로 들어가는 게 보였다. 배알이 꼬였다. 팀장은 고개를 저으며, 주민센터를 떠났다.

여전히 비는 내리지 않았고, 건조주의보와 폭염경보가 계속되었다.

피곤한 기색이 역력한 형사들이 둥근 테이블에 둘러앉아 유리병을 분류했다.

병마다 라벨 위에 곤충을 채집한 일시와 장소가 적혀 있었다.

의무경찰이 짐수레에 상자 두 개를 싣고 와 테이블 옆에 내려놓았다.

"야, 뭘 자꾸 가져와."

"아직 저쪽에 많습니다."

핀잔을 들은 의경은 쭈뼛거리며 말했다.

구석으로 밀려난 벤치프레스와 덤벨들 옆에 분류되지 않은 상자들이 잔뜩 있었다.

곤충채집이 시작되면서, 경찰서 지하의 체력단련장을 비우고 단출한 집기를 놓아 임시로 수사실 및 작업장을 만든 것이다. 밀려 있는 상자를 본 형사들은 한숨을 쉬었다.

나흘째 가온지구 곳곳에서 밀짚모자를 쓴 경찰들과 가슴에 '안전

한 가온'이라고 새겨진 조끼를 입은 주민들이 포충망을 들고 이리 뛰고 저리 뛰는 진풍경이 펼쳐졌다.

곤충이 다 자라기 전에는, 전문가들도 애벌레나 번데기의 모양만으로 어떤 곤충인지 알아맞히기가 쉽지 않았다. 경찰들은 유충과 녹색을 띠는 단단한 곤충은 모두 잡아들였다.

땅에 앉아 있거나 나무진을 먹는 것들은 포충망을 위에서부터 덮어씌웠다. 키 작은 식물에 붙어 있는 것들은 나뭇가지의 잎이나 풀에서 옆으로 떠올려서 잡았다.

포충망을 이용할 수 없는 키 큰 식물에 앉아 있는 곤충은 그물을 식물 아래에 받치고 막대기로 털었다. 그물에 떨어진 작은 벌레는 날아가 버리기 전에 유리관을 대고 공기를 들이마셔 재빨리 빨아들였다. 해가 질 무렵에는 설탕에 효모나 요구르트 등을 섞어서 만든 먹이를 나무줄기에 칠해두었다가 한밤중에 날아와 붙은 곤충들을 병에 담았다.

가장 신난 것은 아이들이었다. 어른들 사이로 누비고 다니며 몇몇은 직접 채집한 곤충을 가져와서 기증하기도 했다. 모인 곤충은 국립생물자원관으로 보내졌다.

주민자치회와 부녀회 회원들은 이글거리는 태양열에 곤충채집팀이 쓰러지지 않도록 짠무를 잔뜩 다져 넣은 주먹밥과 얼음 음료를 상자째 돌렸다. 지역신문과 방송은 곤충을 찾아다니는 이들의 모습을 담았고, '아동성범죄', '유괴' 같은 키워드보다 '곤충'이 화제가 되었다.

'현장의 유일한 단서', '사건을 해결할 결정적 단서', '범인의 흔적' 같은 말들이 그 앞을 장식했다. 어느새 가온 신도시 주민들의 인식 속에서 곤충과 범인은 같은 말이 되어버렸다.

"우리가 형사지 새야? 곤충이나 잡고, 시발."

앞머리가 벗어지기 시작한 경사가 유리병을 담다가 분통을 터트렸다.

"비라도 내려야 이 짓을 안 하지."

체념한 다른 경사가 말을 이었다.

규철은 공연히 마음이 불편했다. 서준이 없으니 자신에게 들으라고 하는 말인 게 뻔했다.

출입문 쪽에서 아이들이 까르르 웃는 소리가 들렸다.

강력2팀장이 체력단련장을 흘깃거리는 아이들을 쫓으며 들어왔다. 양손에는 방금 아이들에게서 건네받은 듯 곤충채집 병이 들려 있었다.

"막내, 에어컨 좀 켜봐."

팀장은 테이블에 병을 내려놓으며 짜증 섞인 목소리로 말했다.

"냉방을 심하게 하면 곤충이 죽는다는데요."

신입이 기어들어가는 소리로 대답했다. 그 말을 들은 팀장은 성질이 올랐다.

"사고 친 놈은 코빼기도 안 보이고. 유서준 어디 갔어!"

"탐문 나갔습니다."

팀장의 시선이 자신에게 꽂힌 걸 느낀 규철이 우물거리며 대답했다.

"한 놈이 똥을 싸니까 다 같이 똥물을 뒤집어쓰잖아. 강경사, 넌 매일 붙어 다니면서 안 말리고 뭐 했어! 앞으로 사흘이야. 그 안에 범인 못 잡으면 다 끝이니까 그렇게들 알아!"

팀장이 소나기를 퍼붓고 나간 뒤, 다들 똥씹은 표정으로 침묵했다.

살얼음 같던 공기를 깨트리며, 문득 신입이 지나가는 말처럼 던졌다.

"잡지 말고 수배할까요?"

"뭔 소리야?"

규철이 짜증스럽게 물었다.

"요즘은 취미로 곤충을 키우는 사람들이 있습니다. 그 사람들이 만든 온라인 카페에 올라오는 글들을 보면 전문가보다도 지식이 상당하거든요. 거기 누군가는 이 곤충에 대해서 알지 않을까요?"

"야, 기가 막히다. 안 그래?"

규철은 동료들에게 반응을 구했다. 곤충채집에 지친 형사들은 너나 할 것 없이 신입의 말랑한 정수리를 문지르며 적극 찬성했다. 이 상황만 벗어나게 할 수 있으면 뭐든 해보라는 투였다. 신입은 예상치 못한 반응에 당황했다. 일은 속전속결로 진행되었다.

"이렇게 올리면 되겠습니까?"

"어디 보자."

다들 신입이 앉은 업무용 컴퓨터 모니터로 몰려들었다.

'이름이 궁금해요.'

볼드체로 태그를 한 제목 아래, 하늘마을 현장에서 발견되었던 딱정벌레의 사진과 촬영날짜, 장소 등 간단한 글이 첨부되었다.

"오케이, 이제부터 단단히 봐라."

"네!"

규철의 말을 들은 신입은 기쁨을 감추지 않았다. 앞으로는 사무실에서 눈이 벌게지도록 모니터를 바라보며 댓글이 달리기만을 기다리면 되었다. 뙤약볕에서 곤충을 잡는 건 정말 끔찍한 짓이었다고 되씹으며 물티슈로 정수리를 닦았다.

***

우성은 거울 속 오십대 남자에게 공적인 권위를 더하려면 무엇이 필요할까 곰곰이 생각했다.

폴로티와 면바지 차림으로는 부족했다. 그는 허물 벗듯이 몽땅 벗어던지고, 하늘색 셔츠, 남색 조끼, 남색 바지, 남색 모자를 착용했다. 한결 나아 보였다.

지금 그가 하려는 일은 최근 했던 일 중 가장 중요했다.

하늘마을 입주 일 년 차인 우성은 올해 소망을 이뤘다. 평생 줄반장 한 번 해본 적 없는 그는, 쉰을 넘기면서 남들이 우러를 만한 자리에 있어야 한다는 생각이 커졌다.

우성이 입주한 1802동은 동대표가 계속 공석이었다. 입주하고 6개월을 넘겨야 출마자격을 주는 규정 때문에, 날짜를 세며 기다렸다. 다들 살림살이가 넉넉지 못한 하늘마을에서 아파트 일에 팔 걷어 부치고 나서는 이들은 그나마 칠십대 노인들이었다. 그들은 아직 오십대 초반인 우성을 보기 드문 젊은이라고 추켜세웠다. 우성은 남다른 사명감으로 여기에 부응하고자 노력했다. 동 입구에 부착된 '배달사원 승강기 사용금지' 공고문도 고등학생 딸을 닦달해 직접 만든 거였다.

그러나 한 녀석이 공고문을 계속 무시했다. 그는 정직하지 못한 것, 질서를 무시하는 것은 용납할 수 없었다. 일전에는 근무를 소홀히 한 경비의 휴가를 반납시켰고, 아파트 밖으로 음식물 쓰레기를 내던지는 범인을 잡기 위해 복도에 매복하기도 했다. 음식물을 투척한 여자의 호수는 한동안 본보기로 게시판에 부착되었다. 그러니 동대표의 공고를 무시하는 괘씸한 녀석은 매운 맛을 봐야 했다. 더군다나 주민들은 승강기 관리비로 매월 일정액을 내고 있었다. 그에게는 주민들의 소중한 돈을 좀먹는 버러지 같은 놈들을 막아야 할 의무가 있었다.

한 달여 전, 괘씸한 녀석을 벼르던 우성은 동의 맨 꼭대기 층인 20층 복도에 서서 짙게 깔린 어둠을 노려보았다.

동트기 한참 전인데도 동마다 한두 집씩 불이 켜졌다. 새벽일을 마치거나 들어온 집일 터였다. 성실한 사람들. 이들의 돈을 지키는 일이라는 생각에 우성은 더욱 경건해졌다.

저만치서 카고 트레일러가 달린 자전거를 탄 소년이 동으로 들어오는 것이 보였다. 검은 후드를 깊이 눌러쓴 모양새가 한눈에도 불량했다.

배달 소년은 맨 꼭대기 층으로 올라 계단을 통해 순서대로 내려갈 게 뻔했다. 우성은 20층 승강기 문 앞에서 소년을 기다렸다. 17, 18, 19, 숫자가 바뀌면서 손에 땀이 찼다.

승강기 도착음이 들렸다.

문이 열리자 우성은 소년이 안에서 나오지 못하도록 몸으로 가로막았다.

쉿.

순간 녹색 형체가 우성의 눈앞을 섬광처럼 가로질렀다. 곤충이었다.

놀란 소년은 좁은 공간을 새처럼 날던 녹색 곤충을 감싸 쥐고 주머니에 넣었다.

심지어 벌레라니. 우성은 기가 막혔다. 그는 소년을 밖으로 잡아 끌며 곤충을 뺏으려고 완력을 썼다.

소년은 뺏기지 않으려고 바동거렸다. 한쪽 팔로 안고 있던 신문이 바닥에 흩어졌다.

우성은 소년의 목과 어깨를 팔로 휘어 감고는 주머니에 손을 깊이 찔러 넣었다. 아래에서 누가 계속 버튼을 누르는지, 승강기 문이 자꾸 우성의 몸에 걸려 덜컹거렸다.

"아악!"

우성은 날카로운 통증에 비명을 질렀다.

곤충과 소년은 거의 동시에, 주머니에서 곤충을 움켜쥔 우성의 손과 팔을 힘껏 깨물었다.

계속되는 비명에도 그가 마지못해 손을 벌릴 때까지 꽉 깨문 살을 놓지 않았다. 곤충이 빠져나오자 소년은 우성을 밀쳐내고 닫히는 승강기 문 뒤로 사라졌다.

우성의 중지와 팔뚝에 남은 이빨자국 위로 벌겋게 피가 올라왔다.

벌레 같은 녀석, 아니, 벌레만도 못한 녀석.

괘씸한 소년을 놓친 우성은 집에 돌아와서도 화가 풀리지 않았다.

그는 신문배급소에 전화해서 당장 배달원 신상을 대지 않으면 주민들이 구독을 끊게 만들어버리겠다고 엄포를 놓았다.

소년은 옆 블록 건너에 있는 달빛마을에 살고 있었다. 우성은 그 뒤로 소년을 계속 감시했다. 몇 대 쥐어박으면서 성질부리는 것으로 풀릴 일이 아니었다. 이런 녀석들은 언젠가 한 번은 큰 사고를 치는 법이었다. 그때를 기다리기로 했다. 일종의 잠복근무 같은 거였다.

그리고 어제 아침, 우성은 재활용수거장에 버려진 종이들 사이에서 눈에 띄는 전단 한 장을 발견했다. 기분 나쁜 녹색 형체. 반들반들한 유광 종이 탓에 사진 속의 선명한 녹색은 형광에 가까웠다. 경찰이 공개수배 중인 곤충이었다. 우성은 쾌씸한 소년의 것과 같은 놈이라는 걸 한눈에 알아보았다.

밤새 잠을 설친 우성은 은색 호루라기를 조끼 윗주머니에 걸고, 모자를 눌러썼다. 거울 속 남자는 완벽했다. 공무집행에는 자율방범대 복장이 맞춤이었다.

6

새벽 여섯 시, 윤수는 요란한 현관 벨 소리에 깨어났다.

거실의 이부자리는 말끔히 개어져 있었다.

신문 배달을 나간 형은 돌아올 시간이 되지 않았다. 다른 배달원을 구할 때까지만 일하기로 한 후로는, 전보다 끝나는 시간이 많이 늦어졌다.

윤수에게 따로 나가서 지낼 곳을 알아보라고 말한 즈음부터였다.

가족이라고 믿었는데, 각자 지내자니. 그날 이후로 윤수는 화가 풀리지 않은 척하며 말을 섞지 않았다. 그러나 통 잠을 이루지 못하고 예민하게 구는 형을 보면서, 속으로는 벌써 형과 같이 다른 곳으로 옮길 계획을 세워놓았다.

벨 소리는 계속되었다.

그냥 미안하다고 한마디 하면 될 걸. 어쩌면 배달을 끝낸 형이 화해하려고 장난을 치는 걸 수도 있겠다는 생각이 들었다.

"누구세요?"

잠이 덜 깬 목소리로 물었다.

"경찰입니다. 바로 문을 열지 않으면 뜯고 들어갑니다."

뜻밖의 상황이었다. 윤수는 위압적인 사내의 목소리에 놀라 베란다 창으로 달려갔다. 아파트 건물 아래, 수십 명의 남자가 모여 있었다.

지난밤에 한 일을 되짚어보았다. 하지만 새벽에 경찰이 들이닥칠 만큼 잘못된 일은 없었다. 거리는 텅 비어 있었고, 아이들이 담배 자판기 유리를 박살낼 때도 윤수는 멀찌감치 지켜만 보았다.

그럼 오늘 밤 벌일 일을 미리 알고 온 것일까. 그럴 수도 있었다. 화단에 소녀가 나타난 이후, 형사들은 안테나를 곤두세웠으니까. 윤수는 차라리 그런 것이길 바랐다. 밀려드는 불안한 예감은 제발 비껴가기를.

"문을 뜯습니다."

사내의 말이 끝나자마자, 끄르륵 아파트 철문을 부수는 소리가 들렸다.

형이 힘들게 마련한 보금자리를 망가트릴 수는 없었다. 윤수는 그만하라고, 문 다 부서진다고 고함을 쳤다. 현관문을 살짝 여는 순간, 구둣발이 집으로 쏟아져 들어왔다.

좁은 거실에 경찰들이 꽉 들어찼다. 한쪽에 쌓아놓은 신문 더미들이 무너져서 아수라장이 되었다. 형사 중 한 명이 캠코더로 집 안을 찍었다.

"압수수색 시작합니다."

형사는 종이 한 장을 보여주더니, 일제히 뒤지기 시작했다.

눈에 밟히는 대로 뒤집고, 쏟고, 뒤졌다. 거실에 있는 윤수의 컴퓨터 본체도 뜯겼다. 그때 누군가 무너진 신문 더미 사이에서 전단 뭉치를 집어들었다.

녹색 곤충의 수배 전단들이었다.

형사들은 소란스러워졌다. 윤수의 손에 땀이 찼다. 불안한 예감은 틀리지 않았다. 경찰이 온 건, 곤충 때문이었다.

처음 화단에 있던 여자애한테서 곤충이 나왔다는 이야기를 들었을 때만 해도, 또래의 죽음이 충격적이긴 했지만 기분 나쁜 우연이라고만 여겼다. 하지만 아파트 게시판에 붙은 곤충의 전단을 보았을 땐, 등골이 서늘했다. 부쩍 예민해진 형의 모습이 머릿속을 스쳤다.

"집을 옮길 거야. 네가 살 곳은 네가 알아봐."

형이 그렇게 얘기한 건 전단을 보았기 때문일까.

그렇진 않을 것이다. 형은 곤충 말고는 주변에 통 관심이 없었다. 윤수가 이야기하지 않는 한, 화단의 소녀에 대해서도 전해들을 곳이 없었다.

누군가 형이 곤충을 가지고 다니는 걸 보았다면 의심할 수도 있다는 생각이 들었다. 덜컥 겁이 났다. 아파트마다 돌면서 곤충 수배 전단을 찾아내 모조리 집으로 가져왔다. 물론 형한테는 아무 말도 하지 않았다. 그런데 바보처럼 이 중요한 순간에 신문 사이에 전단을 숨겨둔 걸 까맣게 잊었다.

13평 남짓한 아파트의 부엌 겸 거실이 형의 공간, 매트리스 하나가 전부인 작은 방은 윤수의 공간 그리고 큰 방은 곤충의 공간이었다.

윤수는 재빨리 큰 방으로 들어가 안에서 문을 잠갔다. 방을 가득 채운 라면상자마다 곤충이 살고 있었다. 형의 에메랄드빛 곤충도. 형사들이 이 방까지 보게 된다면 큰일이었다.

"열어! 이거 공무집행 방헤야!"

문 밖에서 형사들이 손잡이를 잡아당겼다. 튼튼하지 않은 문은 몇 번 덜커덩거리더니, 잠금장치가 떨어져 나갔다. 윤수는 안간힘을 쓰고, 벌어지는 문을 최대한 안으로 잡아당겼다.

"여기 아무것도 없어요. 우리 집에서 나가아!"

윤수는 끝 음을 길게 올리며 울부짖었다. 하지만 완력으로 문은 뜯겨나갔다.

재수 없는 아파트. 형이 이야기했을 때 바로 집을 옮겼어야 했는데. 아니, 처음부터 형이 싫다고 했을 때 이곳에 오지 말았어야 했는데.

곤충들의 방에 형사들이 들어찼다.

방 안을 둘러보고는 눈이 휘둥그레졌다. 정신없이 날아다니는 곤충을 손으로 쫓으며, 흙과 톱밥이 깔린 상자들을 샅샅이 뒤졌다.

방은 햇빛이 비치는 밝은 곳과 어두운 곳으로 나뉘었다. 윤수가 재활용수거장에서 구해온 짙은 회색의 두꺼운 벽지가 방 한가운데 천장에 달려 있었다. 높이가 제각각인 책장들이 방을 가득 채웠다. 역시 형과 같이 아파트를 다니면서 구해온 것들이었다.

책장 선반마다 꽉꽉 채운 상자들에는 썩은 나무토막, 말린 버섯, 나뭇잎들을 모아서 보관했고, 분무기, 모종삽 같은 도구들도 가지런히 정돈해놓았다. 알에서 깨어나는 곳, 애벌레가 자라는 곳, 번데기로 잠자는 곳을 상자마다 구분해두었고 방 안에서 자유롭게 곤충이 날아다니도록 다른 가구는 아무것도 놓지 않았다. 형이 사랑하는 공간이었고, 윤수의 정성이 듬뿍 담겨 있었다. 형사들은 혐오스럽다는 눈을 하고 이곳을 엉망으로 만들었다.

"경위님, 여기 있습니다."

형사 중 한 명이 녹색 곤충이 있는 상자를 가리키며 말했다.

"다 찍고, 수거해."

"안 돼요. 이건 다 내 거예요."

윤수는 상자를 끌어안고 외쳤다. 형사들은 신경 쓰지 않았다. 녹색 곤충을 집어올리며 사진을 찍고 상자를 밖으로 옮겼다. 놀란 곤충들은 기어 나와 형사들을 피해 도망갔다.

윤수는 마음이 다급해졌다. 더 늦기 전에 형에게 도망가라고 전해야 했다.

베란다로 달려가 다시 밖을 내다보니 어느새 아파트 마당에 방송차들이 쫙 깔렸다. 어떻게든 방도를 찾아야 했다. 휴대전화기를 들고 화장실로 달렸다. 그러나 이번에는 문을 닫기도 전에 덩치 큰 형사에게 가로막혔다.

"이거 놔요!"

"가만히 있어!"

덩치 큰 형사는 윤수의 양 어깨를 우악스럽게 움켜잡았다. 작지 않은 윤수의 몸은 한 번에 제압당했다.

현관 쪽에서 웅성거리는 소리가 들렸다.

"이다인?"

윤수는 현관 쪽으로 고개를 돌렸다. 하지만 형사에게 붙잡힌 윤수의 시야에선 형이 보이지 않았다.

"이다인이지!"

형사는 신원을 확인했다.

안 돼…… 윤수는 머리와 심장이 얼어붙는 것 같았다. 형을 잃을까 봐 무서웠다. 형에게 말하지 못한 것들을 얘기해야 하는데, 억센 손아귀는 움직일 틈을 주지 않았다. 윤수는 고개를 최대한 뒤로 확 젖히고 소리쳤다.

"도망쳐! 형, 지금……."

"아악!"

윤수는 자신의 입을 막으려는 손을 힘껏 깨물었다.

형사는 비명을 지르며, 어깨를 잡은 다른 한 손도 놓았다. 윤수는 형사들에게 달려들며 밀쳤다.

"아니에요, 우리 형은 아니야."

두터운 벽을 이룬 형사들은 꿈쩍도 하지 않았다.

형사들 사이로 형이 힐긋 보였다. 혼란스러운 표정으로 윤수가 있는 쪽을 보고 있었다. 하얀 얼굴이 좌우로 살짝 흔들렸다.

윤수는 무슨 뜻인지 몰라 형사들 위로 까치발을 뛰었다. 형은 윤수를 향해 고개를 저었다. 그러지 말라고, 가만히 있으라고.

형…….

아니, 형은 지금 무슨 일이 닥친 건지 전혀 모르고 있다. 윤수는 다시 외쳤다.

"내가 그랬어요! 걔 이름이 이예린이죠. 나예요. 내가 죽였어요."

형사들은 윤수를 돌아보았다.

포개졌던 몸이 벌어진 틈으로, 형이 보였다. 윤수의 말 때문인지, 손끝이 떨렸다.

형사들은 윤수와 다인을 번갈아보며 잠시 망설였다.

경위라고 불렸던 형사가 윤수에게 다가왔다. 그는 윤수의 눈을 들여다보았다.

"얜 아니야."

차분한 목소리에는 뭐라 반박할 수 없는 힘이 있었다.

"도착했습니다."

다른 형사와 함께, 나이든 남자가 형사들을 비집고 땀을 뻘뻘 흘리며 들어왔다.

더위에도 긴 셔츠와 남색 조끼를 입고 남색 모자를 쓴 남자의 윗주머니에는 호루라기가 걸쳐 있었다.

"맞아요, 이 애예요."

남색 모자 아저씨는 다인 형을 지목했다. 윤수는 세상을 빼앗겼다.

***

현지는 커피 농도를 가장 진하게 맞추고, 투샷을 두 번 내렸다. 잠을 설친 아침이면, 카페인이 간절했다. 몸을 혹독하게 대하면, 잠시나마 괴로움을 잊을 수 있었다.

재잘거리는 소리에, 부엌 간이창을 열고 바깥 풍경을 살폈다. 열 살 남짓한 남자아이와 여자아이가 사이좋게 등교하고 있었다.

이 시간이면 현지도 과학실에서 학생들을 맞을 준비를 해야 했다. 그녀가 일하는 중앙초등학교는 여름방학까지 일주일이나 남아있었다. 그러나 예린이의 장례식 직후 원치 않는 휴직을 했다.

"이현지 씨가 자리를 비우면 학교가 더 아쉽죠."

교감의 입에 발린 위로를 들으면서, 현지는 자신이 무엇을 잘못했는지 곰곰이 생각했다. 수업에서 마주치는 걸 학생과 학부모들이 불편해한다는 것이 그녀에게 휴직을 권유한 이유였다.

평범한 일상을 이어가는 것이 대체 그들의 어떤 점을 불편하게 한다는 걸까. 딸을 잃어버린 엄마니까, 형벌을 받아야 한다는 걸까. 이미 숨을 쉬는 것조차 창살 없는 감옥과 다름없는데.

현지는 그저 숨죽여 있었다. 수사가 지지부진한 것을 보면서 속이 타들어가는 것 같았지만, 매일 달려가서 '내 딸을 살려내라'고 원망하고 싶었지만, 지금은 무엇보다 범인을 찾는 것이 우선이니까 참고 기다렸다.

며칠 전에는 검찰청에서 상담사가 현지를 찾아왔다. 살인피해자 심리정서 지원프로그램이라는 것을 한참 동안 설명하며 참여하겠느냐고 물었다. 범죄피해자구호자금을 신청할 수도 있다고 했다. 현지는 고개를 저으며 돌려보냈다.

그녀에게 필요한 것은 그런 것들이 아니었다. 고인이 된 세계적인 대문호는 말년의 작품에서 신이 인간에게 허락하지 않은 것은, 자신에게 필요한 것이 무엇인지 아는 것이라고 했다. 하지만 현지는 정확하게 알았다. 눈앞에 신이 있다면 자신 있게 말할 수 있었다. 딸이 다시 살아 돌아오는 것, 안 된다면 자신이 딸의 곁으로 가는 것. 하지만 그 전에 먼저 범인을 찾아야 했다. 그때쯤 현지의 휴대전화가 울렸다. 형사 서준이었다.

"오늘 여섯 시경 용의자를 긴급체포했고, 지금 경찰서에서 조사 중입니다."

현지는 아무 말 없이 듣기만 했다.

"진술서 작성을 위해 조만간 방문할 수도 있겠습니다."

"네."

통화는 짧게 끝났고, 현지는 여전히 열려 있는 부엌 창 밖을 바라보았다. 이제 그곳에 등교하는 아이들은 없었다. 그래도 한참을 그곳에 서 있었다.

딸의 목숨을 앗아간 것이 고작 열다섯 살 소년이라는 사실에 힘이 빠졌다.

전쟁 같던 3년의 시간이 이렇게 끝이 났다는 허탈감에 온몸의 근육이 욱신거렸다.

***

남동경찰서 3층 복도에 기자들이 가득했다. 문이 열릴 때마다 카메라를 들이대고 정신없이 셔터를 눌렀다. 형사과에는 평소 같지 않은 긴장된 침묵이 흘렀다.

형사들의 사무공간과 파티션으로 구분한 조사실에서 서준은 열다섯 살 소년을 내려다보았다.

극도로 마르고 예민해 보이는 소년의 눈동자가 불안하게 흔들렸다.

"이름!"

"……."

"나이!"

"……."

"주소!"

"……."

다인은 아무 답도 하지 않았다.

(답변하지 아니한다)

(답변하지 아니한다)

(답변하지 아니한다)

서준이 질문미디 대신 답을 적어 넣었다.

"하늘마을에서 신문배달을 하고 있죠?"

"……."

"집에 있던 곤충은 본인 것이 맞습니까?"

"……."

"하늘마을 화단에 간 적이 있습니까?"

"……."

"소년원에는 무슨 사건으로 수감되었습니까?"

"……."

몇 시간 동안 서준은 묻고, 다인은 침묵했다.

서준은 소년이 대체 무슨 생각으로 이러는 걸까 가늠해보았다. 검거한 순간부터 경찰서로 오는 동안 그리고 이곳에 와서도 소년은 한마디도 하지 않았다.

그동안의 경험으로 묵비가 유리하다고 판단한 건가. 소년의 기록에는 검거 전력이 빼곡했다. 오늘 아침 지역일간지 헤드라인은 소년에 대한 기사가 장식했다.

'살인용의자 검거, 사체곤충에 광적으로 집착한 15살 소년'

'흉포해지는 소년 범죄…… 어리면 살인해도 처벌 못 해?'

기자는 다인의 과거를 집중적으로 물고 늘어졌다. 확인할 수 없는 경로로, 용의자에게 살인전력이 있다는 정보가 검거와 동시에 새나갔다.

3년 전, 열두 살에 살인죄 준현행범으로 잡힌 다인은 법적 처벌을 받는 대신 소년원에서 2년을 보냈다. 법에서는 형사책임이 없는 만 10살 이상 14살 미만을 '촉법소년'으로 분류했다. 사람들은 과거에 다인이 처벌받지 않았기 때문에 더 끔찍한 일을 저지르게 되었다고 입을 모았다.

시장은 기자와 인터뷰에서 촉법소년의 상한 연령을 12살로 낮추도록 법 개정이 되어야 한다고 의견을 피력했다.

사람들은 이 사건에 대해 더 많은 정보를 갖고 싶어 했다. 2페이지에 걸쳐서 작성된 기사 하단에는 피해자 엄마의 과거에 대한 언급도 있었다. 기자는 미혼모라는 아픈 과거를 딛고 헌신적으로 딸을 키운 모정이 소년범죄에 대한 솜방망이 처벌로 잔인하게 유린당했다고 말했다.

'엄마와 딸 모두 다른 사람에게 피해주지 않고 조용하게 살던 사람들이었어요.'

실명을 감춘 이웃의 진술도 같이 실렸다. 피해자 엄마의 특수한 과거는 사람들을 더 뜨겁게 달궜다. 온라인에 엄마와 딸의 사진이 돌아다녔고, 그녀의 젊고 아름다운 외모는 동정심을 자극했다.

"지금 밖이 어떤지 알아? 이러면 너만 불리해져."

다들 잡아먹으려고 기다리고 있다고. 그러니 네가 죽였는지 아닌지 사실대로 말을 해. 서준은 이 말이 목구멍까지 치밀었다. 그는 조서를 작성하던 노트북을 닫았다.

"대체 말을 안 하는 이유가 뭐야?"

"……."

소년은 쓰러질듯 기력이 없어 보였다. 아침부터 물 한 방울 마시지 않고, 점심으로 시킨 설렁탕은 손도 대지 않았다. 구금되어 있는 동안 줄곧 식사를 하지 않았다.

이것도 연기일까. 서준은 아파트 동대표의 첩보와 밤새 도착한 지료들을 내밀었다.

"살펴보고 사실과 다른 게 있는지 말해봐."

다인은 시키는 대로 자료를 한 장씩 넘겼다. 얇고 투명한 피부는 거짓말탐지기가 필요 없을 정도로 정직하게 맥박을 보여줬다.

서준은 소년의 침묵이 겁을 먹은 탓인지, 영악한 수를 부리는 것인지 확인하고 싶었다. 동공의 떨림, 자료를 넘기는 손동작, 각 페이지를 보는 속도, 혈관의 팽창 정도.

세밀한 정보 무엇 하나도 놓치지 않으려 집중했다. 한동안 스르륵 종이 넘기는 소리만이 무거운 침묵을 갈랐다.

다인이 마지막 페이지를 넘기자, 서준은 잠시 숨을 돌렸다. 아직 어느 쪽도 확신할 수 없었다.

"하늘마을 화단에 이 시신을 버린 적 있어?"

화단에 누워 있는 말라버린 소녀의 사진이 다인 앞에 놓였다.

다인의 두 뺨과 여린 팔뚝에 실핏줄이 불거지더니 손끝이 미세하게 떨렸다.

이를 놓치지 않고 서준은 한 번 더 같은 질문을 던졌다.

"시신 버린 적 있어?"

그러나 두 번째는 반응이 없었다.

"잘 봐. 성명 이예린. 사망 시점 나이 13세. 이 아이 본 적 없어?"

서준은 환하게 웃고 있는 예린의 사진을 내보였다. 다인은 고개를 떨어뜨렸다.

갑자기 복도 쪽이 시끄러웠다. 카메라 셔터 소리가 연이어 들렸다.

"거기 누가 문 좀……."

파티션 너머로 출입문을 향해 말하던 서준은 고개를 돌렸다. 담당검사가 문을 닫지 않은 채로 걸어 들어왔다. 카메라 조명을 받은 검사의 표정은 밝았다.

"피의자 신문 중입니까?"

"네, 유서준 경위가 진행 중입니다."

형사과장이 서준 쪽을 가리켰다. 서준은 마지못해 파티션에서 나와 목례를 했다. 그때 파티션 안쪽에서 쿵, 소리가 났다.

달려와 보니 소년이 의자에서 떨어져 바닥에 나뒹굴었다. 흰자위가 뒤집어진 채 온몸을 떨며 발작을 일으키고 있었다.

서준은 침착함을 잃지 않으려 애썼다.

"야, 문 닫아."

형사과장은 몸으로 파티션 입구를 가렸다. 카메라들이 형사과 안으로 밀고 들어왔다.

***

"7번 앞으로 나오세요."

법정 대회의실 강단에 선 여직원이 마지막 번호를 불렀다.

마흔 남짓해 보이는 남자가 마음을 놓으며 자리에서 일어섰다.

초조하게 손에 쥔 추첨권을 확인하던 이들은 부러운 눈으로 남자를 바라보았다.

남자 역시 이번까지 세 번의 재판 동안 당첨이 된 것은 처음이었다.

번호를 불리지 못한 이들은 아쉬워하며 회의실을 나섰다.

다인은 살인 및 사체유기 혐의로 기소되었다.

검사는 피의자 신문을 빠르게 마무리했고, 자백은 없었지만 자택에서 현장과 동일한 곤충이 발견된 점, 현장의 CCTV 등 범죄를 의심할 만한 상당한 이유가 있으며 증거인멸과 도주의 우려가 있다고 인정되었다. 처벌받지 않은 살인전력은 검사의 공소장에 신빙성을 더했다.

공판검사 또한 지지 않고 단호한 자세로 강도 높은 처벌 의지를 표명했다.

'죄책에 맞는 엄정한 처벌을 받을 수 있도록 공소유지에 만전을 기하겠습니다.'

재판 첫날 쏟아지는 기자들의 질문을 받고, 검사는 한마디로 답을 대신했다.

올해 4월에 만 14살을 넘긴 다인은 검사의 요청에 따라 소년법정이 아닌 형사법정에 섰다. 법원이 재판 방청권을 공개 추첨하기로 결정한 이후, 매 재판마다 90여 명에 가까운 이들이 추첨에 응모했다.

젊은 사람들도 있었지만, 대부분은 낮 시간이 자유로운 노인들이었다. 간혹 단체복 차림으로 참여한 이들도 있었다.

법정은 기자들에게 노트북 사용을 허용했고, 방청한 사람들은 블로그나 페이스북에 방청 후기를 올렸다. 덕분에 재판에서 검사가 주장한 내용들은 실시간으로 밖으로 전해졌다. 판결과 상관없이 다인은 이미 살인자로 각인되었다.

방청권을 배부받은 중년 남자는 법원을 배경으로 인증샷부터 찍었다. 방청권의 글씨가 잘 보이도록 방청권만 따로 한 장 더 찍었다.

재판까지는 두어 시간이 남아 있었다. 다른 일행이 없는 남자는 어디로 가야 할지 고민했다. 맞은편에 구내식당 표지판이 보였다. 마침 점심시간이었다. 없던 허기가 몰려왔다.

"아저씨!"

남자는 자신을 가로막은 소년을 보았다. 붉은 곱슬머리의 덩치 큰 남자아이였다. 한눈에도 불량스러웠다. 남자는 무시하고 비껴갔다.

"아저씨, 그거 저한테 파세요."

덩치 큰 소년은 다시 남자의 소매를 잡았다. 남자는 신경질적으로 소년을 훑었다.

트레이닝 바지에 면 티를 걸친 소년은 왼쪽 옆구리에 피켓을 끼고 있었다. 매직으로 쓴 '살인'이라는 두 글자가 보였다. 혹시 죽은 소녀의 친구인가. 남자는 조금 누그러졌다.

"뭐, 이거 말이니?"

남자는 손에 쥔 방청권을 보이며 물었다.

"네, 얼마 드리면 돼요?"

소년은 진지하게 되물었다. 남자는 당돌하고 기가 막혔다.

"이건 파는 거 아니다. 이러지 않아도, 그 살인마는 처벌 받을 테니 그만 가거라."

남자는 짐짓 어른스럽게 타일렀다. 소년은 눈빛이 돌변해서 쏘아붙였다.

"우리 형은 살인자가 아니에요!"

현지는 법원으로 올라가는 길이 한없이 멀게 느껴졌다.

도살장에 끌려가는 소가 이런 기분 아닐까. 마주 오는 사람과 눈이 마주칠 때마다 알아보는 것 같아 얼굴이 화끈거렸다.

자신과 예린의 사진은 아직도 인터넷을 떠돌았다. 사이버 수사대가 조치를 취했지만 삭제된 사신은 끈질기게 어디선가 또 나타났다. 이렇게 될 줄 알았다면 애초에 딸을 찾는 광고는 만들지 않았을 텐데. 부질없는 후회가 하루에도 몇 번씩 밀려들었다.

다시 돌아간다고 해도 다른 선택지는 없었다. 그래서 더 가슴이 미어졌다. 자신으로 인해 딸이 겪었고, 겪고 있는 모든 일들을 현지의 힘으로는 되돌릴 수 없다는 것. 그게 가장 큰 무력감이었다.

시간을 조정할 수 있다면, 대체 시계바늘을 어디쯤으로 돌려야 할지……. 적어도 가야 할 방향이 과거는 아니었다. 그 속엔 답이 없었다.

법원이 가까워지자, 피켓을 든 사람들이 눈에 들어왔다. 적힌 사연은 달랐지만, 바라는 것은 같았다. 각자의 억울함에 누군가 귀 기울여주기를 간절히 바라는 사람들.

그녀도 잘 알고 있었다. 법원이 어떤 곳인지.

누군가에게는 구원의 장소였지만, 더 많은 사람에게는 지울 수 없는 상처를 남기는 장소였다. 현지가 두 번의 공판을 참석하지 않은 건 자신에게도 법원이 별로 달가운 곳이 아니어서였다.

12년 전, 젖먹이 예린을 안고 집으로 돌아온 현지는 예린의 아빠인 남자를 성폭력으로 신고했다. 그녀의 부모는 딸이 상처입지 않을까 걱정했지만, 현지가 고집을 부렸다. 예린이를 직접 키우겠다고 결심했을 때부터 마음먹은 일이었다. 남자가 응당한 벌을 받으면 아이는 좀 더 떳떳하게 자랄 수 있을 것 같았다. 그러나 결과는 참혹했다.

2년여를 끄는 재판 기간 동안 현지는 세간의 탐탁치 못한 관심을 온몸으로 견뎌야 했다.

사람들은 가해자인 남자보다 현지에 대해 더 궁금해했다. 사십대 남자가 반할 만큼 여중생의 몸매와 살결이 아름다운지, 은밀한 거래는 없었는지, 아이를 낳을 정도로 지속된 관계라면 그녀도 만족감을 느낀 것은 아닌지.

관계한 장소들이 거론될 때마다 그들의 상상력은 더 생생하고 구체적으로 뻗어나갔다. 현지는 남자의 강압 때문에 사랑한다고 말할 수밖에 없었고, 강제적인 관계가 이뤄졌다는 걸 반복적으로 설명해야 했다.

열여섯에게 그것이 얼마나 무서운 일이었는지 그들이 알아들을 때까지. 혹은 알아듣기를 바라면서.

태어날 때 몸 안에 가지고 있던 눈물은 그때 다 써버렸는지도 몰랐다. 대법선고가 있던 날, 판사는 줄곧 사랑하는 사이였다고 주장한 남자의 손을 들어줬다. 1심, 2심과 같은 결과였다.

현지는 세상에 가지고 있던 마지막 믿음을 던져버렸다. 누군가에게 기대고자 했던 마음은 깡그리 사라졌다. 자신과 딸을 지키기 위해 그녀만의 투명하고 단단한 껍질을 만들었다. 그때의 기억을 떠올리는 건 끔찍했다. 숨이 턱턱 막힐 때마다 예린이 숨구멍이었는데…….

'이다인은 살인자가 아니다'

피켓에 적힌 선명한 문구가 현지의 걸음을 잡아챘다.

이다인? 살인범으로 잡힌 소년의 이름이었다. 생각지도 못한 순간에 뒤통수를 얻어맞은 것처럼 심장이 쿵쾅거렸다.

피켓을 든 붉은 머리 소년은 현지를 보자 동공이 커졌다. 현지가 누구인지 아는 것 같았다. 현지는 고개를 돌리고 못 본 척 빠르게 지나쳤다. 소년은 현지를 쫓아왔다.

"아줌마, 도와주세요."

현지는 할 말이 없었다. 그저 더 빠르게 걸었다. 법원 정문으로 들어서자 소년은 경비에게 제지를 당했다. 뒤에서 외치는 소리가 들렸다.

"도와주세요. 우리 형은 살인자가 아니에요! 아니라고요!"

현지는 무방비 상태로 온몸을 두들겨 맞는 듯했다. 아침의 불편함이 되살아났다.

'그 아이는 범인이 아니다'

발신불명의 그 메시지를 받지 않았다면 오늘도 법원엔 오지 않았을 것이다. 스팸처럼 곳곳에서 그녀에게 날아오던 응원 메시지들 사이에 그 문자는 끼어 있었다.

처음에 잘못 보았다고 생각했다. 그러나 다시 봐도 문구는 틀림없었다. 누군가 딸의 죽음을 두고 장난친다는 생각에 분노가 솟았다. 호기심을 무기로 휘두르는 이들로부터 딸을 지키는 일에는 끝이 없었다. 지치고 힘들었지만, 그들이 그만두지 않는 한 현지도 그만둘 수 없었다. 엄마니까.

피켓을 든 소년의 소리가 멀어졌다. 현지는 비로소 안도가 되었다. 도와 달라니. 뭘? 하나뿐인 딸을 앗아갔을지도 모를 아이를 내가 어떻게 뭘! 도저히 이해할 수 없는 말이었다.

법원 건물 로비로 들어서 검색대를 지나 3층으로 올라가는 동안 끊임없이 시선이 밀려들었다.

그것들을 견디느라 정문에서의 짧은 순간은 곧 지워졌다. 유난히 사람들로 번잡한 곳에서 현지는 걸음을 멈췄다. 303호 법정 앞이었다.

법정의 모습은 예전과 별반 달라진 것이 없었다. 천장은 높았고, 한가운데 대형 샹들리에가 위태롭게 흔들렸다. 방청석은 빈자리가 없었다. 체열과 미약한 냉방기 바람 탓에 덥고 무거운 공기가 가득했다. 몇몇이 가족석에 앉은 현지를 알아보고 소곤거렸다.

현지는 주변을 살폈다. 아침에 문자를 보낸 놈이 어딘가에서 지켜보고 있을 것만 같았다. 그래야 자신이 장난친 결과를 즐길 수 있을 테니까.

방청석의 대부분은 어르신들이었다. 사건을 담당했던 수사관들도 뒤편에 배석해 있었다. 어쩌면 문자를 보낸 놈은 공개추첨에 당첨되지 않았을 수도 있겠다는 생각이 들었다. 그때 처음 보는 남자가 현지를 보며 히죽거렸다.

그는 현지에게 계속 눈을 맞췄다. 그놈이다! 열이 치밀었다. 그녀는 고개를 돌렸다. 뒤꼭지에 계속 남자의 따가운 시선이 느껴졌다.

"기립!"

세 명의 법관이 입장하자 경위가 외쳤다. 방청석에서 모두 일제히 일어났다.

현지는 예전에도 법관을 맞으러 일어날 때마다 궁금했다. 그들이 들어올 때 왜 일어서야 하는지. 앉아 있을 때도 법관의 좌석은 우러러봐야 할 만큼 충분히 높았다. 그들은 과연 그 높이에 합당할까. 이 재판을 잘해낼 수 있을까.

방청석이 웅성거렸다. 경위들에 둘러싸인 피고인 소년이 법정에 들어오고 있었다.

현지는 소년의 예상보다 앳된 외모에 할 말을 잃었다. 눈가에 희미하게 주근깨가 남아 있는 피부는 너무 투명해서 실핏줄이 비쳤다. 크고 펑퍼짐한 남청색 미결수복 때문에 체구는 더 창백하고 왜소해 보였다. 가느다란 두 눈은 소매 밖으로 삐져나온 가냘픈 손끝에 고정되어 있었다.

저렇게 여린 몸으로, 지금보다 어린 나이에 살인을 했다고? 선뜻 믿기지 않았다. 현지는 약해지지 말자고 다잡았다. 얼마 전 언론에서, 문구용 커터 칼로 시신을 훼손해 변기에 버린 것도 철없는 십대였다는 뉴스를 보았다.

그 아이들은 현지가 학교에서 만나는 학생들과는 다른 부류였다. 천진해서 더 위험한 것일지도 몰랐다. 자신이 무슨 짓을 저지르는지 모를수록 상상을 뛰어넘는 잔혹함을 보이는 법이니까.

'네가 우리 예린이를 죽였니?'

현지는 당장이라도 소년을 잡고 직접 묻고 싶었다. 몇 발짝만 움직이면 그럴 수 있었다. 그러나 지켜보는 것 말고는 다른 방법이 없었다. 검사에게 그 질문을 대신하도록 맡겨야 한다는 사실이 견디기 힘들었다.

바로 뒤에 누군가 앉는 인기척이 느껴졌다. 불쾌한 입김이 목덜미에 닿았다. '화이팅', 원하지 않는 속닥거림이 귀를 훑고 지나갔다.

고개를 돌리자, 아까 그 히죽거리던 남자가 눈을 맞추며 한 번 더 웃었다.

3차 재판은 검찰 측 증인과 피고인 심문이 예정되어 있었다.

수사관은 뒤늦게 카트 가득 서류더미를 싣고 들어왔다. 검사는 그것들을 검사석 위에 차곡차곡 쌓았다. 사전에 연출된 것이었다. 예상치 못하게 등장하는 서류는 피고를 압박하는 힘이 있었다.

빠르고 짧게.

검사는 오늘 정한 심문의 콘셉트를 되뇌었다. 정보에 의하면 이번 판사는 캐주얼한 진행을 좋아했다. 더구나 빠르게 끝내기를 원한다고 했다. 검사에겐 좋은 일이었다.

증인과 피고를 심문하는 것은 음악을 연주하는 것과 같았다. 리듬을 타야 하고, 클라이맥스에서는 방청석의 반응을 최대한으로 끌어내야 했다. 왁스로 가지런히 가르마를 넘긴 검사는 심문 전에 한 번 더 양복 매무새를 만졌다.

"김현범 씨, 오셨습니까?"

판사가 첫 번째 증인의 이름을 불렀다.

"네."

키가 작고 통통한 중년남자가 증인석에 섰다.

피고가 살던 원룸 빌라의 주인이었다.

"경찰에서 연락이 왔었어요. 애 하나가 물건을 훔치다가 잡혔는데, 거기 사니까 좀 열어달라고요."

그는 5년 전 일을 증언했다.

검사는 자세히 설명해달라고 요청했다.

"여자 혼자 애 둘을 키워서 딱하게 여겼는데, 아들놈이 사고를 쳤구나 싶어 마음이 안 좋았어요."

집주인은 기억을 더듬었다.

설 연휴, 얼음이 녹지 않은 오르막길은 미끄러웠다. 그 집 아들이 사고를 치면 친 거지, 자기한테까지 연락해서 문을 열어달라고 할

건 뭐란 말인가.

이런 생각에 짜증이 가득 오른 채로 빌라 앞에 도착하니 아이는 없고 순경 한 명과 근처 상가의 슈퍼 주인 남자가 기다리고 있었다.

4층으로 올라가는 계단과 복도는 등이 들어오지 않아 컴컴했다. 곧 재개발로 헐릴 곳이어서 아무래도 관리를 소홀히 하게 되었다.

어둠 속에서 감으로 열쇠구멍을 찾아 더듬었다. 열쇠를 끼워 넣으려는 순간, 현관문이 옆으로 슬쩍 밀렸다. 누가 문을 통째로 뜯어놓고는 살짝 기대어 세워놓은 것이었다.

월세가 밀린 지 한참 된 집을 진작 내보내지 못한 게 후회됐다. 문을 들어 옮기는데, 고약한 냄새가 코를 찔렀다.

집주인은 증언 도중 눈을 질끈 감았다.

"힘들더라도 말씀해주셔야 합니다."

검사는 낮게 재촉했다.

집주인은 다시 증언을 이어갔다.

나쁜 기억이 전부 그렇듯, 그 이후는 간결했다.

전기가 끊겨서 불이 들어오지 않는 어두운 실내. 살이 거의 남지 않은 두 구의 시신. 그리고…….

"시신은 누구였죠?"

검사가 기억 사이로 끼어들었다.

"그 집에 세 들어 살던 여자랑 둘째아이였어요."

"죽은 지 두 달 정도 된, 피고의 엄마와 동생이었던 거죠?"

"네."

아이구, 방청석에서 노인들 몇이 탄식을 뱉었다.

"현장에 또 뭐가 있었나요?"

"너무 어두워서 아래층에 가서 랜턴을 빌렸어요."

집주인은 끔찍한 기억을 이으며 손바닥을 허벅지에 문질렀다.

둥근 빛이 집 안을 비췄다. 연골과 내장, 살의 일부와 골격만이 남은 시신 두 구가 어지러운 방 한가운데 놓여 있었다. 방안의 공기는 건조했지만 차가웠다. 보름 전에 전기와 가스가 끊겼고, 난방도 되지 않았을 것이다. 우두둑, 발밑에서 뭔가가 밟혔다.

예감이 좋지 않았다. 동행한 순경은 장판을 걷었다. 다닥다닥 곤충이 달라붙어 있었다. 정확하게는 곤충의 번데기였다. 시신과 집안에 들끓는 딱정벌레들이 시야에 들어왔다.

"곤충이요?"

"네…… 죽은 엄마와 동생의 몸에서 곤충을 키우고 있었어요."

방청석이 술렁거렸다.

검사는 한 번 더 짚었다.

"키우고 있었다고요? 그걸 어떻게 아셨습니까?"

"그게…… 슈퍼 주인 말로는 애가 빵을 훔쳤는데, 배가 고파서 그랬냐고 물어보니까…… 곤충에게 주려고 했다더라고요"

검사는 만족스러워하며 질문을 마쳤다.

판사는 두 번째 증인의 이름을 불렀다.

"정희수 씨, 오셨나요?"

흰색 블라우스 차림의 세련된 여자가 증인석에 섰다. 피고가 3개월간 머물렀던 아동보호기관의 복지사였다. 엄마와 동생의 시신이 발견된 직후 보내진 곳이었다.

검사는 첫 번째 증인에게 했듯이 감정을 드러내지 않은 말투로 질문했다.

"피고가 3개월 만에 보호소를 나온 이유가 있습니까?"

"애들끼리 다툼이 있었어요. 흔한 일이죠. 하지만 그땐 좀⋯⋯."

"정도가 심각했나요?"

"네, 장기간 병원치료를 받았고, 실명 위기를 겨우 넘겼어요."

복지사는 시종일관 차분한 말투로 대답했다.

기관에 왔을 때 소년은 정서적으로 불안정한 상태였다. 항상 어두운 곳에 숨어서 혼자 시간을 보냈다. 힘든 기억을 가진 아이들이 반려동물과 소통하며 치유되는 것을 많이 보았던 복지사는, 소년에게 기관에서 키우는 강아지를 돌보라고 주문했다. 문제는 그때부터였다.

갈색 치와와였는데, 갑자기 이유 없이 죽었다. 소년은 죽은 치와와를 지키고 앉아 아무도 손대지 못하도록 막았다. 여름이라, 부패된 냄새가 심하게 풍겼다. 결국 치와와를 치우려는 아이들과 실랑이가 벌어졌다.

"죽은 강아지에 구더기들이 하얗게 달라붙었는데, 아이는 그게 강아지가 새로 태어나는 거라고 했어요. 그래서 건드리면 안 된다고 했죠."

"새로 태어나는 거라고요? 죽음 의식 같은 건가요?"

"그랬던 것 같아요. 싸움을 말리려고 갔는데, 연필로 얼굴을 그어 버렸죠."

"피고가 그랬다는 말씀이죠?"

"네."

곳곳에서 혀 차는 소리가 들렸다.

"하지만 구더기가 아니라 다른 곤충 때문이었어요."

복지사는 설명을 멈추고 잠시 기다렸다.

검사는 스크린에 준비한 사진을 띄웠다. 현장에서 발견된 녹색 딱정벌레였다.

"이겁니까?"

"맞아요, 처음부터 저 곤충을 몸에 지니고 다녔어요. 전 다른 아이들도 돌봐야 하고, 한 아이 사정만 봐줄 수 없었어요. 말썽을 일으킨 대가로 곤충을 맡아두겠다고 하니까 달려들었어요."

"연필심을 흉기처럼 휘둘렀다는 말씀이죠?"

"네."

복지사가 증언을 마치고 내려갈 때, 사람들은 그녀의 오른쪽 얼굴에 남은 거뭇한 흉터를 보았다.

세 번째 증인은 국립생물자원관 연구원이었다.

증인석에 앉은 그녀는 이내 호기심 가득한 눈으로 피고석을 보았다.

눈빛에 담긴 감정은 적대심이나 두려움은 아니었다. 검찰 측 증인만 아니었다면, 벌써 피고에게 다가가 악수를 청할 태세였다.

"현장에서 발견된 곤충을 직접 감식하셨죠?"

검사가 질문을 시작했다. 연구원은 차분하게 대답했다.

"네, 경찰의 의뢰를 받아 감식했습니다."

"피고의 집에서 발견된 곤충도 보셨습니까?"

"네, DNA 분석 결과 현장에서 발견된 것과 같은 종이었습니다."

검사는 과장되게 고개를 끄덕거렸다.

"현장의 곤충은 쉽게 발견할 수 있는 종류였습니까?"

"아니에요, 아직 학계에 보고되지 않은 종이었어요. 딱정벌레목은 약 30여 만 종이 알려져 있는데, 지금도 계속 새로운 종이 발견되고 있어요. 현장의 곤충은 생태 정보가 없어서, 사망시간을 추정하기가 힘들었어요. 표본이 살아있었다면 관찰할 수 있었을 텐데, 죽은 채로 도착했거든요. 오는 도중에⋯⋯."

"그러니까 매우 희귀한 종류라는 말씀이시죠?"

"네⋯⋯ 맞아요."

연구원은 검사가 말을 끊고 압축한 게 못마땅한 듯 인상을 찌푸렸다.

검사는 계속 질문했다.

"시신에서 사체를 먹이로 삼는 곤충이 발견되는 경우가 있죠?"

"대개의 경우는 그렇습니다."

"파리나 딱정벌레 같은?"

"네."

"그렇다면 발견된 곤충 역시 사체를 먹이로 삼는 곤충일 수 있겠군요."

"그럴 가능성도 있지만 여러 경우가⋯⋯."

"학계에 보고되지 않은 종이라 확정하기 어렵다는 말씀이시군요."

"네."

검사는 또 답변을 끊었다. 연구원은 더 이상 아무 말도 하기 싫었다.

"시신에서 발견된 곤충은, 확정할 수는 없지만, 다른 사체곤충처럼 부패한 시신을 먹고 자라는 곤충일 수도 있는 거지요?"

연구원은 냉담하게 말했다.

"직접 사육한 사람에게 물어보면 알지 않을까 싶군요."

"그렇군요, 잘 알겠습니다."

검사는 의미심장하게 웃었다. 계획대로 심문이 경쾌하게 흘러가진 않았지만, 큰 틀에서는 의도를 벗어나지 않았다.

이어서 그는 슬라이드에 인터넷 게시글 캡처 본을 띄웠다. '독성 곤충에 의해 사망하는 사람이 뱀에 물려 사망하는 경우보다 스무 배 더 많다는 사실을 아세요?'라는 문장에 붉은 밑줄이 그어져 있었다.

"증인이 직접 작성하신 글 맞나요?"

"네."

연구원은 짧게 대답했다. 전문가의 증언이 필요 없다는 걸 깨달았다.

"피고의 집에도 독성 곤충이 있었습니까?"

"……네."

방청석이 잠시 술렁거렸다.

"이상입니다."

검사는 만족스러운 표정을 지었다. 증인 심문은 대체적으로 성공적이었다. 판사는 휴정 없이 바로 피고인 심문을 진행했다. 바라던 바였다.

검사는 피고의 전과부터 훑어 내려갔다.

"2012년 2월 4일 15시경, 엔젤상가 2층에서 절도를 한 사실이 있습니까."

"2012년 5월 10일 21시경, 유성마트 삼지동점에서 특수절도를 한 사실이 있습니까."

"2012년 9월 23일 11시경, 연우동파출소에서 공무집행 방해를 한 사실이 있습니까."

나이보다 많은 전과들이 줄줄이 이어졌다.

이어서 검사는 처벌을 짚었다.

"당시에 촉법소년이라는 이유로 처벌받지 않았죠?"

"당시에 촉법소년이라는 이유로 사회봉사 명령을 받았죠?"

"당시에 촉법소년이라는 이유로 벌금형으로 그쳤죠?"

검사가 무엇을 주장하려는지, 사람들은 쉽게 알 수 있었다.

공격적인 질문은 계속되었다.

"술을 마신 적이 있나요?"

"본드를 흡입한 적이 있나요?"

"향정신성 약물을 한 적이 있나요?"

"성관계를 한 적이 있나요?"

검사는 마치 칼을 휘두르는 무사 같았다.

다인은 술과 본드는 한 적이 있지만 약물은 한 적이 없다고 대답했다.

성관계 질문에는 법적인 개념을 정확히 이해하지 못해 한참 걸렸다.

좀 더 구체적인 질문이 이어졌다.

"피해자를 만난 적이 있나요?"

"피해자를 만나서 술을 마셨나요?"

"피해자를 만나서 본드를 흡입했나요?"

"피해자를 만나서 성관계를 가졌나요? 아니면 강제로 폭행했나요?"

다인은 대답을 하지 않았다.

검사는 피고석을 향해 낮은 목소리로 힘주어 다시 물었다.

"피해자를 죽였습니까?"

법정 안에 긴장된 침묵이 흘렀다.

"피해자를 죽인 후에 표식으로 곤충을 둔 겁니까?"

다인은 소매 끝에 시선을 고정한 채 입을 다물었다.

보다 못한 재판장이 재촉했다.

"피고, 검사의 심문에 대답하세요. 불리한 진술은 답하지 않겠다고 말하면 됩니다."

다인은 좌우로 고개를 저었다.

검사는 다인을 따라서 고개를 저으며 물었다.

"아니라는 건가요? 피해자 이예린을 죽이고 시신에서 곤충을 키운 게 아닙니까?"

다인은 고개를 들었다. 투명하고 얇은 피부 위, 도드라진 작은 입술이 벌어졌다.

"내가 사랑하는 건 모두 곤충으로 태어나요."

방청석이 일제히 술렁거렸다.

검사는 사체에서 곤충을 수집하고 폭력적인 집착을 보여 온 피고의 곤충채집 놀이에 무고한 피해자가 희생되었다고 힘주어 말했다. 방청석 중 누군가 짐승의 신음소리 같은 것을 토했다.

"몇 년 전 아내를 살해한 뒤, 개의 먹이로 주었던 잔혹한 사건이 있었습니다. 안타깝게도 다시 비슷한 사건을 만나게 되었습니다. 처벌받지 않은 범죄는 갈수록 진화하고, 잔혹해지며, 무성하게 자라납니다. 법이 관심을 두지 않는 곳에서 무고한 피해자가 늘어가고 있습니다. 더 이상 십대가 저지르는 범죄는 소년범죄가 아닙니다. 씨앗을 뿌리고 똑같이 물을 주지만, 밭을 망가뜨리는 작물은 과감히 솎아내는 것처럼 사회를 위협하는 범죄자는 절대적으로 격리시켜야 합니다. 빵을 훔치는 것으로 시작된 피고의 범죄는 살인으로 발전했고, 자택에서 독성곤충을 키우며 또다시 어린 소녀를 살해했습니다. 뿐만 아니라 시신을 유기하고 자신이 키우던 곤충을 사육했습니다. 시민을 위한 법은 어리다는 이유로 피고에게 관대함을 보여서는 안 됩니다."

검사의 목소리는 법정을 가득 울렸다.

현지는 등을 꼿꼿이 세우고 한마디도 놓치지 않으려 애썼다.

그것들은 모두 단검이 되어 현지의 가슴에 박혔다. 사람들은 저마다 한마디씩 뱉었다.

방청석을 진정시킨 판사는 한숨을 쉬었다. 힘든 재판이었다.

"다음 재판은 증거심리라 오전부터 해야 할 것 같네요. 사흘 뒤 괜찮습니까?"

"네, 괜찮습니다."

검사와 변호사는 각각 짧게 대답했다.

"그땐 폐쇄회로 녹화 파일부터 하시죠."

"네, 알겠습니다."

시신을 유기하는 모습이 찍힌 CCTV 녹화 파일은 검사 측의 핵심 증거였다. 검사의 눈빛은 어느 때보다 자신감에 찼다. 그는 오늘 뱉은 말들도 모두 기사가 될 걸 알고 있었다. 타이핑을 끝낸 기자들은 빠르게 재판 내용을 송부했다.

사람들은 두려움과 노여움, 경멸과 혐오가 뒤섞인 눈으로 피고석을 응시했다. 다만 한 사람, 현지는 그러지 못했다. 그녀의 영혼은 아직 검사의 말 속에서 헤매고 있었다.

다인은 자신을 노려보는 사람들의 눈빛에 찔려서 죽을 것만 같았다. 경위에게 둘러싸여 도망치듯 법정을 빠져나가는 동안 그중 한 시선과 마주쳤다.

그는 반가운 사람을 만난 듯이 이빨까지 드러내며 웃었다.

다인은 온몸이 얼어붙었다.

'괜찮아.'

그는 입모양으로 말하며 힘내라고 주먹까지 불끈 쥐어 보였다. 그의 이름은 조였다.

7

　재판이 끝나고, 방청석이 텅 빌 때까지 현지는 자리에 앉아 있었다. 걸음을 옮길 힘조차 남아 있지 않았다. 간신히 법정 복도를 나서는데 누군가 부르는 소리가 들렸다.

　"괜찮으세요?"

　걱정스런 목소리는 사건 담당형사 서준이었다.

　"네, 괜찮아요."

　현지는 고개를 까닥이며 눈인사를 했다.

　방청을 왔던 사람들이 현지를 흘깃거리며 지나갔다.

　현지는 엘리베이터 쪽으로 걸음을 옮겼다.

　"저희가 댁까지 모셔다 드리겠습니다."

　"아니에요, 혼자 가는 게 편해요."

　현지를 따라 걷던 서준은 잠시 망설이더니, 하얀 쇼핑백을 내밀었다. 명품 브랜드 로고가 있는 쇼핑백을 현지는 의아하게 바라보았다.

"더 일찍 드리지 못해서 죄송합니다. 유품입니다."

"아, 네……."

현지는 끔찍한 재판을 방청한 보상이라도 되는 것처럼 쇼핑백을 건네받았다. 보기보다 훨씬 가벼웠다. 가볍다는 사실에 또 한 번 가슴이 무너졌다.

복도에서 당장 꺼내보고 싶었지만, 딸의 유품을 구경거리로 만들고 싶지 않았다. 오른팔로 최대한 무게를 느끼며 혹여라도 놓칠까 쇼핑백의 손잡이를 꽉 부여잡았다.

예린이 없는 3년 동안, 현지는 딸이 있던 공간에 남겨진 냄새를 맡으며 하루하루를 견뎠다.

냄새는 사진보다 구체적이었고, 살아있었다. 옷장 밑에서 방울 머리끈에 엉켜 있는 예린의 머리카락을 발견했을 때는 마치 딸을 찾기라도 한 것처럼 눈물이 치솟았다.

그마저 없었다면 그 시간들을 버텨내지 못했을 것이다.

집에 도착하자마자 침대 위에 유품을 펼쳤다.

티셔츠, 반바지, 운동화, 바랜 사진이 있는 열쇠고리, 동전 몇 개가 전부였다.

손끝으로 그것들을 매만지자, 딸을 만지는 것만 같았다.

옷가지에 코를 파묻고, 깊게 숨을 들이마셨다. 딸의 냄새를 찾고 싶었다. 그러나 아무것도 남아 있지 않았다.

처음 싸늘한 시신을 대면했을 때보다, 장례를 치를 때보다, 죽음이 더 실감났다. 그녀의 가냘픈 어깨가 소리 없이 들썩였다.

현지는 침대 위에서 그대로 잠이 들었다.

밤새 꿈에서 녹색 곤충이 딸의 온몸을 뒤덮었다.

'살려줘. 살려줘, 엄마.'

딸은 몸의 구멍마다 기어 들어오는 곤충에 괴로워하며 살려달라고 애타게 외쳤다. 무능력한 엄마는 아무런 손도 쓰지 못했다. 현지의 몸보다 더 크고 단단한 곤충이 쇠창살처럼 여섯 개의 다리 안에 현지를 가두고 위에서 짓누르고 있었다.

벗어나려 몸부림치는 현지의 손에 까끌한 것이 잡혔다. 곤충의 가슴 털이었다. 그것들을 잡아 뜯는 것이 현지가 할 수 있는 유일한 저항이었다. 그러나 단단하고 묵직한 몸은 움직이지 않았다. 곤충은 현지를 내려다보며 큰 턱을 벌렸다.

"사랑해? 오빠 사랑하냐고!"

곤충에게서 나온 익숙한 음성이 귓전을 울리자, 현지는 온몸이 굳었다.

병실 침상에서 유린당하던 열여섯 살의 현지가 어른이 되어버린 현지의 껍질 안에서 발버둥쳤다.

거대한 곤충은 그녀를 더욱 세게 짓눌렀고, 폐와 심장까지 납작하게 눌려서 숨을 쉴 수조차 없었다.

눈과 혀와 뜯긴 딸의 비명은 이내 침묵으로 바뀌었고, 기분 나쁜 사각거리는 소리가 가득 찼다.

꼼짝없이 누워서 곤충들이 딸을 먹어치우는 소리를 듣는 것은 죽는 것보다 고통스러웠다. 분홍빛의 보드라운 뺨이 파헤쳐지고, 향긋한 내음이 나던 목덜미와 어깨, 팔과 다리도 갉아 먹혔다.

작고 귀여운 손가락과 발가락까지 모두 먹어치운 곤충들은 공중에 뿔뿔이 흩어졌다. 딸의 흔적도 곤충 떼와 함께 사라졌다.

잠에서 깨어난 현지는 간신히 몸을 추슬렀다. 정신을 차리고 뭐라도 해야 했다.

거실에는 아직 딸의 유품이 펼쳐진 채였다. 보관해야 할지, 나중에 함께 태워야 할지 잘 판단이 되지 않았다.

자신을 위해서라면 남겨둬야 했고, 예린을 위해서라면 함께 보내줘야 했다.

"이게 무슨 소리니?"

거실에서 예린의 할머니가 덤비듯이 달려왔다.

현지는 급하게 예린의 유품들을 쇼핑백에 넣었다.

몸과 마음이 쇠약해진 노부모가 손녀의 유품을 보면 감정이 격양되어 쓰러질까 봐 걱정되었다.

엄마는 잔뜩 흥분한 얼굴로 핸드폰을 내밀었다.

그 아이는 범인이 아니다

간결한 메시지. 며칠 전 현지에게 발신불명으로 온 것과 같았다.

현지는 애써 태연한 척 말했다.

"장난 문자야."

"누가 이렇게 고약한 장난을 친다니!"

엄마의 주름진 얼굴은 바스라질 듯 일그러졌다.

"그런 걸 뭐 하러 일일이 신경 써."

"어떤 흉한 놈인지 찾아야지!"

"알았어. 내일 통신사에 발신자 확인되는지 알아볼게."

현지는 이미 발신자 확인이 어렵다는 답을 들었다. 하지만 엄마를 안심시키는 게 먼저였다. 별일 아니라고, 꼭 확인해보겠다고 몇 빈을 이야기한 뒤에야 엄마는 방에서 나갔다.

현지는 겉으로는 무시하는 척했지만 정작 신물이 올라왔다. 다른 이들의 고통을 간식처럼 즐기는 자들이 세상에는 많았다. 그들은 자신도 모자라 예린까지 사냥감으로 삼고 있었다.

혼자 남은 현지는 쇼핑백에 마구잡이로 넣었던 유품을 다시 꺼냈다. 예린의 재부검이 끝나기 전까지는 우선 보관해둬야 했다.

흙이 말라붙은 옷가지를 차곡차곡 접어서 포개었다. 예린이 입고 있었다는 티셔츠 한복판의 커다란 만화 캐릭터가 자꾸만 눈에 거슬렸다. 아무리 봐도 딸의 취향은 아니었다. 분명 누군가 이 옷을 예린에게 억지로 입혔을 거라는 생각에 가슴이 쓰라렸다.

현지는 거슬리는 그림을 가리기 위해 티셔츠를 안에서 밖으로 뒤집었다.

뒤집혀 말려진 소매 끝단 솔기에 무언가 눈에 걸렸다.

현지는 그것이 무엇인지 잘 알고 있었다.

얇고 투명한 큐티클 덩어리. 곤충처럼 생겼으나 곤충이 아닌 것. 곤충이 벗어놓은 탈피각이었다.

검사의 말대로라면 그 녹색 곤충이 예린의 몸에서 자란 후 벗어놓았을 것이다.

'살려줘. 살려줘, 엄마.'

곤충에 덮여 괴로워하던 아이의 모습이 되살아나 몸이 떨렸다.

***

서준은 오랜만에 지희와 함께 했다. 지희는 클라이밍 센터를 오픈한 경찰 선배의 동생이었다.

늘 계산대를 말없이 지키던 지희가 눈에 들어온 건, 유명 걸그룹의 서명이 있는 면 티셔츠를 입은 모습을 본 후였다.

'섹시한 등반'이라고 적힌 바이올렛 박스 티는 전혀 섹시하지 않았다. 하지만 짙은 보라색 때문에 수줍게 웃는 지희의 새하얀 치아가 돋보였다.

서준은 그녀와 밥을 먹고, 술도 한 잔 곁들인 후에 습관처럼 잠자리를 가졌다. 그러나 알 수 없는 꺼림칙함이 계속해서 집중력을 흐렸다.

파트너를 실망시키지 않기 위해 최선을 다했지만, 더 이상은 견디기 힘들었다. 결국 그는 노력을 멈췄다.

"다시 해볼래?"

아니, 그래서 될 일이 아니었다. 서준은 지희를 보듬어 안고 생각을 정리했다.

재판을 지켜본 후로 계속 이랬다. 오랜 시간 현장에 있던 그의 동물적 감각이 뭔가를 말하고 있었다.

안개처럼 뿌옇고 실체를 알 수 없지만, 그 속으로 들어가서 만지기 전에는 자신을 놓아주지 않을. 설령 그게 괴물이라 해도 피하고 싶지 않았다.

이 사건은 여론으로부터 한 발짝만 떨어져서 바라보면 모든 게 불분명했다.

소녀가 용의자로 지목된 후, 수사 종결과 기소는 급물살을 타고 순식간에 이뤄졌다. 소녀의 명백한 사인도 밝혀지지 않았고, 검찰의 주장을 제외하고 나면 다인의 전력과 현장의 CCTV, 자택에서 발견된 곤충과 압수물 같은 정황 증거들뿐이었다.

신중함을 잃고 여론의 압박에 휩쓸리면 오히려 진실에서 멀어지게 된다는 걸 서준은 잘 알고 있었다.

"무슨 생각해?"

"어떤 남자."

"말해봐, 자기 머릿속을 헤집고 있는 게 누군지."

지희는 서준의 머리를 가슴 사이로 끌어당기며 속삭였다.

아버지……. 느닷없이 떠오른 사람은 아버지였다.

아버지는 법정에서든, 생활에서든 당신의 진실에 반박하는 것을 용납하지 않았다. 잘못이 뭔지 아느냐는 물음에 우물쭈물하거나, 잘못을 인정하지 않으면 더 큰 벌을 주곤 했다. 아버지의 진실은 너무나 견고해서 언제나 승리했다. 그런 아버지도 뇌물수수 혐의로 공적이 되었을 때는 무죄추정의 원칙을 이야기했고, 결백을 주장했다.

밤마다 거실에서 아버지의 유능한 벗들이 기소사유를 반박할 논거를 만들고, 검사의 허를 찌를 패를 찾기 위해 머리를 맞댔다. 결국 아버지가 받은 금품은 배당받은 사건과 관련성을 찾기 어렵다는 이유로 무혐의 확정을 받았다.

진실은 상처 입기 쉽고 거짓은 강인하다. 진실은 끊임없이 의심하고 거짓은 확신한다. 서준이 아버지의 삶에서 얻은 유일한 가르침이었다.

그에 비하면 법정에서의 다인은, 너무나 연약했다. 그 아이는 자신의 편을 갖지 못했다. 변호인마저도 아이의 편이 아니었다.

소년이 조금만 더 영악했다면 경찰서에서처럼 법정에서도 발작을 일으켰을 것이다. 영양실조 때문이라는 의사의 소견을 이용해서 여론이 사그라질 때까지 시간을 벌 수도 있었다. 그러나 소년은 소매 끝만 쳐다보며 앉아 있었다.

닳아서 헤지고 지저분한 소매 끝. 서준은 그런 소매의 진회색 남방을 입은 다른 소년을 알고 있었다.

아버지에게 발가벗겨져 대문 밖에 세워졌던 밤, 어둠 속에 숨어 도망친 어린 서준은 복개천 구석의 덕지덕지 파란 칠이 된 콘테이너에서 그 소년을 만났다.

"너도 아빠에게 쫓겨났어?"

소년의 물음에 서준은 그렇다고 해야만 할 것 같아, 고개를 끄덕였다.

동질감을 느낀 소년은 콧물 묻은 손으로 녹슨 못에 걸린 옷을 서준의 알몸에 걸쳐주었다. 소년과 더 대화는 없었다. 하지만 혼자가 아니라는 게 위안이 되었다. 해가 뜨면 어디로 가야 할까. 이 아이에게 물어보고 따라다니면 될까. 집에는 돌아가지 않아도 학교는 계속 다니고 싶은데.

이런 저런 생각들로 밤이 깊어갈수록 눈은 말똥해지고, 배가 고파왔다. 꼬르륵거리는 소리가 들렸는지 소년은 콘테이너 한편의 캐비닛을 열고 우유를 꺼내서 건넸다.

유통기한이 하루 지났지만, 밍밍하고 달았다.

서준은 어깨를 두드리는 손길에 잠이 깼다. 잠결에 이름을 부르는 소리가 들렸다. 언제 잠들었는지 알 수 없지만, 어느새 날이 밝아 희미한 빛을 받으며 누군가 서 있었다. 보라색 스웨터를 입은, 엄마였다.

엄마는 서준을 꽉 안았고, 서준은 한쪽에 서서 부러운 눈길로 힐

굿거리던 소년의 눈과 마주쳤다. 괜스레 미안해졌다.

이십 년 동안 잊고 지냈던 그 소년의 얼굴이 법정에 앉아 있던 다인과 겹쳐졌다.

소년은 지금 어디에 있을까. 마찬가지로 어디선가 범죄자가 되었을까. 아니면 화단의 소녀처럼 범죄의 희생자가 되었을까. 세상에 이런 아이들은 얼마나 많은 걸까. 가온지구에서 실종되었던 다른 아이들은 어떻게 되었을까. 질문이 꼬리를 물고 이어졌다.

뒷머리를 쓸어내리는 부드러운 손길이 서준의 상념을 깨웠다.

"하기 어려운 얘기구나."

"미안. 다음에."

서준은 몸을 일으켰다.

"난 자기 어떤 점이 좋았는지 알아?"

지희도 따라 몸을 일으키며 말했다.

"여전히 사람들을 믿는 게 신기했어. 우리 오빠는 안 그랬거든."

"내가 그랬나? 그거 형사로서 실격인데."

티셔츠를 껴입은 서준은 고개를 갸웃했다.

"그러니까 이기고 와. 가봐."

지희는 서준의 등을 살짝 토닥였다.

서준은 오피스텔을 나섰다. 지희의 말이 잠시 맴돌았다. 그녀는 잘못 알고 있었다. 자신은 사람을 믿지 않았다. 수많은 살인범을 접하고도 인간성에 대한 믿음을 간직했을 리 없다. 세상일은 여러 경우의 수가 있고, 섣불리 한쪽으로 결론 내리려 하지 않을 뿐이었다. 단지 그뿐이었다.

이 사건은 아직 사람들이 정해둔 선에서 벗어나 검토해야 할 것들이 많았다. 수많은 가능성을 검토하고 여덟 살 아이의 눈으로도 이해되는 것, 그것이 바로 진실이었다. 문득 검찰에 제출한 CCTV 녹화영상을 직접 확인하지 못했다는 데 생각이 미쳤다. 머릿속으로 해야 할 일들이 파도처럼 밀려들었다.

***

하늘마을 둘레길 화단에 설치된 노란 테이프는 힘없이 늘어져 있었다.

화단을 따라 무단 주차된 화물트럭들은 폴리스라인 앞이라고 해서 비켜가지 않았다.

현지가 화단에 온 것은 처음이었다.

그동안 차마 용기가 나지 않았다. 이곳에 오면 악몽 같은 예린의 죽음은 현실이 될 것 같았다. 그게 잘못이었다. 엄마는 그러면 안 되는 건데.

미안한 마음으로 너덜거리는 노란 테이프를 들어올렸다.

현장검증 없이 수사가 종결되어, 경찰은 다인이 검거된 이후 화단을 찾지 않았다. 하지만 호기심 많은 주민들 때문인지 발자국이 어지러웠다. 화단의 흙은 곳곳이 파헤쳐지고 뒤집어져 있었다. 예린이 누워 있던 자리를 표시한 현장 보존선이 희미했다.

너무 늦게 온 것은 아닐까.

현지는 마음의 불씨를 꺼트리지 않으려 애썼다.

화단에 오기 전, 현지는 오래전 들여다본 곤충도감을 다시 펼쳤다. 과학실무원으로 근무하기 시작하면서 예린이와 함께 보기 위해 사둔 것이었다. 아이에게는 조금 어려울 수 있었지만 두고두고 유용하게 볼 수 있도록 페이지마다 생생한 사진이 큼직하게 들어간 두꺼운 책을 구입했다.

도감의 설명에 따르면, 딱정벌레류는 많게는 20~30번의 탈피를 하기도 했다.

작은 유충에서 더 큰 유충으로 자라거나, 번데기에서 성충으로 넘어갈 때. 곤충들은 껍데기를 벗지 않으면 커버린 몸이 단단한 껍질 속에 갇혀서 죽었다. 성장하지 않는다면, 탈피도 필요 없겠지만 어른이 되기 위해서 반드시 치러야 할 의식 같은 것이었다.

예린의 티셔츠 소매에 있던 것은 유충의 껍데기였다.

딸이 곤충의 먹이로 희생되었다는 검사의 말은 끔찍했다. 믿고 싶지 않았다. 곤충이 딸의 몸에서 자랐다면, 발견된 어른 곤충뿐만 아니라 껍데기를 벗은 유충이나 번데기의 흔적이 현장 어딘가에 있어야 했다.

그 사실을 직접 확인하고 싶었다.

어쩌면 이곳에 숨어 있는 곤충이 예린의 죽음에 대해 알려줄 것이 있을지도 모를 일이었다.

현지는 딱정벌레 유충이 번데기로 변할 때가 되면 천적을 피해 땅속이나 틈새, 뚜껑 아래 같은 숨은 공간을 찾아 들어가는 것을 알고 있었다. 준비해온 모종삽을 화단의 파헤쳐진 아래쪽으로 깊이 찔러 넣었다. 흙 위에는 잔 나뭇가지들이 잔뜩 흩어져 있었다.

촘촘히 흙을 헤집어 나가던 현지는 손을 멈췄다. 뭔가 이상했다. 으레 흙 속에 있어야 할 생명들이 눈에 띄지 않았다.

개미, 쥐며느리, 달팽이, 지네, 노래기 같은 것들. 무엇이라도 있어야 하는데 아무것도 없었다.

현지는 일어나 화단을 다시 둘러보았다.

잔 나뭇가지는 현지 주변뿐 아니라 화단 곳곳에 있었다. 가까이 몸을 숙여 나뭇가지 하나를 손으로 집어 올렸다. 기다란 물체는 나뭇가지가 아닌, 바짝 마른 지렁이였다.

사방에 말라죽은 지렁이들이 가득했다. 하늘은 구름 한 점 없었고, 햇볕이 뜨거웠다. 지렁이들이 올라올 날씨는 아니었다.

얘네들이 왜 여기에 있을까.

땅속의 곤충은 절대 땅 위에 이유 없이 올라오지 않았다. 현지는 땅속을 더 살폈다.

아무리 파헤쳐봐도 나오는 것은 없었다. 만약 피부로 호흡하는 지렁이들의 몸에 자극적인 화학물질이 닿은 거라면……. 그러고 보니 화단의 흙이 생각보다 촉촉했다.

퍼뜩 머릿속에 스치는 것이 있었다. 모종삽을 던지고, 하늘마을 경비실로 내달렸다.

경비실 유리창에는 '순찰 중' 팻말이 걸려 있었다. 주변을 둘러보자, 뒤편에 파란 방수포로 덮여 있는 것이 보였다.

현지는 다가가서 천막지를 들어올렸다. '버그밀'이라고 적힌 10Kg 포대가 쌓여 있었다. 땅 위에 뿌려 해충을 잡는 토양살충제였다.

어쩌면 남아 있었을지도 모를 곤충의 단서를 화단에 뿌려진 살충제가 모두 앗아가버렸다. 현지는 너무 늦게 왔다는 생각에, 또다시 자책감이 밀려왔다.

***

커다란 소파에서 시큼한 땀 냄새가 올라왔다.

승호는 왼쪽으로 누웠던 몸을 오른쪽으로 바꿨다.

축축하게 달라붙은 티셔츠가 밀려올라갔다. 옷자락을 끌어내릴 힘이 없었다. 손가락도 까딱하기 힘들었다.

입안은 따끔하고, 입술 위에 닿는 콧김이 뜨거웠다. 몸을 돌려 바로 눕는데, 지붕 틈으로 비추는 햇살이 눈부셨다. 한낮이 된 것이다. 그러니까 밤새, 해가 하늘 높이 솟을 때까지 누워 있었던 거다. 주인 없는 하룻밤이 또 지나간 거다. 알 수 없는 슬픔이 푹 꺼져버린 소파처럼 승호를 끌고 내려갔다.

회색지붕 집의 주인, 조는 더 이상 승호를 보러 오지 않았다.

대체 무엇이 잘못된 걸까. 혹시 버려진 걸까. 어쩌면 다시는 오지 않을지도 모른다는 생각이 들자 눈꺼풀이 쉴 새 없이 깜박였다.

승호는 자신이 잘못한 일을 곰곰히 헤아려보았다. 주인이 없는 동안 어겼던 규칙들. 무엇보다 지난번 아이들을 들어오게 하려고 했던 게 걸렸다.

꼭 미리 말하라고 했는데. 그래서 오지 않는 걸까.

지금이라도 주인이 알려준 규칙을 잘 지켜야 했다. 팔꿈치로 소파를 딛고 상체를 일으켰다. 고슬한 카페트를 밟고 서는데, 아찔한 어지러움이 느껴졌다. 바닥이 자신을 향해 들고 올라오는 것 같았다.

환기는 하루 한 번. 식사는 하루 세 번. 힘겹게 문을 열고, 택배 상자를 카페트로 옮겼다. 주인이 있을 때처럼 곰돌이 식판을 상자 위에 올리고, 집 한편에 쌓아둔 포대에서 식사를 꺼냈다.

많이 담고 싶었지만, 규칙대로 꾹 참고 딱 한 번만 퍼서 담았다. 그리고 한 번 더.

숟가락으로 크게 한 입 떠서 입안에 넣자 지구를 세 바퀴 반은 돈 것 같은 어지러움이 한 바퀴로 줄었다. 심하던 눈 떨림도 조금 사라지는 것 같았다.

정신없이 퍼먹던 승호는 잊은 것이 생각났다.

숟가락 가득 담은 음식을 바닥에 쏟아 부었다. 곤충들이 모여들었다. 곧 조가 돌아올 것 같은 기분 좋은 예감이 들었다. 그래도 안 오면 나가서 찾아봐야지. 사르륵, 다시 잠이 쏟아졌다.

**

6월 2일, 04시 34분.

165cm~175cm 사이 중간키에 마른 체구를 가진 인물이 바다마을 출입구를 빠져나왔다.

어둠 속에서 후드를 깊숙이 쓴 탓에 얼굴을 알아볼 수 없지만, 카고 트레일러가 연결된 자전거를 끌고 있었다.

후드티는 하늘마을로 이동하기 위해 20미터 전방의 건널목에 서서 2분여 간 신호를 기다렸다.

자전거 카고 뒷면에 '동양일보'가 크게 새겨져 있었다. 이다인이 배달하는 신문사의 이름이었다.

5분 후인 04시 39분.

하늘마을 화단에 후드티를 입은 인물이 다시 모습을 나타냈다.

이번엔 후드를 쓰고 있지 않았지만 역시 얼굴은 알아보기 어려웠다. 하지만 체격과 이동 시간으로 미루어 동일 인물일 가능성이 컸다.

후드티는 양팔로 무거워 보이는 물체를 안고 화단 안으로 들어갔다. 늘어진 팔과 다리로 안고 있는 것은 사람이라는 걸 알 수 있었다.

화면에 나타나진 않았지만, 동일 인물이라면 자전거 카고에 싣고 왔을 것이다. 30초 후 후드티는 화단에서 빈손으로 나와 화면 밖으로 사라졌다.

수사팀에서 검찰에 보고한 CCTV 녹화 파일은 여기에서 재생이 끊겼다. 예린이 화단에서 발견되기 20일 전의 영상이었다.

하나는 바다마을 출입구에 설치된 CCTV의 녹화본이고, 또 다른 하나는 하늘마을 놀이터에서 대각선 방향으로 화단을 바라본 것이다.

해상도가 낮아서, 비록 자전거 카고에 신문사 로고가 있더라도 영상에 나타난 모습만으로 다인을 특정하는 것은 무리가 있었다. 그러나 정황증거로는 충분했다. 아마도 같은 영상을 증거물로 제출했을 것이다.

수사보고서와 영상을 비교한 서준은 풀타임 원본이 궁금해졌다. 화면이 보여주는 시간 외에 다른 무엇이 있을지도 모를 일이었다.

가뜩이나 자신을 눈엣가시로 여기는 팀장에게 요청하기는 어려웠다. CCTV를 수집했던 규철을 통해서 알아볼 수도 있지만, 끌어들이고 싶진 않았다.

가까운 사이였지만, 필요 이상으로 챙기는 게 부담스러웠다. 그는 계속 서준이 경찰 조직과 부딪히는 걸 못마땅해했다. 이 사건을 추가로 조사하겠다는 얘기를 하면 따라다니면서 말릴 게 뻔했다.

믿을 만한 다른 사람이 필요했다. 곰곰이 생각하던 서준은 남동경찰서에 배치되기 전 지구대에서 같이 근무한 후배를 떠올렸다. 최근에 경찰청 교통행정과로 옮겼다는 소식을 들었다.

통화버튼을 누른 채, 형사과를 나와 하늘마을 관리실로 향했다.

"그 사건은 수사가 끝난 줄 알았는데요."

"네, 공식적으로는 끝났습니다."

"그럼 무슨 일로……."

관리소장은 미심쩍은 눈으로 서준을 살폈다. 눈매는 작았지만, 관리자 특유의 깐깐함이 배어 있었다.

서준은 별일 아니라는 듯 둘러댔다.

"재판 때문에 보충 수사 중이라서요."

"도움을 못 드려 죄송합니다. 한 달을 넘긴 파일은 보관하지 않습니다."

관리소장은 사무적인 말투로 미안함을 드러냈다. 저장용량 때문에 당시 녹화영상은 남아 있지 않다는 것이 그의 설명이었다. 관리법규 상으로도 한 달 이상 보관할 의무는 없었다.

"어쩔 수 없죠. 고생하십시오."

서준은 담담한 표정으로 돌아섰다. 관리소장이 입구까지 배웅했다. 침착한 얼굴과는 달리 서준이 건넨 명함을 초조하게 만지작거렸다.

서준은 곧장 아파트 화단으로 걸음을 옮겼다. 관리사무소를 방문하기 전 원본이 없을 경우를 대비해 다른 방법을 생각해두었다.

화단 앞에 늘어선 트럭들은 차체에 먼지가 뿌옇게 쌓여 있었다.

그는 수첩에 끼워둔 사진을 꺼냈다. 예린이 발견될 당시 현장에 있던 트럭의 번호판을 찍은 것들이었다.

트럭들이 계속 주행을 했다면 며칠 만에 블랙박스 용량이 차서 지워졌겠지만, 주행하지 않고 지금껏 서 있었다면 주차 모드로 녹화된 영상은 남아 있을 것이다.

인적이 드문 하늘마을 화단은 움직임을 포착해서 작동하는 모션 녹화 횟수가 많지 않기 때문에 비교적 긴 시간 동안 저장될 것이라 여겼다. 한 달 급여에서 기름 값, 유지비, 통행료 등을 제하고 나면 차량을 굴리는 것보다 세우는 것이 차라리 돈을 버는 거라는 화물 기사의 인터뷰를 본 적이 있었다. 예린이 발견될 때부터 지금까지 세워져 있었다면, 이전에도 계속 그 자리에 있었을 가능성이 컸다.

서준은 사진과 실물 트럭의 번호판을 번갈아 살폈다.

5톤 트럭 한 대와 덤프트럭 두 대가 여전히 같은 자리를 지키고 있었다. 차량번호를 조회하면 연락처는 금방 확인할 수 있었다. 문제는 그다음이었다.

기사들의 협조를 얻어내는 건 쉬운 일이 아니었다. 미리 부탁한 대로, 교통행정과에 근무하는 후배에게 차량번호를 보냈다. 불법주차로 견인한 후 블랙박스를 수거할 것이다.

기다리는 동안 서준은 다음 목적지로 바쁘게 이동했다. 시간 끌지 않고 확인해야 할 것들을 최대한 빨리 확인하고 싶었다.

유선혜 2012. 5. 7 접수, 당시 11살
민경은 2012. 6. 20 접수, 당시 12살

이예린 2012. 7. 7 접수, 당시 10살
김효진 2012. 8. 3 접수, 당시 10살

서준은 중앙시 아동보호전문기관 현관을 확인하고 수첩에 적힌 이름들을 보았다.

예린이 사라질 무렵 가온지구에서 실종신고가 접수된 소녀들이었다.

이청완 수사관을 마라톤 대회장에서 만난 후에, 신고를 접수했던 보호자들을 직접 찾아갔었다. 아이들이 집으로 돌아왔는지 확인하기 위해서였다.

김효진은 며칠 만에 돌아왔고, 유선혜와 민경은은 돌아오지 않았다.

민경은은 부산에서 지내면서 일 년에 한두 번씩 안부를 전해온다고 했다. 그러나 유선혜는 행방을 알 수 없었다. 다인이 용의자로 검거되면서, 탐문은 거기에서 멈췄다.

"저희 쪽엔 없어요. 얼마 전 시에서 합동점검을 했는데, 그쪽으로 한번 알아보세요."

여성청소년과 여민주 팀장은 실종 접수된 아이들이 더 있는지 묻는 서준에게 이렇게 알려주었다.

경찰도 어쩔 수 없이 관료적이고 경직된 공무원 조직이었다. 본인에게 배당된 사건만으로도 벅차서, 합동수사나 지원을 하는 경우가 아니라면 다른 과의 일은 관심이 없었다.

여민주 팀장은 여청과가 아님에도 불구하고 몇 번씩 찾아와 실종 아동 현황에 대해서 묻는 서준을 남다르게 여겼다. 사실 대부분 남자들보다는 여자들이 서준에게 친절했다. 여팀장은 서준에게 도움이 될 만한 몇가지 내용을 알려주었다.

예린이 발견된 후, 중앙시 시장은 아동보호를 위한 여러 조치를
단행했는데, 초등학교 재학생 중 장기결석 아동에 대한 전수조사를
실시했다는 것도 그중 하나였다.

'아동보호를 위한'이라고 말할 때 여팀장은 윙크하듯이 한쪽 눈을
찡긋했다. 선거를 앞둔 시정이라는 걸 뻔히 알지 않냐는 뜻이었다.

장기결석 아동이 있는 학교의 교직원과 사회복지공무원은 각 가
정으로 현장점검을 나갔고, 의심 사례가 발견되었을 때는 아동보호
전문기관에 신고하도록 했다고 설명을 덧붙였다.

서준은 건물 2층에 있는 아동전문기관으로 들어갔다.

개소한 지 2년째인 기관은 생각보다 아담했다.

미리 약속이 되어 있던 관장이 상담실에서 나와 서준을 맞이했
다. 노년의 나이에도, 굵은 웨이브 펌과 동그란 안경이 친근하고 귀
여운 인상을 풍겼다.

상담실에서 블록 쌓기를 하던 아이들이 블라인드를 들추고 호기
심 어린 표정으로 서준을 보았다. 관장은 서로 마주보도록 배치된
사무책상을 지나 안쪽 공간으로 안내했다. 주방과 응접실을 겸한
곳이었다.

"지금 빈 곳이 없어서요."

관장은 겸연쩍게 웃었다.

"뭐 드시겠어요? 커피? 녹차?"

찻잔과 인스턴트 커피, 녹차 티백을 꺼내놓으며 물었다.

"제가 하겠습니다. 관장님도 드시겠습니까?"

서준은 빠르게 커피포트를 잡았다.

"아니에요, 전 마셨어요."

관장은 부드럽게 거절했다.

서준은 녹차 티백을 담은 잔에 더운물을 부었다. 관장의 호의적인 시선이 느껴졌다.

"저희 기관에 방문한 경찰은 형사님이 두 번째예요."

"그렇습니까?"

"여성청소년과에서 가끔 오셨는데 요즘은 바쁘신가 봐요."

서준은 아마도 여민주 팀장이 아닐까 생각했다.

"하긴 저희도 이렇게 손이 모자라는데 형사님들은 오죽하시겠어요."

"상담해야 할 아이들이 많으시죠?"

서준의 물음에 관장은 말없이 빙긋 웃었다. 서준은 이쪽으로는 아는 바가 거의 없었다. 관장은 주머니에서 휴대폰을 꺼내 서준에게 보였다.

"상담은 저희가 하는 일의 일부예요."

휴대폰 사진에는 취학통지서가 담겨 있었다.

"이 아이는 작년에 일곱살이 되었어요. 초등학교에 가야 할 나이죠. 하지만 아무도 얼굴을 몰라요."

서준은 선뜻 이해되지 않아 고개를 갸웃했다.

"무슨 말씀이시죠? 얼굴을 모른다는 게……."

"태어난 기록만 있고 아무것도 없다는 거죠."

관장은 마음이 안 좋은 듯 뜸을 들였다가 말을 이었다.

"아이는 중앙초등학교에 입학 예정이었어요. 그런데 주소가 말소되어 취학통지서를 보낼 수 없었다는 거예요. 확인해보니 출생신고만 되어 있고 7년 동안 아무 기록이 없었어요. 예방접종을 맞은 적도, 어린이집을 다닌 적도. 출생신고서에 엄마 이름만 있는데, 역시 행방불명 상태였어요. 기관에서 어렵게 친척집을 찾아갔더니, 아이가 태어난 사실조차 모르더군요. 살던 집은 허물어져서 흔적이 없었고요. 당시 주변에 거주하던 이웃을 수소문했지만 알아낼 수 있는 게 없었죠."

"네……."

서준은 달리 할 수 있는 말이 없었다. 그렇다면 아이는 대체 어떻게 살고 있다는 건가. 아니, 살아있기는 한 걸까. 가슴이 답답해졌다.

"합동점검에서도 사라진 아이가 있었습니까?"

"아마 있었을 거예요. 그땐 제가 병가 중이어서, 현장조사팀에 자료를 부탁해두었어요."

"감사합니다."

"이번 기회에 전수조사를 마쳤으면 좋았을 텐데 아쉽네요."

"다 진행된 게 아닙니까?"

"그 소년이 체포된 후에 시에서 중단했죠. 예산 때문이라고 했지만…… 예나 지금이나 이런 건 왜 안 변하죠?"

관장은 말보다 많은 것을 담은 표정으로 서준을 바라보았다.

서준은 손끝에 찌릿한 전기를 느꼈다. 다인이 잡히면서 중단된 것은 경찰수사만이 아니었다. 여기에 어떤 의미가 있는 것은 아닐까. 하지만 그것만으로는 갈피를 잡기가 어려웠다.

응접실을 노크하는 소리가 들렸다. 직원이 들어와 관장에게 다음 약속자의 방문을 알렸다.

관장은 직원에게서 서류봉투를 받아 서준에게 건넸다.

"저희 쪽에 신고된 학대가 의심되거나 행방이 불분명한 아동은 별도로 구분되어 있어요. 개인정보 때문에 열람만 해주세요. 나중에 정식요청을 하시면 보내드릴게요."

"잘 알겠습니다. 그럼 조사 후에 확인되지 않은 아이들은 어떻게 하셨나요?"

"경찰에 알렸겠죠. 그게 저희 의무인 걸요."

관장은 먼저 일어나서 미안하다는 기색을 내비치고는 응접실을 나갔다.

서준은 의아했다. 실종 접수는 없다고 했던 여민주 팀장의 말과 앞뒤가 맞지 않았다. 관장에게 받은 서류봉투를 열었다. 장기결석 아동명단과 가정방문 진행현황, 학대의심사례 등이 일목요연하게 각각의 표로 정리되어 있었다.

순서대로 넘기자 '행방확인불가'라는 소제목이 나왔다.

아동의 이름 아래 몇 가지 개인정보와 가정방문결과가 꼼꼼히 기록되어 있었다. 표는 한 장을 가득 채우고 뒷장으로 넘어갔다. 설마 하며 한 장 더 넘겼지만, 계속 이어졌다. 그 다음 장도 마찬가지였다.

서준은 각 페이지의 제목을 다시 확인했다. 틀림없이 같은 명단이었다.

23명.

장기결석아동 중 23명이 행방불명 상태였다.

생각보다 많은 숫자에 서준은 혼란스러웠다. 문서에 착오가 있는 것은 아닐까. 아니라면, 이 아이들은 모두 어디로 사라진 걸까……

***

좁은 집 안에 짜장면 냄새가 진동했다. 아빠는 거실에서 다정하게 삼남매를 불렀다.

"가만히 있어."

연미는 제 옆에 작은 강아지처럼 나란히 누운 두 동생을 단속했다. 동생들은 달려가고 싶어서 몸이 들썩거렸다.

"가만히 있으라니까."

"녀석들아, 밥 먹자고."

아빠가 한 번 더 부르자, 동생들은 방문을 벌컥 열고 짜장면 그릇에 몰려가 면발을 들이켰다. 방금 전까지 두들겨 맞고도 먹을 것을 주면 금방 웃으며 모여들었다.

거지새끼들. 연미는 재빨리 문을 닫고 동생들이 일어나면서 만든 이불의 주름을 신경질적으로 폈다.

"누나는?"

아빠의 목소리를 들은 연미는 자신의 존재를 지우기라도 하듯, 방 안에 불을 꺼버렸다.

방 벽을 뚫고 TV 소리가 들렸다. 태풍이 몰려온다는 뉴스였다. '고르곤'이라는 이름을 가진 태풍은 내일모레 도착할 예정이라고 했다.

언젠가 영화 '오즈의 마법사'에서 봤다. 만나는 모든 것을 휩쓸어 버리는 강력한 그것.

이놈의 집, 태풍이 모조리 쓸어가 버렸으면 좋겠어. 운이 좋다면, 영화처럼 노란 벽돌 길에서 마법사를 만날 수도 있겠지. 연미는 이불 속에 몸을 파묻고 저만의 상상 속으로 숨었다. 사자와 허수아비와 양철인간이 있고, 빨간 구두를 신은 곳으로.

시간이 얼마나 지났을까. 어둠 속에 덜커덩거리는 소리가 울렸다.

"연미야, 연미야."

엄마가 애타게 창문을 두들기며 이름을 불렀다.

쳇, 들킬까 봐 큰 소리도 못내는 주제에. 연미는 못들은 척 숨을 멈췄다. 속옷 차림에, 얼굴과 몸 여기저기 붉게 피멍이 맺혀 있는 엄마와 마주치고 싶지 않았다.

엄마는 재차 자신을 불렀다. 귀를 틀어막고, 아예 담요를 뒤집어 썼다. 정적이 흘렀다.

모두 연미의 환상이었다. 어둠은 고요했고, 엄마는 그곳에 없었다.

연미는 엄마가 사라지던 날을 떠올렸다. 죽여! 죽어! 주고받는 악다구니와 비명이 대문 밖까지 들렸다. 며칠 잠잠하더니 또 시작이구나 싶었다.

연미는 고개를 푹 숙인 채 어깨에 맨 가방끈을 꽉 움켜쥐었다. 안방 문은 활짝 열려 있었고, 동생들은 울며 서 있었다. 엄마는 오른쪽 이마에 주먹만 한 혹이 화산처럼 불거져 나왔다.

혹에서부터 눈두덩까지 온통 붉으락푸르락했다. 연미는 본체만체하며 곧장 자기 방으로 들어가 가방을 벗어던지고 이불 속에 파묻혔다.

잠시 후 동생들의 울음소리가 더 커졌다. 살짝 방문을 열었다. 엄마가 속옷차림으로 질질 끌려 나갔다. 마루에는 핏방울이 맺혔다. 연미는 문을 닫고 빨리 끝나기만을 기다렸다. 지옥을 견디는 다른 방법을 알지 못했다.

엄마를 다시 만난 건 장례식장이었다.

장례식이라 해봐야 사진이 놓인 게 전부였고 꽃 한 송이 없었다. 장례식장 직원들이 수군대는 말을 듣고, 아빠라는 작자가 죽은 엄마를 포기했다가 경찰서를 찾아가 난리 친 사실을 알았다. 지원금 몇 푼이 아니었다면, 연미와 동생들은 엄마가 죽은 사실조차 모르고 살아갔을 것이다.

연미는 울지 않았다. 엄마는 자신 때문에 죽은 것이 아니었다. 자식 핑계를 대며 이 집을 나가지 못한 바보여서 죽은 것이다. 그러니까 미안해할 필요도, 보고 싶어 할 이유도 없었다. 하지만 날마다 엄마는 창문을 두드렸다. 밤은 길고 고통스러웠다.

연미는 일어나 잠옷을 벗고 티셔츠와 반바지를 입었다.

거실의 불은 꺼져 있었다. 슬그머니 방문을 열고 살금살금 마루를 디뎠다.

안방에서 희미하게 코고는 소리가 새어나왔다. 동생들은 차가운 마룻바닥에 배를 깔고 아무렇게나 뒹굴었다. 그 모습을 보니 뱃속이 꿀렁거렸다. 다시 방으로 돌아가 이불을 가져다 살포시 덮어주었다. 자신이 등교한 후에도 동생들은 아빠와 함께 시간을 보내야 했다. 어쩌면 두드려 맞은 후에 금세 잊어버리는 건 동생들이 터득한 살아남는 방법이지 않을까.

더운 공기가 연미를 맞았다.

대문 밖에 나오니 살 것 같았다. 정신없이 밤거리를 달렸다. 한참을 달리자 울쑥불쑥한 흙길이 밟혔다.

움푹 파인 구덩이에 오른발이 훅 빨려들어 갔지만 아랑곳하지 않았다. 아직까지 가온 신도시 한쪽은 한창 개발 중이었다. 날카로운 철근이 삐져나온 아파트 신축현장이 계속되었다.

연미는 그중 가장 안쪽의 출입구로 망설임 없이 들어갔다. 공사 중인 건물 안은 칠흑처럼 깜깜했다. 발밑의 감각에만 의지해서 계단을 올라 그물망이 잠자리 날개처럼 외벽을 감싸고 있는 층까지 갔다.

그리고는 언제나처럼 창가에 앉아 달빛을 향해 노래를 불렀다.

달빛을 받으면 모든 것이 마법처럼 변하는 이곳은 연미가 밤을 견디는 비밀 아지트였다.

볼품없는 건물은 아름다운 성이 되었고, 높이 솟은 크레인은 성을 지키는 충직한 거인이 되었다. 그리고 자신은 이 성에 혼자 사는 공주였다.

아무도 살지 않는다는 것. 혼자라는 것. 그 점이 가장 마음에 들었다. 문득 바스락거리는 소리에 노래를 멈췄다.

달빛이 닿지 않는 곳에 보이는 것은 어둠뿐이었다. 이곳엔 아무도 찾아온 적이 없었다. 연미는 다시 노래를 이어 불렀다. 그러나 금세 또 멈춰야 했다. 이번엔 발자국 소리 같았다.

역시 아무도 없었다. 연미는 겁이 나서 더 크게 노래를 불렀다. 마법은 끝났다. 창가에서 내려와 층의 입구로 걸음을 옮겼다. 그러자 발자국 소리가 쿵쾅거리며 빠르게 다가왔다.

연미는 자기도 모르게 뒷걸음질을 쳤다. 냉랭한 시멘트벽이 등에 닿았다. 도망칠 곳을 찾아 주변을 두리번거렸다. 나가는 곳이 하나밖에 없다는 걸 깨달았을 땐 이미 발자국 소리가 입구로 들어온 후였다. 연미는 입을 틀어막고 숨을 멈춘 채 어둠 속에 웅크렸다. 앳된 소년의 목소리가 메아리처럼 울렸다.

"벌꿀 냄새가 나."

***

'절대 소설을 쓰지 않는다.'

부검의 첫 번째 원칙이었다.

전 국과수 법의관인 김인수 닥터는 이를 철저히 지켰다. 사건을 해결하겠다는 욕심을 내는 순간 무리하게 소설을 쓰게 되고 또 다른 문제가 생길 수 있다는 걸 잘 알았다.

나머지 사실은 경찰의 수사를 통해 밝혀져야 했다.

처음 죽은 소녀의 엄마가 시신을 다시 부검해달라고 의뢰했을 때, 그는 믿기지 않았다. 이 바닥에서 이제 누구도 자신에게 그런 일은 부탁하지 않았다.

"증인은 관련된 협회나 기관에 소속되어 있나요?"

"증인이 작성한 논문은 학술지에 소개된 적이 있나요?"

검사가 이렇게 나오면, 국과수에 사표를 던진 그의 전력은 별 도움이 되지 않았다.

외상 등 명백한 범죄 징후가 없는 경우, 경찰은 종종 시신 검안자에게 일 만들지 말라는 눈치를 주었다. 그리고는 유족이 부검을 원치 않는다, 타살 혐의점이 없다며 부검 필요성이 없다는 수사지휘보고서를 검사에게 올리곤 했다.

범죄에 희생되었지만 부검되지 못하고 묻히는 경우들이 상당했다. 한 사람 당 일 년에 200건이 넘는 시신을 부검해야 하는 국과수 법의관들은 현장 검안은 엄두도 내지 못했다.

김인수는 수사기관이 자연사로 처리한 사건들에서 연이어 타살의 증거를 밝혔다. 이쪽 세계에는 기회만 있으면 그를 반박하고 밟으려는 이들로 넘쳐났다. 법정에서 그의 부검결과는 늘 논쟁에 휘말렸다. 그를 찾는 의뢰인들도 점차 줄어들었다.

하지만 소녀의 엄마는 절박해 보였다.

그는 오늘 아침 부검을 마무리한 보고서를 작성해 나갔다. 대부분의 소견은 국과수의 그것과 크게 다르지 않았다. 다만 한 가지 추가해야 할 사실이 있었다.

소녀에게서 적정량 이상의 당 성분이 검출되었다. 살아있을 때 혈중의 당분이 매우 높았거나 당뇨일 가능성도 있었다. 뿐만 아니라 뼈에도 빈 구멍이 많았다.

당뇨병은 부모나 형제가 당뇨 환자라면 확률이 더 높았다. 그는 의뢰인에게 전화를 걸어 가족 중에 병력을 가진 사람이 있는지 물었다. 소녀의 엄마는 머뭇거렸다. 자신이 아는 가족들에게는 당뇨가 없다고 대답했다.

김인수는 다시 그녀가 말한 가족의 범위를 확인하려다가 답하기 곤란한 질문이라는 것을 직감하고 그만두었다.

소녀의 췌장세포 분석결과 아연 함량은 표준치에 가까웠다. 만일 다른 이유로 인슐린이 정상 분비되지 않았다면, 설탕이 그 원인이 되기도 했다.

김인수는 연구원 시절 실험용 쥐가 위에 과량의 설탕물을 투여받고 삼투압 쇼크로 죽은 것을 떠올렸다. 특히 장마철의 덥고 습한 날씨로 땀을 많이 흘리면 혈액 농도가 높아지면서 일시적 고혈당 증상이 나타나고, 이 경우 혼수상태까지 유발할 수 있었다.

그는 설탕을 사랑했지만, 아이들에게 단 것을 권하는 것은 단호하게 반대했다.

뇌를 자극해 행복함을 느끼게 하는 세로토닌의 분비를 촉진하는 설탕은 일종의 합법적인 마약이었다. 설탕이 포도당으로 분해되어서 뇌에 일으키는 작용은 마약의 그것과 동일했다. 심한 경우 흥분과 환각을 일으키고 끊게 되면, 손과 발이 떨리고 산만해지거나 무기력증과 우울증을 동반한 금단 현상도 가져왔다.

한 미래학자는 '설탕이 화약보다 위험하다'고 주장했다. 재작년 전 세계 사망자 수는 약 5,600만 명이었는데, 이중 전쟁이나 범죄로 죽은 사람이 62만 명인 반면 150만 명이 당뇨로 죽었다는 게 근거였다.

하지만 이 모든 것은 그저 가능성일 뿐이었다. 사실은 사실대로 존재해야 했다. 소설을 쓰지 않는 것은 변함없는 그의 철칙이었다. 그는 의뢰인의 기대에 부응하지 못하는 것을 미안해하며, 다음과 같이 적었다.

직접사인 미상. 간접사인으로 당 성분으로 인한 쇼크 가능성 있음

***

퍼스트캐슬 아파트로 들어가는 출입문은 모두 잠금장치가 되어 있었다.

윤수는 누군가 출입문을 드나들 때까지 한 시간 여를 기다렸다.

유리벽 안쪽의 아파트들은 이름 끝에 캐슬이 붙었다. 유니캐슬, 원더캐슬, 베스트캐슬, 퍼스트캐슬 같은 식이었다. 달빛마을의 윤수는 틈이 날 때마다 모험을 떠나듯이 8차선의 바다를 건너 캐슬에 몰래 들어와 이곳에 사는 자신의 미래를 꿈꾸곤 했다.

성 안의 풍경은 볼 때마다 매번 놀랍고 신기했다. 차들은 땅 밑으로 다녔고, 건물과 건물 사이는 훨씬 넓었으며, 색색의 환한 조명, 인공폭포, 더 크고 무성한 나무, 통나무 쉼터마다 둘러앉은 가족의 옷음소리는 황홀했다. 여기 사는 사람들은 누구든 행복할 것 같았다.

물론 이곳에 올 때는 혼자였다. 여럿이 들어오면 정문부터 통제를 받기 때문에 골치만 아팠다. 어차피 다른 아이들은 나무벤치에 누워 공상으로 시간을 보내는 건 지루해서 견디지 못했다. 다인 형이라면 몰라도.

오후 다섯 시를 넘어가자 성 안은 활기차기 시작했다. 모처럼 시원한 바람이 불었다.

아파트 정문 앞에 비계를 쌓아서 만든 무대는 음향장비를 점검하느라 분주했다. 그 앞에는 플라스틱 의자가 차례로 놓였다. 정문에서 이어지는 중앙통로 양 옆으로 한낮부터 파란천막이 자리잡고 있었다. 천막 안에서 갈색으로 익어가는 통돼지 바비큐와 국수 삶는 냄새, 전 부치는 냄새가 바람을 타고 풍겨왔다.

하지만 윤수는 거기에 관심 둘 겨를이 없었다. 평소라면 무대를 보는 것만으로도 신이 나서 방방 뛰어다니고 천막 사이를 누비며 구경에 몰두했을 테지만, 지금은 다른 일이 우선이었다.

성 안이 온통 분주한 덕분에 정문도 쉽게 통과했고, 동 앞에서 한참을 서성이는 자신을 신경 쓰는 사람도 없다는 게 다행이었다. 드디어 동 건물 안에서 누군가 종량제 봉투를 들고 나왔다.

그 틈에 윤수는 뛰어 들어갔다. 이곳엔 층을 오르는 계단이 없었다. 승강기를 타고 태연히 맨 윗 층을 눌렀다.

옥상으로 올라가는 입구에 'CCTV 작동 중'이라는 팻말이 부착되어 있었다. 윤수가 사는 달빛마을은 옥상에서 투신을 한다거나 방뇨 같은 문제가 빈번해서 감시카메라를 달았다. 하지만 여러 번 캐슬에 왔던 윤수는 이곳에 붙은 건 엄포용 스티커에 불과하다는 걸 잘 알고 있었다.

아마도 성 안에 사는 사람들은 자신감이 있어서가 아닐까 생각했다. 물론 여기도 감시카메라가 달려 있기는 했다. 하지만 옥상이 아니라, 동 입구를 비추는 거였다.

철문을 열자 뾰족하게 솟은 갈색지붕이 나타났다.

철문에서 지붕으로 가는 통로는 펜스로 가로막혔다. 경사진 지붕의 가장 바깥쪽에 한 뼘 반 정도 되는 홈이 있었다. 날렵하게 펜스를 뛰어넘어 홈에 발을 딛고 지붕에 기대어 앉았다.

아래 있을 때보다 바람이 세게 불었지만 무섭지 않았다.

윤수는 항상 높은 곳이 좋았다. 더 많은 사람에게 자신을 보여주고 싶었다. 지금 앉아 있는 지붕은 캐슬 중앙에 가장 높이 솟은 곳이었다.

빨간 쟁반처럼 둥그렇고 큰 해가 정면에 보였다. 손을 뻗으면 닿을 것처럼 가까웠다. 아래를 내려다보았다. 사람들이 충분히 모이려면 조금 더 기다려야 할 것 같았다.

어깨에 멘 가방을 내리고 휴대용 마이크, 둘둘 말린 흰색 천 뭉치를 꺼냈다. 법원에서의 경험으로 준비한 것들이었다. 거기선 아무리 떠들어도 윤수의 말을 들어주지 않았다.

형의 얼굴이라도 보고 싶었지만 방청권이 없으면 그마저 불가능했다. 오늘 퍼스트캐슬에서 주민행사가 열리는 걸 알았을 때, 무조건 이곳에서 사람들에게 말해야겠다고 생각했다.

아래에서 떠들면 금방 끌려 나갈 게 뻔했다. 그래서 옥상을 떠올렸다. 모든 사람들이 볼 수 있는 곳. 큰 목청은 누구에게도 지지 않았지만 혹시 몰라서 휴대용 마이크를 빌렸다.

천은 빌라에 붙은 분양 현수막을 보고 크기를 가늠했는데, 피켓보다 훨씬 크니까 잘 보일 것이다. 어두워진 후에도 흰색 천에 쓰인 글씨는 잘 보이는 걸 몇 번이나 가서 확인했다.

이제 기다리는 일만 남았다. 붉은 해가 하늘을 물들였다. 너무 고와서 눈물이 날 것 같았다. 나중에 형에게도 보여줘야지. 저만치 멀리 송이처럼 두터운 구름이 피어났다.

"홋, 뜨거워."

규철은 부녀회장이 입에 넣어준 갓 구워낸 녹두전을 식히느라 요란스러운 소리를 냈다.

만면에 웃음을 띤 부녀회장은 국수를 말기 위해 낸 육수를 한 컵 따라주었다.

뜨거운 국물을 삼키며 규철은 아까보다 더 호들갑을 떨었다. '중앙시 부녀회'가 새겨진 빨간 앞치마를 두른 여자들은 그런 야단법석을 그저 맛있다는 싱거운 소리보다 더 좋아했다.

"형사님, 그동안 고생많으셨어요."

"누님들도요. 올 여름은 정말 뜨거웠죠."

곤충채집 현장에서 안면을 익힌 부녀회와 규철은 막걸리 잔을 주거니 받거니 했다.

"캬, 음악 좋네."

"저게 뭐라는 음악이야?"

"재즈예요, 재즈."

무대 위에서 나비넥타이를 멘 색소폰, 클라리넷, 베이스, 기타, 드럼 연주자와 체격 좋은 여성 보컬이 한창 공연 중이었다. 보컬의 녹색 드레스는 조명을 받아 과하게 번쩍였다. 규철은 녹색이라면 신물이 났다. 그나마 연주하는 곡이 몇 번은 들어본 듯한 선율이라 다행이었다.

'달로 나를 날아가게 해줘요' 식의 노래였는데, 외국 노래를 한국 가사로 바꿔 부르는 건 워낙 질색이었다.

"아파트와 어울리네요."

규철은 음악에 대해 열변을 토하고 있는 자치회장에게 입에 발린 말을 했다.

"그렇죠. 행사 가면 항상 트로트만 하니까 좀 색다르게 해봤어요."

자치회장은 흡족해서 헤벌쭉했다.

'중앙시 가온지구 한마음행사'라는 배경 현수막이 크게 걸린 무대 앞에 준비된 의자에는 앉은 사람이 거의 없었다. 시장과 초청인사들, 중앙시경찰청과 남동경찰서 간부들 정도였다. 나머지는 중앙통로에 길게 늘어선 파란 천막 안에 자리를 잡고 술잔을 기울였다. 피해자 가족은 보이지 않았다. 자치회장 얘기로는 초청했지만 참석하지 않았다고 했다. 서준 역시 보이지 않았다.

중앙시바른가족회의, 중앙시청소년선도위원 등 평소에는 듣지 못한 단체의 인사들이 천막을 돌며 공무원들과 형사들의 노고를 치하했다. 규철의 지갑에도 받은 명함이 가득했다.

선거가 코앞이긴 한가 보네. 규철은 속으로 비아냥거렸다.

중앙시장이 마이크를 잡았다. 화단살인사건으로 두려운 시간을 보낸 주민들에게 위로의 말을 건네는 그의 연설은 지루했다. 언제든 마이크만 잡으면 문자로 보내도 될 정도의 간단한 내용을 엿가락처럼 길게 늘여서 이야기하는 재주를 가진 듯했다.

연설이 절정으로 향해갈 즈음, 규철은 옥상에 펄럭이는 흰색 천을 발견했다.

"저게 뭔가요?"

옆에 앉은 자치회장도 같은 것을 발견하고는 관리실로 전화를 걸었다.

곳곳에서 펄럭이는 천을 발견한 사람들은 웅성거렸다. 시장이 서 있는 무대에서도 흰 천이 보였을 테지만, 태연하게 연설을 이어갔다.

연설음 사이로 간간이 웅웅거리는 소리가 섞여 들렸다. 아니다. 정확하게 알아들을 수는 없었지만 메아리처럼 들리는 끝소리는 '아니다'였다. 자세히 보니 흰 천은 매달린 것이 아니라, 누군가 들고 있었다. 천에는 글씨가 써 있었다. 어두운 데다, 크기가 턱없이 작고 바람에 심하게 나부껴 문구가 보이지 않았다.

연락을 받고 달려온 경비들이 급하게 동 건물로 향했다.

"우리 형은 살인자가 아니다!"

윤수는 아래에서 올려다보는 것이 느껴지자 더 크게 외쳤다.

목소리가 바람에 먹혀서 생각만큼 멀리 나아가지 않았다. 준비해 온 천이라도 잘 보이길 바랐는데, 이리 저리 펄럭이며 얌전히 있질 않았다.

휴대용 마이크는 제대로 작동하지 않았다. 그래도 멈추지 않고 목이 터져라 계속 외쳤다. 저 많은 사람들 중 한 명이라도 귀 기울여주기를 간절히 바라면서.

"우리 형은 살인자가 아니다!"

"야, 멈춰!"

밑에서 올라온 아파트 경비들이 펜스를 잡고 흔들었다. 그들은 주저하다가, 펜스를 넘어와 윤수처럼 지붕 바깥의 홈을 디디고 섰다.

윤수는 덩치는 컸지만, 또래 중에서도 운동신경이 날렵한 편이었다. 잰 놀림으로 바깥 홈을 달려 더 멀리 달아났다. 경비 중 가장 젊어 보이는 남자가 윤수를 쫓아왔다.

윤수는 아슬아슬하게 경사진 지붕을 타고 올라가 외치기를 멈추지 않았다.

갑자기 구름이 몰려왔다. 기상청이 예고한 태풍은 분명 내일이었다. 하지만 바람이 더 거세졌다. 저 아래 천막덮개가 이리저리 나부끼는 게 보였다.

윤수의 흰 천도 가누기 힘들 정도로 펄럭였다. 윤수는 상체가 휘청거리고, 발바닥이 자꾸 들썩였다. 버티려고 할수록 무릎이 꺾였다. 그때 두 팔에 팽팽한 힘이 느껴졌다.

젊은 경비가 펄럭이던 흰 천을 잡아채서 끌어당기고 있었다. 윤수와 경비는 줄다리기 끈처럼 꼬여버린 천을 당기며 힘겨루기를 했다. 지붕의 경사를 타고 윤수의 두 발이 조금씩 미끄러졌다.

"위험해. 그만 내려와!"

경비들이 소리를 질렀다. 그들은 윤수가 절박하게 버티는 이유를 알지 못했다.

바람이 한 번 더 세차게 휘몰아쳤다. 젊은 경비는 비틀거리며 엉덩방아를 찧었다. 지붕을 짚느라 손에 힘이 풀려 쥐었던 천이 스윽 빠져나갔다. 힘의 균형이 깨진 윤수는 그대로 날아가 지붕에서 굴러 떨어졌다.

태풍 속에서 퍼덕이는 하얀 나비처럼, 나풀거리는 흰 천을 꽉 부여잡고서.

바닥이 푸욱 꺼졌으면 좋겠다는 상상을 잠깐이나마 했던 것 같다. 아니면 커다란 나무 위에 떨어진다든가 하는. 그러나 옥상에서 바닥으로 내려가는 동안 걸리는 것은 아무것도 없었다. 온몸이 산산조각 나는 것 같은 충격이 해일처럼 몰려왔다.

사람들이 달려왔고, 누군가 천을 펼쳐보는 게 느껴졌다.

'이다인은 살인자가 아니다.'

희미하게 천에 적힌 글을 읽는 소리가 들렸다. 듣고 싶던 말이었다.

윤수는 짧은 경련 후에 숨이 끊어졌다. 거짓말처럼 엄마, 아빠, 다인 형, 멋진 스포츠카, 세계일주가 눈앞에 펼쳐졌다. 그리고 복작대는 사람들 속으로 유유히 사라지는 누군가를 보았다. 윤수가 아는 사람이었다.

**

떼 지어 집 안으로 날아드는 날벌레들 때문에 문이란 문은 모조리 닫혀 있었다.

현지는 갇혀 있던 묵은 공기를 빼내기 위해 베란다 창을 열었다. 태풍을 피하지 못한 날벌레들이 유리에 다닥다닥 들러붙어 있었다.

마른걸레를 가져와 그것들을 털어냈다.

잘 떨어지지 않는 것은 손톱으로 하나하나 긁어냈다.

태풍 고르곤으로 인해 가온지구는 가로수가 꺾이고, 간판이 날아가는 등 심한 피해를 입었다. 농가와 과수원의 피해는 더 심각했다. 열매가 모조리 떨어지고 비닐하우스가 부서졌으며, 기왓장이 바람에 날려 칠십대 노인이 목숨을 잃었다.

비가 오지 않는 상태에서 강한 바람이 몰아쳐 생강, 고추 같은 밭작물들이 수분이 급격히 빠져나가며 하얗게 말라버렸다. 아파트 지붕에서 떨어진 소년의 죽음도 그 일들 중 하나에 불과했다.

단신이었고, 활자화된 '사망'이라는 단어는 그 이상 아무것도 전해주지 못했다. 죽음이 이렇게 흔한 일이었나. 사람들이 상관없는 죽음에 무덤덤한 이유도 그런 것일까.

노모는 친목계에서 안부전화를 받고 한동안 말이 없었다. 활발하지는 않았지만 현지보다는 폭넓은 관계를 맺고 있었다. 한참 후에 현지는 엄마로부터 아파트 지붕에서 떨어진 소년에 대해 들었다.

태풍에 휩쓸린 것이라고만 생각했던 소년이 마지막까지 펼치려던 문구를 전해듣자, 현지는 법원에서 피켓을 들고 쫓아오던 모습을 떠올렸다.

도와달라던 소년의 눈빛. 죽었구나. 활자로 보았던 '사망'이라는 단어의 무덤덤함은 '죽었구나'로 바뀌었다. 그렇다고 해도 까닭 없는 죄책감을 가지고 싶지는 않았다.

엄마는 철없는 소년이라고 한탄했다. 철이 없다는 말로는 부족했다. 왜, 왜 그렇게까지 한 거지. 그 물음을 참고 눌렀다. 예린의 죽음 외에 다른 것은 마음에 담고 싶지 않았다. 그것만으로도 충분히 버거웠다.

친목계가 엄마에게 전한 소식은 또 있었다. 태풍이 데려온 것은 날벌레뿐만이 아니었다. 가로수를 꺾어버리고, 농작물의 수분을 앗아가버리고, 칠십대 노인의 목숨과 소년의 목숨을 가져간 대신.

화단에서 여자애가 또 나왔대요.

'엄마의 친목계 친구는 이렇게 말했다고 했다.

태풍 고르곤이 하늘마을 화단에 데려다놓은 것은 작은 여자아이였다. 예린이 또래의, 예린과 같은 딱정벌레를 몸에 지닌.

엄마는 방으로 들어갔고, 현지도 거실에 주저앉았다.

또…… 라니. 숨이 막혀오고, 머릿속에서 수만 개의 실타래가 엉켰다. 생각할수록 이해되지 않았다. 토양살충제가 뿌려진 화단에는 아무것도 살지 않았다. 그렇다면 딱정벌레는 다른 곳에서 묻어온 걸까. 그곳이 어디일까.

거기에는 현지가 알아야 할 뭔가가 있는 게 아닐까. 소녀의 죽음에 대한 그리고 딸의 죽음에 대한 진실이 있지 않을까.

현지는 아직 아무에게도 예린이의 재부검 결과를 말하지 못했다. 부검의는 당 성분으로 인한 쇼크 가능성을 조심스럽게 언급했지만, 직접적인 사인은 밝힐 수 없다고 했다.

혹시나 하는 기대를 가졌지만 진실은 다시 미궁으로 빠졌다. 그래도 태풍이 데려온 소녀로 인해 적어도 한 가지는 알게 되었다.

지금 갇혀 있는 소년이 진범은 아니라는 것. 소년이 없어도 곤충은 다시 나타났고, 사라지지 않았다.

예린의 딱정벌레는 사라졌지만, 소녀의 딱정벌레는 남아 있었다. 쫓아간다면 범인을 만날 수 있지 않을까.

아주 작은 가능성이라도 있다면 뭐든지 해야 했다. 이 사실을 누구와 의논해야 할지 막막했다. 선뜻 생각나는 사람이 없었다. 곤충에 대해 알고 있을, 단 한 사람밖에는.

8

5년 전, 성탄 이브는 몹시 추웠다. 방송에서는 30년만의 강추위라고 했다.

산의 한쪽을 깎은 아스팔트 오르막길 꼭대기에 4층짜리 빌라 한 채가 외떨어져 있었다. 원룸빌라의 외벽은 페인트가 떨어져 나가 인적이 없는 밤에는 더 으스스하게 느껴졌다.

다들 이브를 즐기는지, 텅 빈 빌라의 맨 위층 한 곳만 불이 환했다. 다인과 동생, 엄마가 사는 집이었다.

열 살의 다인은 캐릭터 양말 두 켤레를 창가에 걸어놓고 몇 시간째 엄마를 손꼽아 기다렸다. 신문지로 바른 벽에서 냉기가 스며 나왔다. 뒷산에서 주워온 마른 소나무가지에 걸린 빨간 색종이 별이 추워 보였다.

다인은 5평 남짓한 작은 공간을 얼음으로 만든 집이라고 상상했다. 하얗고 예쁜. 그래야 산타와 어울렸다.

물론 산타 같은 건 세상에 없다는 걸 알고 있었다. 다인의 산타는 아빠였고, 아빠가 죽은 뒤로는 엄마가 산타였다. 그러나 다인은 혼자만의 비밀로 간직했다. 아직 그런 진실을 알기에 동생은 어리고, 엄마도 많이 부끄러울 테니까.

사실 다인이 엄마를 애타게 기다리는 이유는 따로 있었다.

캐릭터 양말에는 산타를 위한 깜짝 선물이 준비되어 있었다. 폭신하고 달콤하고 행복한, 마음까지 사르르 녹이는 솜사탕. 아이들 뿐만 아니라, 산타도 행복할 권리가 있었다. 다인은 산타의 웃는 얼굴을 보고 싶었다.

TV 속에서 긴 가죽재킷에 빨간 체크셔츠를 멋지게 입은 아이돌이 세상에서 가장 신나는 표정으로 춤을 췄다. 아침부터 성탄특집 프로그램에만 매달려 있던 네 살 터울 동생은 채널을 이리저리 돌리며 심통을 부렸다.

"형, 쉬!"

동생은 심통이 날 때마다 화장실을 가고 싶다고 했다. 한 번 시작하면, 밤새 열 번도 넘게 더 그랬다. 오늘은 제발. 빌라 수도관이 얼어서 길 아래 상가 건물 공용화장실로 가야 했다. 그새 엄마가 올 수도 있었다.

다인은 방구석에 굴러다니는 물병을 내밀었다.

"여기다 해!"

동생은 자존심이 셌다. 물병을 내던지고는 뾰로통한 얼굴로 TV만 노려봤다.

쿨럭쿨럭, 동생이 마른기침을 해댔다.

다인은 마음이 약해졌다. 고장 난 실내 온도계는 8도에서 멈춰 있었다. 실제로는 그보다 더 낮을 것 같았다. 오랜만에 보일러를 켜고 난방온도를 끝까지 높였다. 엄마가 화를 낼 수도 있지만, 크리스마스만큼은 행복해지고 싶었다.

방 한가운데, 동그란 양은 밥상이 지녁 먹은 그대로 펼쳐져 있었다. 다인은 동생의 손을 잡고 일으켜 세웠다. 아이돌 노래에 맞춰 풍뎅이가 제자리 춤을 추듯 밥상을 돌며 기분 좋은 어지럼증을 즐겼다. 말로만 들었던 놀이기구는 아마도 이런 느낌이리라.

얼음으로 만든 집은 놀이공원으로 변했다. 다인도, 동생도 빙글빙글 돌아가는 관람차 위에 올라탄 달빛과 별빛으로 변신했다. 까르르르, 동생의 웃음이 터져 나왔다. 이제 엄마만 오면 다인은 세상 부러울 것이 없었다.

그날 밤 다인은 결국 산타를 만나지 못한 채 곯아떨어졌다.

잠결에 어렴풋이 산타가 성탄 촛불을 피우는 것을 보았다.

'엄마.'

잠꼬대처럼 불렀을 때 엄마가 다인을 향해 웃어주었는지는 잘 기억나지 않았다. 하지만 다인은 산타를 보고 미소 지었다. 그건 확실했다. 꿈속에서 아빠도 만났다. 2년 만에 보는 아빠는 예전 그대로였다. 하얀 붕대로 온몸을 감싼.

까짓것, 힐리스 운동화!

엄지를 비비며 초등학교 입학선물을 굳게 약속했던 아빠. 건설 용접으로 굵어진 손마디로 세상 누구보다 보드랍게 보듬었다. 그 뒤로 한동안 다인이 잠든 후에나 들어오던 아빠는 냉동창고 화재로 스티로폼 연기에 갇히는 바람에 6개월 동안 병원 침대에 누워 있었다.

다인은 칭칭 동여맨 붕대 안에서 환하게 웃고 있을 아빠의 얼굴이 보고 싶었다.

튀어나올 것 같은 심장을 누르고, 붕대 매듭을 조심스럽게 풀었다. 그러나 아무리 풀어내도 맨 얼굴은 나오지 않았다. 조급한 마음에 손길이 점차 빨라졌다. 아빠는 다인을 밀쳐냈고, 붕대 끝에서 불길이 올라왔다.

'엄마!'

다인은 극심한 두통을 느끼며 엄마를 불렀다. 방 안에 연기가 자욱했다.

아직 꿈인지 현실인지 구분이 되지 않았다. 공간에 대한 감각을 상실한 채 어지럼과 구토가 밀려와 팔과 다리를 뒤틀며 뒹굴었다.

실체를 알 수 없는 것들이 이리저리 부딪혔다. 다인의 무의식은 문이 있는 곳을 간신히 찾아냈다. 무언가로 단단히 고정된 문은 꿈쩍도 하지 않았다. 고양이 새끼처럼 손톱으로 긁어대던 다인은 조그마한 상체를 일으켜 가진 힘을 모두 끄집어내 몇 번이고 들이받았다.

뚜두둑, 뜯겨나가는 소리와 함께 낡은 문짝이 열리고, 화장실의 차가운 공기가 들어왔다.

몸 안에 가득한 일산화탄소를 몰아내기에는 턱없이 모자란 양이었지만, 한 숨 크게 마시자 흐릿하게 몇 걸음 떨어진 곳에 현관이 보였다.

문 가장자리에 촘촘히 둘러진 녹색 테이프가 틈새를 막고 있었다. 다인은 팔꿈치로 기어가 테이프를 뜯어낸 후, 도어락을 젖히고 힘껏 밖으로 밀었다. 꽉 막혔던 폐에 산소가 쏟아졌다. 붉어진 얼굴색이 다시 하얘졌다.

의식이 돌아온 다인은 싱크대 옆에 누워 있는 엄마와 동생을 찾았다.

두드리고, 흔들어 깨웠지만 그들은 깊은 잠에서 돌아오지 못했다.

덜컥 겁이 났다. 다인의 세상이 무너져 내리고 있었다. 봄이 가벼운 동생부터 현관으로 끌어냈다. 자신보다 불과 1~2센티미터밖에 크지 않은 엄마를 옮기는 것은 많이 버거웠다. 평소라면, 잠자리날개처럼 가벼웠을 엄마인데 등에 업고 몇 걸음 떼는 것도 쉽지 않았다.

울면서 두 사람의 가슴을 주먹으로 내리쳤다. 엄마! 엄마! 차갑게 식어버린 몸은 말이 없었다. 다인은 엄마와 동생부터 깨우지 못한 자신을 책망했다.

방 안 한쪽에 타버린 연탄화로가 있었다. 산타가 피운 것은 성탄 촛불이 아니었다. 창밖에 눈송이가 소복이 내려앉았다. 화이트 크리스마스였다.

작은 방은 덥고 건조한 사막으로 변했다.

신경 쓰는 사람 없는 보일러가 계속 돌아갔다. 엄마와 동생은 빠르게 말라갔다. 두 사람이 세상의 전부였던 다인도 같이 말라갔다. 며칠 채 먹지도 마시지도 않고, 두 사람의 곁에 누워서 자고 깨기를 반복했다.

"형!"

꿈속에서 다인은 분명 그렇게 들었다.

눈을 뜨자, 보석처럼 반짝이는 녹색의 물체가 가물거렸다.

손가락 한 마디만 한 기다란 녀석이 작은 몸짓으로 말을 걸고 있었다. 가느다란 여섯 개의 다리가 서로 다른 춤을 추는 듯했다. 어디서 온 것인지, 이름이 무엇인지 알 수 없었다. 다인은 에메랄드 같다고 생각했다. 녀석 때문에 마른 소나무가지에 대롱대던 종이 별도 빛이 났다.

그러나 '형'이라 부른 것은 녀석이 아니었다. 녀석의 납작한 이마는 오히려 자신을 닮았다. 주변을 살피던 다인의 눈이 커졌다.

동생과 엄마의 몸에서 곤충이 태어났다. 말라버린 동생은 검정딱정벌레로, 엄마는 갈색딱정벌레로 멋지게 변신했다. 쓸모없어진 옷을 벗고, 다른 옷을 입은 것이다.

다인은 동생과 엄마를 보살피기 위해 부지런히 움직였다. 먹을 만한 것들은 모조리 찾아내 그들에게 주었다. 동생은 동생의 몸에서, 엄마는 엄마의 몸에서 열심히 새 생명을 만들었다.

알에서, 번데기로, 그리고 다시 완전한 몸체로 자라났다. 동생은 수십 명의 동생으로, 엄마는 수십 명의 엄마로 영혼을 옮겨가며 그렇게 다시 태어났다.

그들이 자신을 닮은 에메랄드빛 딱정벌레와 함께 날아다닐 때면, 다인은 가족이 다시 모인 것만 같았다.

두 달 만에 다인의 집에 벨이 울렸다. 경찰관과 집주인, 상가 슈퍼 주인이 들이닥쳤다.

다인은 곤충과 나눠먹을 먹이를 찾아서 빵을 훔치다 걸렸고, 하필 청소년 선도 모범업소였던 슈퍼의 주인은 무한한 책임감으로 경찰에게 다인을 넘긴 상태였다.

보호자가 어디 있냐는 질문에 얼버무리고 대답을 못하자 의구심을 가진 경찰이 빌라의 주인을 불러낸 것이다. 그들은 눈앞에 펼쳐진 광경에 입을 다물지 못했다.

세상은 다인에게서 엄마와 동생, 새 식구들, 집을 빼앗았다. 다인은 아동보호기관으로 보내졌지만, 오래 있지 못했다. 그곳은 다인이 속한 세계가 아니었다.

다인은 거리를 떠돌며 몸 눕힐 곳을 찾았다. 보호소에서 나온 뒤 여름이 끝날 때까지 처음 몇 달은 밖에서도 지낼 만했다. 다인의 주머니에 남은 녹색 딱정벌레가 거리의 여름을 함께 견뎠다.

찬바람이 불기 시작하면서, 지하철역 화장실에 숨어서 밤을 보내거나 24시간 패스트푸드점을 떠돌았다. 그런 다인에게 학교 운동장 창고는 최고급 호텔이었다.

뜀틀 매트리스에 몸을 눕히면, 갈 곳 없는 아이들이 하나둘씩 모여들었다. 서로가 어디선가 쫓겨난 존재들임을 확인하면, 그 다음 늘 화제에 오르는 것은 조아저씨였다.

조아저씨는 아이들이 '참 좋은 아저씨'를 줄여서 부르는 별칭이었다.

특정 시각, 특정 장소에 나타나는 조아저씨를 찾아가면, 잠잘 곳을 해결해주고 제법 큰돈을 흔쾌히 건네준다고 했다.

"이제부터 우린 가족이야!"

배고픔과 추위에 지쳐서 용기를 내어 찾아간 다인에게 조아저씨는 이렇게 말했다.

***

키보다 훨씬 높은 창에서 손바닥만 한 햇살이 부서져 내렸다.

수용자가 창살에 목을 맨 이후, 플라스틱으로 막아버린 창은 그이상의 햇살은 허용하지 않았다.

다인은 하루 중 대부분을 멍하니 앉아서 보냈다. 수감된 방에는 여섯 명이 함께 지냈지만, 다들 이 극악한 소년범은 건드리지 않았다. 누구도 방 청소를 하라거나, 배식 당번을 하라거나, 화장실 당번을 하라고 요구하지 않았다.

덕분에 다인은 간혹 서신을 읽는 것 외에는 TV 시청도, 종교집회도, 접견도 하지 않고, 햇살 속에서 흰 나비처럼 나풀거리는 먼지를 바라보는 게 거의 하는 일의 전부였다.

그러나 반질하게 생긴 한 사람만은 다인을 내버려두지 않았다. 한동안 지켜본 그는 잠자리에 들 때면 옆자리에 누워 모포 속에 빵이나 과자를 찔러주었다. 그리고는 '초콜릿 좀 줄까?' 물었다. 다인은 배식된 밥과 국을 손대지 않고 매번 그대로 내보냈다.

"넌 여기 있는 바보들과 달라. 성스러운 세계가 어떤 건지 아는 사람의 눈을 가졌어."

유명 레스토랑의 셰프였다는 그는 항상 다인이 특별하다고 말했다. 시간 날 때마다 구치소 도서관의 책을 빌려보고는, 신이 나서 다가와 책의 내용을 떠들어댔다.

"아프리카에서는 사람이 죽으면 죽은 사람의 힘과 용기를 받아들이기 위해 장기를 꺼내 먹는다는 걸 알아? 가톨릭에서 성체를 받는 것은 그리스도의 살과 피를 먹는 거잖아. 고대 사제들은 사람을 죽

곤충 185

여서 먹어치우고는 앞날의 운세를 예언했대. 내가 정밀 궁금한 건, 언제부터 인간이 죽이기에는 좋지만 먹기에는 나쁘다고 생각하게 되었냐는 거야."

때로는 자신이 즐겨하던 요리법에 대해 떠들기도 했다.

"짐승에게 지옥의 맛을 보여주면 고기 맛이 훨씬 좋아진다는 거 아니? 살아있는 생선을 다지면 살이 더 단단해지고, 황소를 고문하면 영양가가 높아지지. 돼지와 송아지는 채찍으로 매질해야 고기가 연해져. 닭이나 오리는 거꾸로 매달아 천천히 피를 흘리게 해야 돼. 알겠니, 꼬마야? 죽일 때는 고통스럽게, 천천히. 그게 비법이야."

그는 다인의 반응 따윈 신경 쓰지 않고 내킬 때마다 집요하게 말을 시켰다.

다인은 그가 닥치는 대로 잡아먹는 사마귀를 닮았다고 생각했다. 앞다리에 날카로운 가시가 있는 사마귀는 한 번 잡은 먹이는 절대 놓치지 않았다. 곤충뿐만 아니라, 작은 새, 도마뱀, 쥐까지 먹을 수 있는 것은 가리지 않고 번개보다 빠르게 해치웠다.

사실 다인이 아는 세상의 어른들은 대부분 위장술에 뛰어난 사마귀였다. 다정한 척 굴다가도 갑자기 돌변했다. 셰프 출신 남자도 다르지 않았다.

그는 다인의 심문이 있던 날로부터 며칠 뒤 풀려났다. 마지막 밤도 어김없이 다인의 옆에 누워 귓속말을 해댔다.

"어떤 부족은 신에게 초콜릿 빛깔의 개들을 제물로 바쳤어. 인간 제물에게는 성스러운 여행을 기원하며 초콜릿을 먹였지. 초콜릿은 그만큼 위대한 거야."

그는 다인에게 더 가까이 몸을 밀착시키고 이렇게 속삭였다.

"그년을 죽일 때 어떤 기분이었어? 곤충이라니, 넌 정말 대단한 녀석이야. 초콜릿을 들이키면 어떤 고통도 못 느끼게 된다고. 나중에 만나면 네 장기를 먹게 해줄래?"

다인은 그제야 그가 속한 세계에서 초콜릿은 마약을 의미한다는 걸 알았다. 조아저씨도, 이 남자도, 사마귀들이 버티고 있는 감옥 밖 세상도 무서웠다. 차라리 이곳에 언제까지나 계속 있으면 좋겠다고 생각했다.

**

가족처럼 보살피고 사랑으로 교정하겠습니다

현지는 아치형의 철문에 붙은 현판을 바라보았다. 무슨 뜻인지 쉽게 와 닿진 않았다. 문장은 쉬웠지만, 거기에 담긴 속마음을 알기는 어려웠다.

입구에서 신분증을 내밀자, 자동카메라가 방문자의 얼굴과 신분증을 함께 스캔했다. 이곳에 온 건 숨길 수 없는 일이 되어버렸다. 현지는 잘못 찾아온 게 아닐까 주춤했다.

철문 안쪽으로 한참을 걸어 올라가면 구치소 민원실이 있었다. 콘크리트로 다진 오솔길 양쪽에 침엽수들이 짙은 그늘을 드리웠다. 현지는 생각보다 넓은 부지에 놀랐다. 정부는 범죄자들을 교정하는데 막대한 땅을 할애하고 있었다. 일종의 낭비가 아닐까. 구치소 맞은편 횡단보도에 걸려 있던 '범죄시설 이전하라'는 현수막을 떠올렸다.

민원실 건물은 그 뒤를 짐작할 수 없도록 시야를 완전히 가로막았다. 아마도 그곳엔 수용자들의 사동이 있을 터였다. 꽤 넓은 운동장과 몇 개의 생산시설, 가족 숙박실, 몇 년째 잠자고 있는 사형집행소도 함께 있을 것이다.

조용한 외관과 달리 민원실 내부는 번잡했다.

사람들은 아침 드라마가 나오는 벽면 TV를 향해 적당한 간격으로 놓인 대기석에 앉아 순서를 기다렸다. 그들 중 누구도 드라마를 보지는 않았다. 그저 시선을 둘 곳이 그곳 외엔 없었다.

접견회차를 안내하는 방송이 울리자, 대기석에서 몇 열이 일어나 어딘가로 빠르게 사라졌다. 이윽고 부저 소리와 함께 같은 곳에서 사람들이 쏟아져 나왔다.

흡사 터미널 대합실 같았다. 어디서든 흔히 볼 수 있는. 다만 그들은, 갇힌 자들의 가족이거나 친구거나 연인이었다.

현지는 접견신청서에 이름, 주민번호, 주소, 연락처를 순서대로 채우다가 멈췄다. 그 다음 항목은 수용자와의 '관계'를 적도록 되어 있었다.

막막해 한참을 고민했다. 딱히 적당한 표현이 생각나지 않았다.

그녀는 다인에게 자신을 어떻게 소개할지, 무슨 말부터 꺼내야 할지 준비하지 못했다. 대체 자신은 여기에 왜 온 걸까. 미안하다는 말을 하려고? 아니, 그녀가 미안할 일은 아니었다. 확인하고 싶어서? 네 친구 일은 유감이지만 도와달라고, 네 곤충이 뭔가를 알고 있다고, 그러니까 어쩌면 너도 뭔가를 더 알고 있을지 모른다고?

열다섯 살 소년에게 가혹할 수 있다는 생각은 딸의 진실을 알고자 하는 간절함에 사그라졌다. 결국 그녀는 '지인'이라고 적었다. 목구멍 안쪽이 간질거렸다.

"처음 오신 건가요?"

신청서를 건네받은 직원이 신분증과 현지의 얼굴을 대조하며 물었다.

"네."

현지는 긴장감에 호흡을 골랐다. 몇 초가 몇 분 같았다.

"오늘은 접견이 안 되세요."

직원은 건조한 타이핑 소리를 멈추고, 단호하게 말했다.

"네?"

"다른 분이 신청하셨어요. 접견은 하루에 한 번만 가능합니다."

"그럴 리가요?"

현지는 믿기지 않았다.

"누구인지 알 수 있나요?"

"죄송하지만 알려드릴 수 없습니다."

직원은 매몰차게 신분증을 돌려줬고, 그녀는 다음 순번에게 떠밀려 자리를 옮겼다.

소년에겐 가족이 없다고 했다. 당연히 찾아올 사람은 없을 거라고 여겼다. 현지는 이상한 배신감이 들었다. 민원실 안을 둘러보았다. 누군가의 가족이고, 친구이며, 연인인 그들은 어쩌면 소년의 가족이고, 친구이며, 연인일 수도 있었다.

구석에서 짙은 색안경을 쓴 여자의 고성이 들렸다. 방금 접견을 마치고 나온 듯한 여자는 핸드폰에 대고 악을 쓰고 있었다.

"오백 이상은 없다는데, 어쩌라고!"

아마도 합의금 얘기일 것이다. 자신이 이 안에 속해 있다니. 현지는 공간이 주는 현기증에 속이 메슥거렸다.

맑은 공기가 필요했다. 색안경 여자의 목소리는 점점 더 하이로 치달았다. 현지는 빠르게 입구를 찾았다. 그곳으로 사라지는, 눈에 익은 옆모습이 보였다. 현지는 자석에 이끌리듯 달려갔다.

***

다인은 마음을 졸이면서 복도에서 들리는 발소리에 귀를 세웠다.

며칠째 서신이 들어오지 않았다. 서신을 읽는 건 유일하게 세상과 소통하는 일이었다.

마침내 기다리던 서신을 받아든 다인은 실망하는 눈빛을 감추지 못했다. 인터넷 서신을 출력한 흰색 종이가 아닌, 회색 갱지였다.

민원실에서 직접 작성해서 넣은 것이었다. 갱지에 쓰인 민원인의 이름과 주소는 가짜였으나, 한 번에 조라는 걸 알아보았다.

법원에서 조와 마주친 이후, 매일 접견신청이 들어왔다.

다인은 모두 거절했다. 분명 위조한 신분증으로 신청했을 테지만, 이런 식으로 찾아올 사람은 조 말고는 없었다.

서신을 읽어야 할지 망설여졌으나, 어쩌면 궁금해하던 소식이 있을지도 모른다는 생각이 들자 조심스럽게 읽어 내려갔다.

다인! 잘 지냈어! 이런 식으로 너를 만날 거라고는 생각 못 했어.

조의 필체는 부드러웠다. 그는 느낌표를 즐겨 사용했다. 누군가에게 질문을 던지고 답을 받는 건 그의 스타일이 아니었다.

왜 피하는 거지! 다른 갈잖은 녀석처럼 너도 날 원망하는 건 아니지!

다인은 올해 봄 소년원에서 나온 이후, 조를 찾지 않았다.

사람들이 하는 말 따위는 신경 쓰지 마. 아무것도 모르는 개새끼들이고, 모르는 사실조차 모르면 개보다도 못한 새끼들이니까!

나는 비겁한 사람이야. 네가 그런 아이가 아니라고 소리치지 못하다니! 하지만 네 친구는 달랐어. 형은 살인자가 아니라고 외치던 모습을 봤어야 했는데. 네 친구의 용감함은 나에게 충분히 자극이 되었어.

우리 좋았던 날들이 생각나. 네가 달콤하게 내 이름을 부르는 날이 다시 오기를!
너를 본 이후 온통 그 생각뿐이야. 우리가 만나는 날은 더 빨라질 거야. 판도라 상자에 있는 마지막 놈은 내 거야. 함께 하게 될 날을 기다려! 알지, 우린 가족이야!

추신. 너의 용기 있는 그 친구는 예수가 잘 보살펴줄 거야. 진심으로 유감이야.

조의 편지를 끝까지 읽은 다인은, 날카로운 칼에 횡경막이 찢긴 것 같았다. 어디에도 '죽었다'는 표현은 없었지만, 정확히 알 수 있었다. 윤수가 죽었다.
어떻게든 형의 누명을 벗기겠다고 했는데. 그러지 말라고 말하고 싶었지만 전할 수 없었다. 매일 오던 서신이 끊어졌을 때도 불안함을 떨치려 애썼다. 하지만 자신이나 윤수처럼 운이 나쁜 아이들에겐, 나쁜 예감은 언제나 현실이 되었다.

소년원에서부터 줄곧 형이라고 부르던, 털북숭이 윤수. 윤수가 떠나는 자리에 다인이 있었다면, 분명 곤충 식구들이 함께 했을 거고 다시 태어날 수 있었을 텐데.

하지만 윤수는 세상에서 완전히 사라져버렸다.

아직 운동시간이 남아 있었다. 다인은 구치소 운동장에서 햇볕을 받으며 실컷 울었다. 내내 갇혀 있던 연약한 피부는 선크림을 바르지 않아 자외선에 타들어갔다. 상관없었다. 그대로 녹아서 없어지고 싶었다. 교도관은 탈진한 소년수를 의료실로 데려갔다.

***

현지는 커피전문점에서 규철을 마주하고 앉았다. 구치소 민원실에서부터 뒤를 쫓았고, 건널목 횡단보도에서 신호를 기다리는 그를 잡았다.

그는 현지와 있는 게 불편해 보였다. 현지도 마찬가지였다. 누구도 형사와 함께 있는 것을 즐기지 않는다.

3년 전 딸이 사라져 실종신고를 했고, 경찰은 수사 없이 가출사건으로 종결해버렸다. 누구의 도움도 받지 못하고 혼자서 딸을 찾기 위해 노력했지만, 딸은 시신으로 돌아왔다. 그렇게 돌아온 아이의 몸에는 성폭력 흔적이 있었고, 죽은 이유조차 정확하게 알지 못했다.

그녀가 아는 건, 딸에게서 발견된 곤충은 재판 중인 소년이 범인이라는 증거와 거리가 멀다는 것 정도가 전부였다. 그녀는 지금 도움 받을 누군가, 의논할 누군가가 절실히 필요했다.

혼자서는 할 수 없는 일이었다. 원망보다, 딸의 죽음을 밝히는 일이 먼저였다. 당신들이 잘못됐다고, 처음부터 다시 시작해야 한다고, 도와달라고 말해야 했다. 그렇게 될 수 있다면, 무릎이라도 꿇어야 했다.

"하실 말씀이 있으면 어서 하시죠."

규철은 퉁명하게 말했다.

"바쁘신데 죄송해요. 혹시 누굴 만나러 오셨는지 여쭤도 되나요?"

혹시 소년을 만나러 온 건 아닐까 생각했다.

"전에 잡아넣은 녀석이 있는데, 만기가 다 됐어요. 뭐, 얼굴 보면 견적이 나오니까요. 손 씻을 놈인지, 더 크게 사고 칠 놈인지."

소년을 만나러 온 건 형사는 아니었다. 그렇다면 누구였을까.

"여긴 어쩐 일이세요?"

이번엔 규철이 물었다. 현지는 조심스럽게 입을 떼었다.

"그 아일 만나러 왔어요."

"누구, 그 살인광 녀석이요?"

현지는 끄덕이다 고개를 저었다.

"네…… 아뇨, 그 아이는 어쩌면 범인이 아니에요."

규철이 무슨 말 같지 않은 소리냐는 듯 쳐다봤다.

현지는 예린의 옷소매에서 탈피각을 발견한 것부터 화단에 살충제가 뿌려진 것까지 자신이 알게 된 사실을 최대한 차분히, 자세히 설명했다.

곤충에 대해 소년에게 도움을 받고 싶었다는 것도. 진범을 잡을 수만 있다면 소년이 나올 수 있도록 재판부에 탄원하고 싶다는 말도 짤막하게 덧붙였다.

규철은 얼굴이 붉어져서 벌컥 소리를 질렀다.

"제정신입니까? 책임질 수 있어요? 녀석은 처음이 아니에요. 살인 전력이 있다고요."

"다른 아이가 또 목숨을 잃었잖아요. 그런데도 범인이라고 확신하시는 건가요?"

현지는 규철이 필요 이상으로 흥분한다고 느껴졌다.

규철은 목소리를 낮추지 않았다.

"모방범일 수도 있고, 공범일 수도 있어요. 나이보다 전과가 많은 게 요즘 애들입니다. 자기들끼리 가출팸을 만들어서 온갖 짓을 벌이는 게 그런 녀석들이라고요."

"만약 잘못된 거라면, 다시 수사해서 진범을 잡아야 하잖아요."

현지는 침착함을 유지하려 최대한 노력했다.

규철은 수긍하지 않았다.

"아니, 대체 그 탄원이 받아들여질 것 같아요?"

"물론 법원이 안 받을 수도 있죠. 하지만 그렇다고 아닌 줄 알면서도 손 놓고 있어야 하나요?"

현지는 간곡히 호소했다.

규철은 강경했다.

"눈빛만 봐도 뱃가죽을 찌른 놈인지 아닌지 견적이 나오는 게 우리라고요. 곤충 하나로 뭘 얼마나 알 수 있다고 그래요? 애나 어른이나 죄를 지으면 벌을 받는 게 마땅하고, 벌레만도 못한 새끼들은 박멸이 답입니다. 정말 따님을 생각한다면, 다른 방법을 찾으세요!"

현지는 무릎을 꿇는다 해도 규철을 설득할 수 없다는 걸 깨달았다. 한없이 두터운 벽 같았다.

"다른 방법이요? 다른 걸 뭘 할 수 있을까요? 아이는 죽었고, 죽은 이유도 모르겠는데 제가 할 수 있는 게 뭐가 있을까요. 지난 3년 동안 매일 제 자신에게 물었어요. 다음에 뭘 해야 하지? 이젠 뭘 해야 하지? 뭘 하더라도 아이는 돌아오지 못해요. 범인을 잡는다고 해도, 못 잡는다고 해도. 내년에도 내가 이러고 있으면 어떡하지. 오년 후에도, 십 년 후에도 이러고 있으면. 그런 생각하면 정말 끔찍해요. 하지만 포기하면 안 되잖아요. 엄마니까. 도망치면 안 되잖아요. 분명한 건, 당신들은 한 번도 다른 모습을 보여준 적이 없고, 내 딸을 죽인 범인은 멀쩡히 돌아다니고 있다는 거예요. 박멸이요? 대체 당신들에게 그럴 자격이 있는지 모르겠어요."

대화는 끊겼다. 규철은 자리를 박차고 일어났다.

현지는 말을 하면서 깨달았다. 경찰이 딸을 죽게 만들었다고 생각 이상으로 더 많이 원망하고 있었다. 컴퓨터 가상사진에 의존해 살아가는 다른 실종된 아이들의 부모들을 힐난했지만, 자신도 다르지 않았다. 그 칼은 스스로를 향한 것이기도 했다.

3년 전, 현지는 학교에 불려가 예린이 담배를 폈다는 말을 듣고 하늘이 노랬다. 아파트 여자들의 청원으로 겨우 분양단지로 옮겨서 다니게 된 학교였다.

딸을 타일러 담배도, 친구들도 끊겠다는 약속을 받았다. 그러나 또 담배 냄새를 묻히고 들어온 날, 현지는 이성을 잃었다.

"이렇게 속 썩일 거면 사라져. 네 엄마 하는 거 포기하고 싶어."

예린이는 정지신호에 걸린 자동차처럼 움직이지 않았다. 깜빡이는 법을 잊어버린 두 눈이 초점을 잃었다. 배신감에 온갖 말을 퍼부은 그날, 예린은 사라졌다. 딸이 어떤 지옥에 있는지도 모르면서, 그토록 잔인한 말들을 퍼부었다. 딸을 처음 죽인 건, 아마도 자신이었다.

**

규철은 주차장으로 오는 동안 몇 번이나 입으로 욕설을 뱉었다. 운전대를 잡고도 화가 누그러지지 않았다.

서준도 모자라 이젠 피해자 엄마까지. 기가 막힐 노릇이었다.

오늘 아침까지만 해도, 9월에 있을 임용식에서 한 계급 승진이 예정된 규철은 어깨에 힘이 잔뜩 들어가 있었다. 마흔여덟의 규철이 이제 겨우 서른하나인 서준에게 붙어먹는다고 동료들이 아니꼽게 보든 말든 그에게 줄을 선 것은 현명한 선택이었다. 사실은 그치들도 속으로는 서준과 파트너가 되고 싶어 했으니까.

"경사님, 시간 좀요."

서준은 조회 후에 규철을 숙직실로 불렀다. 오전 동안 경찰서 안에서 가장 조용한 장소였다. 심각한 말을 할 때면 여기로 부르는 것을 아는 규철은 살짝 긴장했다.

"왜, 무슨 말인데?"

"가온 신도시 화단사건 CCTV, 형이 처리한 거 맞아요?"

"그랬…… 네, 그렇습니다."

서준의 표정이 심상치 않자, 규철은 존대로 바꿨다.

"저도 좀 볼 수 있을까요?"

"검찰에 요청하시면 되지 않습니까?"

"아뇨, 전 원본을 보고 싶어요."

규철은 잠시 침묵했다.

"관리사무소엔 남은 파일이 없다던데요. 형도 없어요?"

"한번 찾아보겠습니다."

서준은 한숨을 뱉었다.

"형, 녹화영상에 대해 정말 할 말 없어요?"

"없습니다. 대체 하고 싶은 말이 뭐야!"

규철은 서준이 왜 불렀는지 비로소 짐작이 되었다.

서준은 안주머니에서 인화된 사진들을 꺼내 한 장씩 차례로 보였다.

"화단 앞에 주차된 차량 블랙박스를 확보한 거예요. 그리고 이건 형이 제출한 아파트 놀이터에서 화단을 바라본 CCTV 녹화영상을 캡처한 것. 서로 다른 방향에서 촬영되었죠. 04시 39분 후드티를 입은 인물이 화단에 나타나고, 사람으로 추정되는 물체를 유기한 뒤 떠나는 건 같아요. 하지만 둘 사이에 결정적으로 다른 점은 여기."

서준은 블랙박스에서 찍힌 사진의 한곳을 가리켰다. 후드티를 입은 인물 뒤로 희미하지만 승용차가 보였다.

"후드티는 차량을 이용했어요. 자전거가 아니라. 이미 알겠지만."

서준은 계속해서 또 다른 사진을 보이며 말했다.

"당시 녹화 파일은 남아 있지 않지만, 놀이터에 설치된 CCTV는 지금도 계속 같은 자리에 서 있죠. 그래서 화단을 찍은 다른 영상들을 봤어요. 보이세요? 하나같이 형이 제출한 영상보다 화각이 넓잖아요."

서준은 같은 각도의 최근 화단 사진과 규철이 제출한 화단 사진을 나란히 펼쳐보였다. 규철이 제출한 녹화본만 마치 줌인을 한 것처럼 확대해서 보였다.

　규철은 발뺌하기 어렵다는 걸 알았다. 하지만 달라질 것은 없었다.

　"그래서 이걸로 뭘 어쩌겠다는 거야?"

　"국과수에 이미지 포렌식을 의뢰했어요. 다른 경로로 위변조 사실을 확인했고요."

　서준은 단도직입적으로 물었다.

　"파일을 왜 만졌어요?"

　"만지긴 뭘 만져! 어쨌든 살인광을 잡아넣었잖아. 너도 봤지? 녀석은 정상이 아니야!"

　"형, 증거조작은 범죄야. 아무리 범인을 잡고 싶어도, 우리한테는 지켜야 될 선이 있어. 그 애한테 보호자가 있었다면, 제대로 된 변호사를 선임할 수 있었다면 이건 증거로 올라가지도 못했을 거라고. 안 그래요?"

　서준은 규철을 남겨둔 채 숙직실을 나갔다.

　규철은 자신이 그토록 비난받아야 할 이유를 알 수 없었다. 사회의 위험으로부터 평범한 사람들을 보호하려고 했던 거. 그리고 가족을 지키기 위해 고개 숙인 가장들을 동정했던 거. 문제라면 그게 다였다.

　처음 하늘마을 관리소에 찾아가 CCTV 녹화영상을 요구했을 때, 소장은 땀을 뻘뻘 흘리며 안절부절못했다.

　아파트 화단에서 시신이 발견된 것만으로도, 이미 반 정도 혼이 나갔다. 최초 목격자 경비만큼이나 그는 과민하고 정신이 없었다.

이상한 노릇이었다. 한참을 말없이 있던 소장은 밖을 살피더니 문을 잠갔다. 규철은 무슨 일인가 싶었지만 침착한 태도를 유지했다.

난데없이 소장은 무릎을 꿇었다. 한 번만 도와달라고 거의 참회하듯 사정을 설명했다.

화단에 설치된 CCTV는 엄포용일 뿐 녹화기능이 없었다. 하늘마을의 다른 감시카메라도 더위 때문에 녹화기가 망가져 제대로 남아 있는 파일이 거의 없었다. 중앙주택공사에서 위탁한 아파트관리업자 계약 만기가 얼마 남지 않았다. 이번 일로 재계약을 거부당하면 소장은 회사에서 살아남기 힘들었다. 다른 관리업체에 취업하는 것도 사실상 불가능했다.

그는 아직 한참 더 손이 가야 할 초등학생과 중학생 딸이 있다고 했다. 어떻게든 이 사실이 공사와 언론에 알려지지만 않게 해달라고 매달렸다.

규철은 그가 짊어지고 있는 가장의 무게에 연민이 느껴졌다.

녹화기가 고장 났다는 사실을 밝힌다고 해서 규철이, 이 사건이 얻을 수 있는 것은 없었다. 더구나 더위가 소장의 잘못은 아니었다. 규철은 녹화영상을 찾으러 온 사람이 자신인 게 소장에게는 더할 나위 없는 행운이라고 생각했다. 서준은 월급이 끊어질까 봐 벌벌 떠는 가장의 심정은 이해하지 못할 위인이었다. 굳이 알릴 필요 없이, 자기 선에서 묻기로 했다.

관리소장은 거듭 감사함을 표했다. 그에게 받은 건 비타음료 한 상자와 훼손되지 않은 극소수의 녹화영상 파일이 전부였다.

수사는 난항을 거듭했지만, 결국 용의자는 체포되었다. 사건 현장의 곤충을 집에서 키우고 있을 뿐만 아니라, 살인을 저질렀어도 처벌받지 않았던 녀석이었다.

녀석의 얼굴을 본 순간 범인을 잡기 위해 가온신도시 CCTV를 모조리 뒤지고, 뙤약볕에서 곤충을 채집하던 기억이 떠올랐다. 이런 녀석들에게 범죄의 유혹은 달콤해서, 한 번 법망을 피하면 다른 곳에서 더 무서운 짓을 저질렀다. 그들에게서 아들과 이웃을 지키기 위해 경찰밥을 먹는 규철이었다. 이번만은 빠져나갈 수 없게 하겠다고 다짐했다.

다행히 하늘마을 녹화영상 중에서 단지의 가장 바깥쪽에 있는 놀이터 CCTV 파일은 살아있었다.

영장에 명시된 구속기간이 끝나기 전에 다들 추가 증거를 찾으려 정신없을 때, 규철은 녹화영상에서 누군가 화단에 들어왔다 나가는 걸 발견했다. 시신이 발견되기 보름 전이었다.

화질이 떨어져 영상에 찍힌 모습으로는 다인이라고 단정 짓기 쉽지 않았지만, 바다마을 출입구 CCTV에 다인이 하늘마을이 있는 건널목으로 향하는 모습이 잡혔다.

계산해보면 바다마을에서 건널목을 건너 하늘마을 화단에 도착하는 시각과 놀이터 영상에 나타난 시각이 맞아떨어졌다. 이 정도면 정황증거로는 충분했다.

서준이 용의자 심문 중인 것을 본 규철은, 팀장에게 즉각 보고했다. 팀장은 과장에게 보고했고, 담당검사는 빨리 영상부터 보내라고 독촉했다.

검거에서 구속, 구속에서 기소, 기소에서 최종 선고까지, 힘들게 잡아넣은 녀석들이 미꾸라지처럼 빠져나가는 걸 숱하게 보았다. 살인범을 옴짝달싹할 수 없게 만드는 증거를 찾은 것에 규철은 말할 수 없는 기쁨을 느꼈다.

서둘러 파일을 챙기던 그는 미처 발견하지 못했던 것을 뒤늦게 발견했다. 후드티를 입은 용의자가 화단에 도착하기 전과 화단에서 사라진 후, 검은 형체가 나타났다가 사라졌다.

녹화화면 귀퉁이에 살짝 걸쳐 있어서 처음에는 무엇인지 알지 못했다. 그러나 이내 알았다. 검은 형체는 차량의 앞부분이었다. 아마도 화면 속의 인물은 차량을 타고 왔다가 가버린 것이었다.

고민의 시간은 짧았다. 규철은 화면을 살짝 확대해서 귀퉁이 부분을 잘라냈다.

구치소에서 현지와 마주치기 직전, 서준으로부터 공판검사를 만났다는 문자를 받았다.

지난 몇 년간 그에게 쏟았던 규철의 헌신이 배신당하는 순간이었다.

***

어둠 속을 소나타 한 대가 질주했다.

수요일은 잔업이 없는 '가정의 날'이었다. 거의 모든 공장의 불빛이 꺼져, 공단은 심해처럼 고요했다.

성태는 자신이 맘껏 채울 수 있는 이 고요가 맘에 들었다. 창을 내리고 음악을 틀었다.

경쾌한 십대 소녀들의 음성이 하루의 피로를 가시게 했다. 볼륨을 높였다. 공단에 성태가 내보내는 소리가 쩌렁쩌렁 울렸다. 건조하고 더운 공기가 창으로 들어왔다. 종일 공장에서 쐬던 인공 바람이 아니어서 좋았다.

퇴근할 때면 공단도로를 통해 가온지구 외곽도로로 진입한 후 숲으로 달리는 코스를 선호했다.

중앙동, 중촌동, 가온1동과 접해 있는 공단은, 일대 3개동 주민들이 일하는 사람의 다수를 차지했다.

성태는 그들과 한참 떨어진, 숲 반대편 외장시에 거주했다.

소나무가 울창한 숲은 활짝 날개를 펼친 공작새 모양으로 중앙시, 외장시, 인동시로 뻗어 있었다. 삼국시대에 만들어졌다는 산성의 흔적이 남아 있고, 해발 380미터의 정상에는 작은 정자도 있었다.

성태의 부모와 누나는 160킬로미터 정도 떨어진 소도시에서 작은 식당을 운영했다. 노모는 아주 가끔씩 전화를 걸어, 서른여섯 살이 되도록 여자 얘기가 없는 외아들 걱정으로 매번 통화를 마쳤다. 성태는 일 년에 두 번, 설과 추석 때 약간의 돈을 보내는 것으로 인사를 대신했다. 그보다 더 자주 보내는 것은 무리였다.

인적이 드문 공단도로는 많은 괴담을 갖고 있었다. 방금 지나쳐 온 곳은 얼마 전 토막 난 시신이 발견되었던 곳이다. 산 채로 사람을 토막 내는 이들은 달리는 차를 덮쳐서 다짜고짜 운전자를 끌어낸다고 했다. 하지만 정작 성태가 두려운 것은 따로 있었다. 심해보다 더 짙은, 자신 안에 있는 어둠이었다.

그 어둠은 성태를 외롭게 했다. 누구한테 이해해달라고 할 수도 없고, 이해받을 수도 없는 외로움이었다. 맑고 순수한 빛을 찾아 긴 시간을 방황한 끝에, 얼마 전에야 그런 자신을 위로할 수 있는 방도를 찾아냈다. 그것을 위해서 매달 월급의 반 이상을 써버렸지만, 충분한 가치가 있었다. 하지만 단단히 일이 잘못되었다.

순식간에 벌어진 일이라, 어떻게 손을 쓰지도 못했다. 더 고통스럽고 외로운 날이 이어졌다. 술을 마시지 않고서는 견딜 수 없었다.

문득 성태는 같은 곳을 계속 맴돌고 있다는 걸 깨달았다. 미로에 갇힌 것처럼 공단에서 빠져나가지 못하고 있었다. 창고형의 건물들은 어둠 속에서 보면 어디든 비슷했다. 45BL을 지나쳐 한참을 달렸는데 다시 또 45BL이었다. 이건 분명히 저주에 빠진 것이다, 이렇게 영원히 맴돌다 이곳에서 죽고 말 것이다. 성태는 공포로 호흡이 가빠졌다.

앞 창 유리 너머로 어렴풋하게 사람의 실루엣이 보였다. 여러 명이었다.

성태는 차를 세우고 싶지 않았다. 실루엣들이 성태의 차를 막아서더니 때려 부술 것처럼 차체를 두드리며 소리를 질러댔다.

그는 저항했다. 자신 안의 어둠이 아무리 괴로워도 몸뚱이가 토막 나는 일 따위는 당하고 싶지 않았다. 성난 얼굴이 앞 유리를 투과해 운전석으로 밀고 들어왔다.

성태는 너무 놀라 차문을 열었다. 그들은 막무가내로 성태를 차 밖으로 끌어내기 시작했다. 성태는 살려달라고 고함을 질렀다. 소리는 허공에 뿔뿔이 흩어졌다. 차가운 금속이 입술에 닿았다. 재갈을 물리려는 것이다.

성태는 진실을 고백하고 용서를 구해야 할 순간이 왔다고 생각되었다.

"TV에서 다들 그 애를 봤죠? 얼마나 예쁜지. 고의가 아니었어요. 절대. 맹세해요!"

그는 진심을 다해 사죄했다. 죽기 전에 죄를 고백하는 것은 당연한 일이었다.

음주단속반 경찰들은 만취한 사내의 횡설수설에 귀 기울일 여유가 없었다. 단속을 피하기 위해 한적한 공단도로를 우회하는 운전자를 잡아내는 것이 그들의 일이었다.

사내는 도저히 운전을 할 수 없어 보였다. 그들은 사내를 단속차량에 태웠다. 그의 차량 트렁크에 있는 찢어진 티셔츠 따위는 살펴보지 않았다.

단속반원 중 꼼꼼한 신입이 사내가 떠들어대던 말들을 기록했으나, 선임에게 눈총을 받고는 곧 지워버렸다.

***

재판장은 골치가 아팠다. 희끗한 머리가 더 하얗게 새는 것 같았다.

법원 앞에서는 며칠째 살인 소년에게 반드시 중형을 선고하라는 목소리가 울려 퍼졌다. 소음측정으로 벌금을 때려버릴까 갈등될 만큼 음량이 컸다. 하지만 판사라는 지위는 고려해야 할 사항이 많았다.

법원 앞이 이렇게 시끄러워진 건 피해자 엄마가 소년의 석방을 탄원한 사실이 알려진 후부터였다.

매번 같은 이들은 아니었다. 하루는 파란색 티셔츠를 맞춰 입은 노인들이 외쳤고, 다른 날은 자식의 미래를 걱정하는 엄마들이라는 단체의 여자들이었다. 요구사항을 말할 때면 하루는 애국가를 틀었고, 다른 날은 추억의 가요를 틀기도 했다.

얼마 후면 인사이동으로 재판부가 교체될 예정이었다. 배석판사들의 경우에는 매년 바뀌기도 하지만, 부장판사인 그는 올해가 해당년도였다. 새 재판부에 짐을 떠넘기지 않고, 자신이 맡은 동안 판결문을 작성하겠다는 계획은 멀어졌다.

공적을 남기겠다든가 하는 다른 욕심은 없었다. 누구도 선거를 목전에 두고 재판이 길어지는 것을 원하지 않았다. 하지만 같은 장소에 같은 방식으로 유기된 또 다른 시신, 피해자 엄마의 보석 신청과 신원보증, 거기다 검사의 증거철회까지. 판결을 일사천리로 최대한 단기간에 끝내자는 잠정 합의는 수정이 불가피했다.

그는 공판검사와 면담을 잡았다. 그편의 이야기를 들어봐야 했다. 이런 경우 변호인보다 검사를 먼저 만나는 게 순리에 맞았다.

9

아직 날이 밝지 않았다.

날이 밝는다는 것은, 어떤 이에게는 하루의 시작을 의미하지만 어떤 이에게는 하루의 끝이기도 했다.

낮과 마찬가지로 밤에도 어떤 이들은 먹이를 쫓고, 짝짓기를 하고, 싸우며, 터전을 지킨다. 불빛에 모여드는 하루살이, 각다귀, 노린재, 나방 같은 것들이 낮에 어떤 모습으로 있든지 사람들은 관심을 가지지 않는다. 그들이 존재를 드러내는 밤이 되어서야 비로소 손을 휘저으며 놀라고, 소스라치고, 비명을 지를 뿐이다.

도심의 할로겐 빛이 새어 들어오는 침실은, 여자의 신음소리로 가득했다.

탁하고 짙은 붉은색 벽지, 더 짙은 자주색 벨벳 커튼, 하얀 시트, 하얀 조명. 소리는 잡아먹히고 부딪혀 사라졌다.

여자의 올려 묶은 머리와 근육질의 어깨와 탄력 있는 허리가 출렁일 때마다, 남자의 두 손이 여자의 엉덩이를 강하게 감쌌다. 양 손에 토마토를 쥐고 터트리는 아이처럼, 힘을 꽉 주고서.

희고 가냘픈 손이었다. 여자는 더 세게 흔들고, 더 거칠게 호흡하고, 고음을 질렀다. 고통에 눈썹이 활처럼 휘었다.

"그만."

남자의 말에 여자는 움직임을 멈췄다. 협탁 위에 등이 켜졌다.

어둠 속에 드러난 남자는 이청완 수사관이었다. 그는 저릿한 손을 주무르며, 자신 위에 올라탄 여자에게 고갯짓을 했다.

끝이기를 바랐던 여자의 기대는 무너졌다. 다음 순서는 잘 알고 있었다. 여자는 엎드린 채 청완의 발끝을 향해 몸을 돌렸다.

상체를 세운 청완은 창밖의 빛에 물들어 붉은 사슴 같은 여자의 등을 아무런 감흥 없이 바라보았다. 침실 커튼을 제대로 여미지 않은 것이 짜증스러울 따름이었다.

"억지로 소리 낼 필요 없어."

그는 여자가 좋을 리 없다는 걸 알고 있었다. 여자의 연기는 형편없었다.

청완이 마음껏 여자를 할퀴고 물어뜯으며 휘젓는 야생의 시간이 지나갔다.

불과 두 시간 전보다 주름이 깊어진 여자는 협탁 위 지폐를 챙겼다.

청완은 여자가 옷 입는 모습을 표정 없이 보았다. 그가 갈기갈기 찢어놓은 검은 망사 속옷을 둘둘 말아 백에 넣고 있었다. 건강한 구릿빛 살결과 적당하게 살집이 있는 굴곡은 아름답다고 감탄해도 좋을 만큼 훌륭했다. 그러나 청완은 여자의 몸을 보고 아무것도 느끼지 못했다. 아니, 증오했다.

중학 시절 이후, 성적인 삼흥을 주는 존재를 찾지 못했지만 그는 자신이 누려야 할 것들을 위해서 적절히 처신할 줄 아는 영리한 사람이었다. 적절한 여자와 결혼했고, 적절한 잠자리로 두 아이를 얻었다.

적절하다는 건 귀찮을 일이 없다는 걸 뜻했다. 친정에서 멀리 떨어져 있는 아내는 고분했고, 5년 전 셋째를 낳다가 태아와 함께 사망했다. 쉰셋에 상처를 한 여자의 아버지는 딸의 장례식에 맞춰 올 수 없을 만큼 바쁜 사람이었다. 두 아이는 온전히 청완의 차지가 되었다.

아이들은 아빠가 집에 없는 시간을 보내는 것에 익숙했다. 엄마가 떠날 때 다섯 살이었던 아들과 네 살이었던 딸은 자기들끼리 지내는 것에 잘 적응했고, 때로는 고양이처럼, 때로는 강아지처럼 독립적이고 순종적으로 자랐다. 아빠가 무엇을 원하는지, 어떤 행동을 좋아하는지 하나씩 배웠고 거기에 따랐다. 그러나 청완은 아이들이 마음으로부터 아빠를 좋아하지는 않는다고 느꼈다.

어쩌면 반대인지도 모른다. 아무리 노력해도 자신은 그 아이들이 좋아지지 않는 건지도. 제 엄마가 살아있는 동안, 한 번도 아빠에게 먼저 다가온 적이 없는 아이들이었다. 한번 상처를 입힌 존재를 용서하는 건 쉽지 않았다. 그럼에도 불구하고 지금껏 사회의 기준에 부합하는 양육의 의무를 다해왔다. 때리거나, 고함 친 적도 없었다. 가족에게 그런 짓을 하는 건 용납할 수 없었다.

마라톤 대회가 끝난 직후, 첫째 아이가 다친 이후로 두 아이는 병원에서 지냈다.

출발과 동시에 달리기를 멈춰야 했던 첫째는 반나절 동안 제 방

옷걸이에 걸려 있었다.

체벌보다는 놀이에 가까웠다. 잠깐이었지만, 수트케이스에 담겨서 얼굴만 밖으로 드러낸 모양이 고치처럼 사랑스러웠다.

스스로를 돌아보는 시간을 가지도록 내버려두고, 청완은 서재로 돌아가 일에 열중했다. 고치가 된 아이는 잊혀졌다. 둘째인 딸은 공중에 떠 있는 오빠를 물끄러미 지켜보았다. 아빠가 해놓은 것은 절대 손대면 안 돼. 그게 규칙이었다.

가죽에 고급 천을 덧대어 만든 수트케이스는 아빠가 아끼는 물건이었다. 이를 잘 아는 첫째는 실수를 하지 않기 위해 최선을 다했다고 했다. 머릿속에서 물소리가 들리면서 아랫배가 터질 것 같았지만 발끝에 힘을 바짝 주고, 좋아하는 컴퓨터 게임을 떠올리기 위해 노력했다고.

하지만 더 이상 소변을 참을 수 없을 정도가 되자, 첫째는 수트케이스를 빠져나오려고 버둥거렸다. 결국 아이의 힘을 버티지 못한 옷장이 앞으로 고꾸라졌다. 옷장 아래로, 노란 오줌이 흘러나왔다.

흠뻑 젖은 수트케이스 안에서 동생과 눈이 마주친 아이는 제발 모른 척하라고 애원했다. 다리뼈가 부서진 고통쯤은 아무것도 아니었다. 하지만 기어이 아빠에게 달려가는 동생이 미웠을 것이다.

아이를 입원시키고 간병인에게 맡겨놓은 청완은 거의 가보지 못했다. 갑작스럽게 터진 일들로 아이를 돌볼 겨를이 없었다.

첫째는 퇴원 전날 휠체어 사고로 다리가 또 부러졌다. 간병인 말로는, 아이가 다친 장소는 일부러 넘어지지 않고서는 도저히 사고날 이유가 없는 곳이라고 했다.

구릿빛 여지기 모텔 침실을 나가자, 청완은 침대를 빠져나와 욕실로 향했다.

월풀 욕조에 물이 차오르면서 더운 수증기가 차가운 공기를 만나 시야를 흐렸다.

거울에 맺힌 물방울을 손으로 밀어내자, 익숙한 얼굴이 웃고 있었다. 그는 안경을 쓰지 않은 이 얼굴이 좋았다. 이때만이 진정한 자유였다.

날이 밝아왔다.

익숙하지 않은, 건실한 사회인으로 돌아갈 시간이었다.

뜨거운 물에 몸을 담가 밤의 흔적을 지우고, 손톱과 발톱 밑까지 꼼꼼하게 씻었다. 뼛속 깊이 남은 쾌감이 조용히 물러갔다. 그는 이제 출근 준비를 마쳤다. 새로 합류하게 된 하늘마을 화단사건 수사팀에 얼굴을 보이는 첫 날이었다.

서준의 표정이 훤하게 그려졌다. 의욕만 넘치는 애송이 형사. 잘 길들여줘야지. 하지만 그 전에 먼저 갈 곳이 있었다. 한 주 내내 기다려온 특별한 날이었다. 생각만으로도 벅차올랐다.

휴대폰 알람이 울렸다. 첫째아이가 수술실로 들어갈 시간이었다.

첫째는 병원에 있는 내내, 자신이 한 잘못 때문에 겁을 먹고 있었다. 그는 아들에게 메시지를 보내 용기를 주었다.

괜찮아. 우린 가족이야!

아이들은 때로는 아빠를, 조라고 불렀다. 아빠가 돌보는 다른 아이들처럼. 그러면 아빠는 더 친절하게 웃어줬다. 특별한 날에는 특별한 일을 하는 게 맞았다. 그는 활짝 웃는 이모티콘을 하나 더 추가했다.

아들, 이건 조가 보내는 특별 선물이야.

***

현지는 구치소 앞에서 다인을 기다렸다.

폭염 때문인지 드나드는 사람이 적었고, 입구 옆 주차장은 한산했다.

햇볕이 내리쬐고 아스팔트에서 지열이 올라왔지만, 몸을 숨길 그늘 한 뼘 없었다. 바람 한 점 불지 않는 숨 막히는 날씨였다.

철문 안쪽 침엽수 사이로 길게 휘어진 오솔길은 여전히 그늘이 짙었다. 아득하게 새 소리도 들렸다. 잠시 후면 다인은 그 길을 따라 나올 것이다.

처음 방문했을 때와는 감회가 달랐다. 그때보다 현지의 결심은 확고했고, 절실했다.

현지는 다인의 신원보증과 보석신청을 하고 나서 부모에게 양해를 구했다.

"갈아 마셔도 시원치 않을 녀석을 왜 풀어줘!"

밤마다 손녀 꿈을 꾸는 엄마는 펄쩍 뛰었고, 아버지는 아예 말도 하지 않았다.

엄마는 화가 가라앉지 않는지, 5분마다 현지의 방문을 열고 소리쳤다.

"뭘 신청해? 네 멋대로 뭘 해?"

"그만 좀 해."

"내 손주를 죽인 놈을 왜! 네가 왜!"

"다른 아이가 또 죽어서 나왔잖아. 그 아이가 범인이 아니면, 놈이 아직 멀쩡하게 돌아다니는 거면 어떻게 할 거냐고!"

현지는 답답함에 소리쳤다. 그리고 매달렸다.

"엄마, 나 그놈 꼭 잡고 싶어. 잡아서 내 손으로 찢어 죽이고 싶어."

엄마는 말문이 막혔다. 주름진 이마가 고통스럽게 일그러지며, 눈굽이 축축해졌다.

한참 동안 애처롭게 딸을 보던 엄마는 한탄하듯 말했다.

"그 새끼는 잘살잖아. 이민 갔다고 했지?"

"엄마!"

현지는 13년 전 남자를 끄집어내자 참지 못했다.

엄마의 목소리는 마른 나뭇가지처럼 끝이 갈라졌다.

"그냥 다 잊고 살아. 너도 네 인생 살아."

판사가 무도한 남자의 손을 들어준 후, 엄마는 대신 하늘이 천벌을 내릴 거라고 입버릇처럼 말했었다. 그러니까 너는 네 인생을 살라고. 하지만 그런 건 없었다.

'네 잘못이 아니야. 그놈이 나빴어.'

현지는 다만 이 한마디를 해주길 바랐다. 겪지 않아도 될 일들을 모조리 겪어낸 딸이 불쌍하기만 한 엄마는 그 말이 차마 목에 걸려서 나오지 않았다.

"어떻게? 엄마는 그게 돼?"

현지는 조용히 말했고, 엄마는 깊은 한숨을 쉬었다.

노부모는 딸의 선택을 납득하지 못했지만, 그 고통을 이해했다.

당분간 집을 비우고 강화에 가 있겠노라고 했다.

현지는 예린이 태어나기 전부터 자신을 태우고 다녔던 갈색 SUV를 배웅하며, 운전대를 잡은 아빠의 등이 심하게 굽어 있는 걸 깨달았다. 그녀가 딸에게 정신을 빼앗긴 사이, 세월은 몇 배나 빠르게 부모를 관통했다.

현지는 부모가 떠난 텅 빈 거실을 둘러보며, 다시는 만날 수 없을 것 같은 불안한 예감에 사로잡혔다. 사람이 살지 않는 버려진 집처럼, 실내에 갇힌 공기는 탁하고 냉랭했다.

구치소에서 알린 시각에서 30분이 지나도록 다인은 나오지 않았다.

현지는 초조해졌다. 안 나오는 게 아닐까.

현지는 끝까지 다인을 접견하지 못했다. 예약이 되어 있거나, 비어 있는 경우에도 신청은 거부당했다.

소년은 밖에서 이렇게 기다리는 사람이 있다는 걸 모를 수도 있었다. 간혹 뉴스에서 수인들이 나가지 않겠다고 어깃장을 놓는 경우도 있다고 본 기억이 났다. 밖에서 사는 것보다, 안에서 죽는 것을 선택하는 이들도 있다고 들었다. 살아갈 이유를 찾지 못한 사람들이었다.

현지는 죽음을 선택할 수 있는 그들이 부러웠다. 범인을 잡기 전까지, 자신은 죽을 수도 없었다. 설마 그 아이가 어리석은 짓을 한 것은 아니겠지. 현지는 피가 돌지 않는 주먹을 쥐었다 폈다.

다인은 현지에게 남은 마지막 카드였다. 곤충에 대해 알고 있는 유일한 사람이었고, 반드시 그 비밀을 풀어줘야 했다. 그게 왜 딸의 몸에 있었는지. 어디에서 온 것인지.

멀리 오솔길 끝에서 누군가 걸어오는 것이 보였다. 교도관이었다.

힐끗힐끗 솔가지 사이로 그 뒤를 따르는 또 다른 이가 보이자, 현지는 숨을 크게 들이켰다.

가까이 올수록, 생각보다 키가 크고 체격이 좋아졌다고 느껴졌다. 걱정할 일은 애초에 없었던 거다. 현지의 피가 빠르게 식었다.

휘어진 길이 끝나고, 그들은 철문으로 곧게 뻗은 길을 내려왔다. 교도관 뒤에 있는 남자는 소년이 아니었다.

그럼 그 아이는 어디에 있지. 현지는 고개를 기웃거렸다. 교도관이 바로 입구 앞까지 왔고, 그제야 뒤의 남자가 휠체어를 밀고 있는 게 보였다.

휠체어에는 다인이 앉아 있었다. 법정에서 봤을 때보다 훨씬 마르고 창백한 모습이었다. 마치 세상에 처음 나온 것처럼 하얗게 겁에 질려 있었다.

현지는 다가가 손을 내밀었다.

"내가 예린이 엄마야."

다인은 손을 잡지 않았다. 앙상한 손을 슬그머니 등 뒤로 뺐다.

무안해진 현지는 다인의 잔뜩 구겨진 카라 깃에 시선을 두었다. 자신이 사 넣은 티셔츠 대신, 들어오던 날 입었던 옷을 그대로 입은 모양이었다. 얇은 천은 아이의 쇄골에서 불거져 나왔다.

현지는 빨리 차에 태우고 이곳을 떠나고 싶었다.

"일어날 수 있겠어?"

"제가 할게요."

휠체어를 밀고 온 남자가 말했다. 그는 다인을 안아, 현지의 차까지 옮겨주었다.

남자는 구치소 간호사였다.

"몸이 어디가 안 좋은가요?"

"영양실조로 많이 쇠약해졌어요. 신경증도 있고."

남자는 짧게 대답하곤, 철문 안으로 사라졌다. 이제 현지와 다인 둘만 남았다.

"벨트 좀 매줄래."

뒷자리에 앉은 다인이 버클을 채우자, 현지는 시동을 걸었다.

구치소 진입로에서 경광등이 부착된 차량을 지나쳐 오른쪽으로 방향을 꺾어 집으로 향했다.

룸미러에 경광등 차량이 따라오는 것이 보였다. 평범한 회색 세단 이었다. 앞 유리에 볕이 반사돼 운전자를 볼 수 없었다.

2킬로미터 가량 직선도로가 이어졌다. 현지는 갓길 쪽으로 차를 바싹 붙여 차선을 내줬다. 회색 세단이 앞으로 나왔다. 현지는 속도를 줄였다. 그러자 앞차도 속도를 줄이고 간격을 유지했다.

맞은편 도로가 비어 있는 것을 확인한 현지는 중앙선에 가까이 붙었다. 앞차도 움직여 진로를 가로막았다. 최소한의 차량 간격만 유지하면서 현지가 움직일 수 없게 만들었다. 경광등을 보고 단순히 경찰이거나 공무 중이라고 생각했던 현지는 신경이 곤두섰다. 핸들을 쥔 손에 힘이 들어갔다.

300미터 전방에 갈림길이 나타났다. 앞차는 깜빡이를 켜지 않았다. 차를 세우는 게 좋을까. 아이가 아는 사람일까. 고민하는 사이 회색 세단은 좌측으로 사라졌다. 가온지구는 오른쪽이었다.

현지는 핸들을 틀었다. 고개를 돌려 뒷좌석을 돌아보았다. 다인은 창밖만 뚫어지게 바라보고 있었다.

차 안에서 다인은 아무 말도 하지 않았다. 현지도 굳이 말을 걸지 않았다. 사춘기에 있는 사내아이와 어떻게 대화해야 힐지 난감했다. 여자중학교를 다녔던 현지는 제 나이 또래 남자아이들과 말할 기회가 거의 없었고, 열여섯에 사십대의 남자를 만난 후 영원히 그 기회를 박탈당했다. 과학실험수업을 듣는 남학생들에게도 먼저 살갑게 말을 거는 교사가 아니었다.

가온지구로 들어갈 즈음 다인이 처음으로 입을 열었다.

"아줌마 집에 가기 싫어요."

다인의 말투는 소년다운 퉁명스러움이 묻어 있었다. 다행이었다. 현지는 억지로 친절하게 꾸미지 않아도 될 것 같아 마음이 놓였다.

"어쩔 수 없어. 난 네 신원보증인이야. 사라지거나 하면 곤란해져."

"그런 일은 없을 거예요."

"그래야지. 얌전히 지낸다면, 나중에는 생각해볼게."

"지금이요."

아이는 보기보다 고집이 강했다. 현지는 약간의 과장이 필요하다고 느꼈다.

"이건 판사가 정한 거야. 난 너 대신 감옥에 가고 싶지 않아."

다인의 얼굴에 곤혹스러움이 스쳤다. 안전벨트를 만지작하며 말을 잇지 못했다. 현지는 자못 미안한 생각이 들었다.

차창 밖으로 잘 아는 풍경이 나타났다. 다인은 두리번거리며 아파트들을 훑었다. 저만치 퍼스트캐슬이 보였다.

현지는 다인이 무엇을 찾는지 알 것 같았다. 퍼스트캐슬 진입로로 차를 돌려, 정문에 멈춰서 창을 내렸다.

등록된 차량이 아니면 들어가기 힘든 곳이었다. 그녀는 아파트 중앙에 가장 높이 솟은 동 건물을 가리켰다.

"저기가 거기야. 네 동생이 지붕에 올라갔었어."

윤수가 떨어진 곳이었다. 현지는 소년과 마주쳤던 마지막 모습이 떠올라 불편해졌다.

다인은 삼각형을 이룬 갈색지붕에 시선을 고정시킨 채 아무 말도 하지 않았다. 그곳에서 외치던 윤수의 모습을 상상하는 것 같았다.

"잠깐 내렸다 갈까?"

다인은 고개를 저었다. 이미 윤수는 그곳에 없었다. 가본 대도, 그날의 흔적은 말끔히 지워져서 전혀 남아 있지 않을 것이다.

가슴에서 풀벌레 소리가 들렸다.

"그럼 형, 내가 얘 엄마하면 되겠네."

붉은 머리칼에 통통한 얼굴로 시원하게 웃던 윤수는 마음속에 있었다.

세상에서 영영 사라져버렸다는 생각은 아무래도 잘못되었다. 분명 윤수는 좋아하던 털북숭이 하늘소로 변신했을 거였다. 다인은 단단한 갑옷을 뻐기며 밤나무 사이를 날아다니는 윤수가 그려졌다. 언젠가 마주치게 되면, 한눈에 알아 볼 수 있을 거였다.

다인은 짧은 이별 시간이 끝난 듯 차 안으로 시선을 돌렸다.

현지는 보안요원이 다가오는 것을 발견하곤 시동을 걸어 차를 뺐다.

아이는 계속 표정이 없었다. 어쩌면 저렇게 아무렇지도 않지. 참는 걸까, 아니면 원래 냉담한가. 위로의 말을 건네야 할지 잠시 망설였지만, 무슨 말을 해야 좋을지 알 수 없었다. 이 아이에게 죽음이란 어떤 의미일지 전혀 짐작되지 않았다. 차는 몇 블록을 더 달려 유니캐슬 지하주차장으로 미끄러지듯 들어갔다.

803동 입구에 차를 세운 현지는 운전석에서 내려 재빨리 뒷문으로 움직였다.

차문을 열고 다인을 부축하기 위해 어깨 뒤로 손을 넣었다. 다인은 현지의 손을 밀어내고, 제 발로 멀쩡하게 내렸다.

"괜찮은 거니?"

현지는 의아해서 물었다.

"의료실은 혼자 있을 수 있어요."

다인은 대수롭지 않게 대답했다.

그래서 일부러 연기를 했다는 거니?

생각보다 영악한 아이였다. 현지는 다인에 대해 별로 아는 게 없다는 걸 뒤늦게 깨달았다.

소년에게 살인 전력이 있다는 걸 애써 무시했었다. 법정에서 들었던 끔찍한 장면이 떠올랐다. 자기 집에서 잔혹하게 죽어간 삼십대 여자.

손상된 폐와 간, 심장에서 흘러나온 피가 침대와 카펫에 흥건하고, 피 범벅이 된 열두 살 소년은 스크루 드라이버로 여자를 찌르고 또 찔렀다고 했다. 무려 여덟 번이나. 여자의 직업은 초등학교 교사였다.

함께 있기로 한 건 잘한 일일까.

아주 짧은 순간, 공포가 현지의 발목을 잡았다. 하지만 되돌릴 수 없는 일이었다. 현지는 마지막 카드에 모든 것을 걸고 지옥불이라도 뛰어들 준비가 되어 있었다.

어쩌면 정말 이 아이가 딸을 죽였거나, 공범일 수도 있었다. 아니면 어른들에게 억울한 누명을 쓰고 제 몫이 아닌 고통 속에 던져진 끔찍한 피해자일 것이다. 전자라면 오히려 잘된 일이었다. 소년에게서 딸의 죽음에 대한 모든 것을 알아낼 수 있을 테니까. 후자라면, 그래도 도와줄래? 그놈을 잡을 수 있게.

현지는 자기 앞에 선 다인의 뒷모습을 보며 마음을 다졌다.

동 입구에서 한참을 기다려 도착한 승강기에는 하필 앞집 여자가 아들과 함께 타고 있었다.

예린의 장례식 이후 앞집은 더 이상 현지네 초인종을 누르거나, 귀찮게 하지 않았다. 간혹 마주치기라도 하면 어색한 눈인사만 나눌 뿐이었다.

현지는 앞집 여자가 승강기에서 내리기를 기다렸다.

하지만 앞집은 아들만 내보내고는, 그대로 있었다.

현지는 난감해졌다. 다인을 내려다보고 불편한 상황을 피하기 위해 고민하는데 앞집이 닫히는 승강기 문을 열며 말했다.

"타세요."

앞집 여자의 목소리는 여전히 카랑했다.

현지는 다인을 데리고 승강기 안으로 들어갔다. 타지 않으면 더 이상하게 볼 거였다.

올라가는 내내 여자는 다인을 흘깃거렸다. 다행히 중간에 멈추는 층은 없었다. 11층에서 문이 열리자마자, 앞집 여자가 먼저 자기 집으로 서둘러 들어갔다.

현지는 절로 고개를 저었다. 한숨을 뱉으며 비밀번호를 누르고, 문을 열었다.

다인이 현관 앞에 서서 무언가를 뚫어지게 보고 있었다.

현관 옆에는 소년을 풀어주는 것에 반대한다는 내용의 벽보가 붙어 있었다. 당장 사형시켜야 한다는 글씨가 크고 선명하게 눈에 들어왔다.

아파트에서 그녀가 신원보증인으로 나서서 살인 소년이 풀려나게 됐다는 소문은 순식간에 돌았다. 한 번 각인된 사실에 대한 사람들의 생각은 잘 바뀌지 않았다.

다인은 한 글자도 놓치지 않으려는 듯 벽보를 꼼꼼히 읽었다.

현지는 애써 태연한 척하며 말했다.

"들어가자."

"제가 아줌마 딸을 죽였어요."

다인은 자리에서 움직이지 않고 담담하게 말했다.

"그 얘기는 나중에 하자."

"사람들이 다 그렇게 말한다면, 제가 정말 그랬을지도 몰라요."

현지는 피곤이 몰려왔다. 앞집이 아직 문을 닫지 않은 걸 알고 있었다. 뒤에 서서 두 사람의 대화를 엿듣고 있을 게 뻔했다.

"그러니까 네가 안 그랬다는 거구나. 이제 그만하고 들어가자."

현지는 집 안으로 다인을 떠밀다시피 들여보냈다. 이 일에 어떤 방해도 받고 싶지 않았다. 굳게 문이 닫혔다.

***

지하주차장에 먼저 도착한 회색 세단은 현지와 다인이 사라질 때까지 조용히 지켜보았다.

'조금만 기다려. 곧 구해줄게.'

운전석의 청완은 당장에라도 내려서 다인을 데려오고 싶은 걸 간신히 억눌렀다.

여자가 다인을 데려가는 건 계획에 없던 일이었다. 다인은 자신에게 와야 했다. 물론 처음엔 시간이 걸리겠다고 생각했지만, 법정에서 다인을 본 순간 더 빨리 함께 하고 싶었다.

사람은 왼쪽, 차는 오른쪽. 초록은 멈춤, 빨강은 통과. 세상 모든 것에는 규칙이 있고, 규칙에는 의도가 있었다. 의도와 다르게 흘러가는 건 참기 힘들었다. 서둘러 계획을 마무리지어야 했다. 그때까지, 기다릴 줄 아는 것도 규칙이었다.

구치소가 여자의 집으로 바뀌었을 뿐이다, 잠시 여자에게 있는다고 해서 달라질 것은 없다, 고치를 옮겨도 가족인 건 변함없다. 그렇게 스스로를 다독였다.

혹시라도 다인이 자신을 잊는다면 곤란했다. 법원에서 마주쳤을 때 다인의 얼굴은 별로 반가운 표정이 아니었다. 접견을 거부한 것도 마음에 들지 않았다. 물론 다인이라면 그 정도는 용서할 수 있었다. 경광등은 조가 보내는 환영과 용서의 메시지였다.

다인이 환영인사를 알아챘을까. 사이렌까지 울려서 더 신나게 해줬어야 했는데.

언제부턴가 거리의 아이들은 청완을 '참 좋은 아저씨'를 줄여서 '조'라고 불렀다. 청완은 가끔 자신이 어떻게 지금에 이르게 되었는지 스스로도 궁금할 때가 있었다.

어린 시절 주의력결핍장애 같은 게 있는 아이는 아니었다. 오히려 그런 아이들을 경멸했을지도 모른다. 집중력이 뛰어나고 머리가 좋았던 청완은 성적이 잘 나오지 않거나, 숙제를 해오지 않거나, 선생의 질문에 답변하지 못하고 우물거리는 아이들이 도통 이해되지 않았다. 그렇다고 운동을 못하거나 겁이 많은 아이도 아니었다. 다만, 친구를 만드는 일은 쉽지 않았다.

"엄마, 애들이 놀아주지 않아요."

그때마다 엄마는 별것 아니라는 듯이 말했다.

"괜찮아. 너를 샘내서 그러는 거야."

청완의 집은 형편이 넉넉하지 못했다. 엄마는 공장으로 새벽 출근을 하며 홀로 어린 청완을 키웠다. 아버지에 대한 기억은 없었다.

처음 친구가 생겨 집에 데려갔을 때, 엄마는 친구를 조용히 돌려보냈다.

"다음에 오렴. 오늘은 청완이 밥밖에 남겨놓지 않아서."

친구가 돌아가자, 그녀는 찬물에 만 쌀밥 한 공기와 짠 반찬이 놓인 밥상을 내려놓으며 청완의 생각 없는 처사에 화를 냈다.

"걔는 집에 쌀이 없니. 왜 지 집에서 안 먹고 여기로 와!"

목청 높은 엄마의 목소리가 담벼락 너머로 들렸을 것이다. 청완은 얼굴이 화끈거렸다.

다음날 친구는 청완의 팔뚝을 주먹으로 가볍게 툭 치며 말했다.

"엄마들은 다 그렇잖아."

이해심 많은 친구가 고마웠다.

친구에게는 청완만큼 친한 친구가 한 명 더 있었다. 그 친구는 청완을 집에 초대했다. 검은 돌로 지은 우람한 이층집에 사는 친구의 방은 멋지게도 위층이었다.

아래층에서 인터폰으로 식사 시간을 알리자, 친구는 청완을 식당으로 안내했다. 명절에도 보지 못한 음식들이 식탁 가득 차려져 있었다. 침착한 청완이었지만, 어느새 허겁지겁 음식을 집어넣었다.

"잘 먹는 모습이 너무 보기 좋다. 자주 놀러 오렴."

친구의 엄마는 냉장고에서 먹고 싶은 것을 실컷 꺼내서 먹게 했다. 친구를 바라보는 친구 엄마의 눈빛은 다정하고 따스했다. 가지고 싶은 눈빛이었다. 청완은 처음으로 다른 사람에게 샘이 났다.

그 집을 나설 때 친구 엄마는 뭔가를 말하려 했지만, 친구가 말문을 막고 청완의 손에 간식거리를 들려주었다.

몇 시간 지나지 않아, 친구의 엄마가 찾아왔다.

엄마는 집에 찾아온 친구의 엄마와 대문 밖에서 한참 이야기를 나눴다. 무슨 이야기를 하는지 들을 수 없었지만, 청완은 그녀가 왔다는 사실만으로 좋았다.

그녀가 돌아가자마자 엄마는 다짜고짜 청완을 끌어올려 양 볼의 핏줄이 터지도록 손바닥으로 후려쳤다. 청완이 다녀간 뒤 친구의 집에서 현금이 없어졌다고 했다.

청완이 도둑질했다는 소문은 학교 전체에 퍼졌다. 청완의 터진 볼을 보고 친구와 친구의 친구는 키득거리며 서로 눈짓을 했다. 그때 처음부터 계획한 거라는 걸 알았다. 그 뒤로 다시는 친구를 사귀지 않았다.

중학생이 된 청완은 키와 골격은 좋았지만, 수염이 난다든가 하는 신체적 변화들은 늦게 찾아왔다. 몸 안에서 단백질을 빼내게 만든 첫 대상은 양호교사였다.

당시에도 반에서 따돌림을 당했지만 신경 쓰지 않았다. 그 애들은 자신을 샘내서 그럴 뿐이니까.

수업시간에 반 아이 하나가 쓰러졌다. 가장 가까운 위치에 청완이 있었다. 담임은 체구가 좋았던 그에게 아이를 업어 양호실로 데려다주도록 했다. 그곳에서 운명처럼 그녀를 보았다.

강철 같은 엄마와는 다른 부드러운 육체, 윤기가 흐르는 매끈한 손, 하얀 치아, 나긋한 목소리, 달콤한 향. 청완은 양호교사로부터

진료를 받는 아이에게 질투가 나서 미칠 것만 같았다. 혈관이 터질 듯이 팽창되었다.

그날 밤 청완은 이불 안에서 양호교사를 떠올렸다. 짙은 어둠 속에 양호교사와 청완, 이렇게 둘만 있었다. 양호교사의 피부는 부드러웠고, 분홍빛 열기가 오른 표정은 깨끗하고 사랑스러웠다. 청완의 몸에서 비릿한 액체가 흘렀다. 그러다 청완은 자신의 몸에 닿은 차가운 맨살에 깜짝 놀랐다. 눈치채지 못하는 사이, 엄마의 남자가 들어와 있었다.

남자는 엄마보다 세 살 어렸다. 한 달째 이 집에 들어와 거의 함께 살다시피 하고 있었다. 한 주씩 주야로 교대 근무를 하는 엄마는, 그때 야간근무 주간이었다. 남자는 당황한 청완의 남성을 만지며 말했다.

"괜찮아, 꼬맹아."

그는 엄마보다 청완의 피부가 더 매끈하다며 웃었다.

청완은 자신이 더러웠다. 반항하지 못한 게 부끄러웠다. 하지만 엄마가 알게 되는 건 더 무서웠다. 남자는 말을 듣지 않으면 엄마와 같이 살지 못하게 하겠다고 협박했다. 강철 같은 엄마여도 하나뿐인 가족이었다. 그날부터 일주일간 남자는 매일 밤 청완을 건드렸다.

그리고 엄마가 낮 근무를 하는 한 주 동안에는 엄마에게 충실했다. 청완의 방문에 얇게 발린 창호지는 엄마와 남자의 소리를 거르지 못했다. 거친 호흡에 섞인 말소리는 또렷하게 들렸다.

"정말이지? 청완이도 아들로 받아주는 거지?"

"그래, 자기. 약속할게."

남자의 약속에 엄마는 더 뜨겁게 화답했다. 엄마는 남자가 온 후부터 화장을 했고, 청완을 부드럽게 대했으며, 반찬도 신경 썼다. 한 번도 보지 못한 행복한 기운이 엄마를 감쌌다. 청완은 그것들을 깨뜨리고 싶지 않았다. 남자가 자신의 몸을 지나간 뒤에는, 날이 밝기만 기다렸다. 학교에 가면 천사 같은 양호교사가 기다리고 있으니까.

청완은 날마다 양호실에 꽃을 두고 나왔다. 그녀처럼 달콤한 향을 가진 꽃이었다. 꽃을 발견한 양호교사가 환하게 웃으며 꽃 속에 얼굴을 파묻는 모습을 보는 게 좋았다. 앞에 나설 수는 없었다. 그녀는 청결하고, 자신은 오염됐으니까.

얼마 뒤, 교사 몇 명이 학교에서 파면되었다. 그런 일이 낯설지 않던 시절이었다.

쫓겨난 교사들은 학교로 들어오기 위해 시위를 벌였고, 아이들은 가로막힌 교문에 매달려 울었다. 그 속에는 청완도 있었다. 양호교사가 슬퍼했기 때문이다.

아이들은 문이 부셔질 듯 흔들어댔고, 청완이 마지막으로 문을 뜯어냈다. 닫힌 교문이 열렸다.

그 일은 문이 열리는 데서 그치지 않았다.

약봉지를 싸들고 다니며 하루도 공장을 결근한 적 없던 엄마가 학교로 찾아왔다.

"가족 말고는 다 네 걸 훔치려는 도둑놈들이야!"

상담실에서 지도교사 대신, 엄마의 가죽 허리띠가 벌거벗은 청완의 온몸을 휘감았다.

청완은 교문으로 달려 나간 아이들과 격려했던 교사들의 이름을 적어냈다.

엄마가 학교와 협의를 잘 마칠 수 있도록, 몇 개의 이름을 더 추가했다. 하지만 한 사람, 양호교사의 이름은 적지 않았다.

사흘간 정학처분을 받은 탓에 청완은 종일 엄마의 남자와 시간을 보내야 했다.

견디지 못하고 집을 뛰쳐나와 거리를 헤맸다. 커다란 유리창이 있는 빵집이 시선을 잡아챘다. 양호교사가 한 남자와 마주앉아 얘기 중이었다. 그는 쫓겨난 국어교사였다.

국어가 양호의 하얀 손 위에 손을 얹었을 때, 청완은 달려가 때려 눕히고 싶었지만 기다렸다. 곧 그녀가 저 손을 매섭게 뿌리치겠지. 하지만 양호는 국어의 손을 잡았고, 둘은 그렇게 한참을 바라보았다.

국어가 입을 달싹거리며 뭐라고 말하자 양호의 볼이 청완의 이불 속에서처럼 발그레해지더니, 두 사람은 택시를 타고 사라졌다.

그날 밤 청완은 고열에 시달렸다. 창호지 문 너머로 남자와 엄마의 맨살이 마찰하는 소리가 들렸다. 엄마는 달뜬 호흡을 뱉었다. 뒤엉킨 호흡 소리는 어느새 청완의 머릿속에서 국어와 양호로 변했다.

엄마와 남자. 국어와 양호. 청완은 문을 발칵 열고, 남자에게 달려들어 주먹을 날렸다. 더러워. 더러워. 더러워. 엄마의 가죽 허리띠가 매섭게 감겨왔다. 청완이 남자에게서 떨어져나갈 때까지.

며칠 뒤 양호가 자리를 비운 사이, 청완은 꽃을 두고 나왔다. 청완이 사랑했던 그녀처럼 희고 순결한 꽃이었다. 강둑을 휘젓고 다니며 어렵게 찾아낸, 아름다운 이별 선물이었다. 잠시 후, 양호실에서 비명이 울렸다. 양호교사의 얼굴에는 화상을 입은 것처럼 수포가 잔뜩 올라와 있었다. 그 뒤로 다시는 여자를 사랑하지 않았다.

청완의 마음속에는 아무것도 남지 않았다. 친구도, 여자도, 엄마도 사라졌다. 청완은 미친 듯이 공부에 열중했다. 어디든 지원할 수 있었지만, 원하는 대학은 딱히 없었다. 학교에서 받은 적성검사는 경찰이 어울린다고 했다. 의무적으로 기숙사에서 지내야 한다는 점이 마음에 들었다. 경찰대를 다니는 4년 동안 집에는 한 번도 가지 않았다.

졸업할 때가 가까워졌을 때 엄마가 세상을 떠났다는 연락을 받았다. 임종을 지킨 사람은 없었다고 했다. 눈물은 나지 않았다. 하지만 매일 밤 엄마는 부엌 하수구에 머리를 거꾸로 처박고는, 청완을 노려봤다. 잠결에도 그 좁은 구멍에 어떻게 머리를 우겨넣었는지 신기해서 몇 번을 되감았다. 유일한 가족이 사라진 기분은 표현하기 힘들었다. 미웠지만, 그렇게라도 보고 싶었다.

경찰대를 차석으로 졸업하고, 병역을 마친 후에 청완은 지방도시 지구대에 배치되었다.

지루하고 순탄한 날들이 이어졌다. 아무 일도 일어나지 않는 삶이란, 괴로운 일이었다. 처음엔 단순히 공허함을 달래기 위해 거리의 아이를 도왔다.

버려진 강아지처럼, 거리에서 잠들고 깨어나 먹을 것을 찾아다니는 아이는 많았다. 하룻밤의 잠자리와 한 끼의 식사를 위해 구걸을 했고, 그 이상의 일들도 서슴지 않았다.

청완은 순찰 중에 만난 갈 곳 없는 아이를 집에 데려가 밥을 주고 재웠다. 키가 크고 깡마른 열네 살 남자아이였다.

학교에는 가지 않은 지 오래되었다고 했다. 청완의 자취방은 원룸이었지만 깔끔했고, 부족한 것이 없었다. 아이는 집에 계속 오고 싶어 했다. 매일 근처에서 서성이며 청완을 기다렸고, 가끔씩 다른 아이를 데려오기도 했다. 꽤 가까워지자, 청완이 가족 같다고 말했다.

늘 조용하던 근무지에 큰 규모의 연쇄 강도사건이 발생했고, 청완은 며칠 만에 집에 들어가게 되었다. 불 꺼진 현관을 여는데 집 안에서 TV 소리가 났다. 바지춤에서 허리띠를 빼 오른손에 감고 슬 그머니 들어가 빠르게 불을 켰다. 후다닥 소리와 함께 철컥 방문이 잠겼다.

그는 방문을 걷어찼다. 열린 창에 커튼이 펄럭거렸다. 다들 도망 치고, 허겁지겁 옷을 걸친 채 혼자 남은 아이는 놀라서 아무 말도 하지 못했다. 방 안에는 소주병과 과자봉지, 양말짝이 뒹굴었다.

아이는 오른손에 허리띠를 감은 청완을 보자 바짓단을 붙잡고 버 리지만 말아달라고 매달렸다. 청완은 허리띠를 휘두르지 않았다. 다 만 아이가 다리를 안으며 절박한 눈으로 자신을 볼 때마다, 가슴속 에서 희열이 솟았다. 정확하게는 그게 무엇인지 몰랐다. 다만, 가족 같다던 아이의 말은 오래 남았다.

서른 즈음, 소개로 아내를 만났다. 아내가 임신했을 때, 여자의 배 를 빌어 태어날 자신의 분신에게 청완은 끔찍한 애정을 쏟았다. 그 런 헌신은 양호교사 이후 처음이었다. 그러나 아이들이 입을 떼고 처음 뱉은 말은 '엄마'였고, 여자에게만 달라붙어 청완에게 오는 것 을 꺼려했다.

온전히 차지하게 된 건, 아내가 사라진 다음부터였다. 하지만 시 간이 갈수록 아이들에게 자신은 껍데기에 불과했다. 매달리며 가족 이라고 말했던 아이가 생각났다. 청완은 비로소 원하는게 무엇인지 깨달았다.

다정했던 친구의 엄마, 부드럽던 양호교사, 강철 같던 엄마, 그 어 디에도 존재하지 않던 것이었다. 핏줄을 뛰어넘는, 진짜 가족. 자신 만 바라봐줄.

청완은 그런 가족을 만들기로 했다. 그리고 가족이 필요한 아이들은 생각보다 많았다. 다인은 그 중에서도 특별한 존재였다. 먹이를 보고 몰려드는 녀석들과는 달랐다. 환심을 사려고 노력하지도 않았다. 처음 만났을 때, 원하는 것은 하나였다.

"추운 곳에서 자기 싫어요."

겨울이었고, 곧 설이었다. 아동보호기관에서 나와 거리에서 10개월 정도 지냈다고 했다. 그때 청완은 이렇게 말했다.

"걱정하지 마. 이제 우린 가족이야."

다인은 곤충을 어디든지 데리고 다녔다. 가장 많이 하는 것도 곤충 이야기였다. 가족들도 다인의 곤충을 좋아했다. 청완은 다인이 하는 이야기들을 모두 들어주었다. 달리 뭔가를 해주지 않아도, 들어준 것만으로 행복해했다.

규칙을 잘 지켰고, 청완이 부탁하는 일이면 뭐든지 했다. 다른 가족 돌보기, 가족이 먹을 식량 관리하기, 가족이 아니더라도 도움이 필요하면 도와주기. 다인은 진심으로 그런 일들을 기뻐했다. 가끔 청완이 하는 고약한 장난도 잘 참고 견뎠다. 그때마다 다인은 이렇게 말했다.

"조가 세상에서 제일 좋아."

허리춤에 매달려 웃음 짓는 모습이 천사와 같았다.

청완은 곧 다인을 데려올 생각에 즐거워졌다. 어느새 청완의 회색 세단은 남동경찰서에 도착했다.

가뿐한 걸음으로 단숨에 3층까지 뛰어올라갔다.

형사과에 들어서자, 다들 의아한 눈빛으로 쳐다보았다.

형사과장이 수사팀에 합류하게 되었다고 대신 소개했다. 당혹스러워하는 서준의 눈빛과 부딪힌 청완은 묘한 쾌감을 느꼈다.

10

"나왔어요!"

CCTV 녹화화면을 몇 번씩 돌려보던 신입 수사관이 서준을 불렀다.

"보세요. 이 남자가 현장으로 걸어가고 있습니다."

양손에 축 늘어진 소녀를 안은 남자가 화면에 등장했다. 짙은 회색 점퍼의 후드를 뒤집어쓴 남자는 얼굴이 보이지 않았다.

"저게 뭐지? 확대 좀 해봐."

서준은 화단에서 걸어 나와 사라지는 남자의 등을 가리켰다.

사선으로 비껴서 촬영된 것이라 잘려진 모습밖에 볼 수 없지만, 점퍼 뒷면에 톱니 모양의 문양이 새겨져 있었다. 신입은 문양에 대해서 조사해보겠다고 했다.

두 번째 소녀의 신원은 쉽게 확인되었다. 이름은 신연미, 공교롭게도 예린과 같은 열세 살이었다.

사망한 직후에 발견되어 시신은 부패가 시작되지 않았다. 서준은 직접 관리사무소에서 CCTV 녹화 파일을 받아왔다. 첫 번째 소녀가 발견된 이후 입주자대표회의에서 일괄 교체한 CCTV는 다행히 고화질의 선명한 영상을 출력했다.

현장에 한번 모시겠다는 국립생물자원관 박사와의 약속은 지키지 못했다. 대신 소녀에게서 발견된 녹색 곤충의 감식을 의뢰했다. 이번에도 역시 시간이 필요했다.

"똑똑똑!"

청완이 서준 뒤에 서서 노크 소리를 흉내 냈다.

언제부터 있었는지 알 수 없었다. 인기척 없이 지켜보았다는 생각에 서준은 불쾌했다.

"먼저 나가보겠습니다."

신입이 슬그머니 자리를 피했다. 형사과는 다들 청완의 합류를 탐탁지 않게 여겼다. 사건 특성상 경찰청 여성청소년과에서 파견한 것이지만, 규철이 경찰공무원징계위원회에서 정직처분을 받은 후 관할서를 압박하는 표현이라는 걸 잘 알았다.

"가시죠."

청완은 빙그레 웃으며 재촉했다. 함께 피해자 소녀의 집을 방문해야 했다.

팀이 된 이상, 서준은 일할 때만큼은 불편한 감정을 감추기 위해 애썼다. 하지만 첫 만남에서 그가 했던 말들은 쉽게 가시지 않았다.

'유경위 얘기는 많이 들었어요. 아버지 얘기도.'

'소문보다 자상한 아버지였나 보죠?'

감추고 싶던 상처를 마구잡이로 쑤셔놓고 저렇듯 태연하게 대할 수 있는 건 대체 무슨 멘탈인가 싶었다. 죽은 아이 앞에서도 가출로 종결한 게 옳았다고 말할 수 있겠냐는 질문은 아직 하지 못했다.

"유서준 경위, 아동사건은 처음이랬죠?"

청완은 운전석의 서준에게 이미 아는 사실을 또 질문했다.

"아이를 잃어버린 부모들을 다 믿으신 안 돼요."

친근하면서도 훈시하는 태도는 여전했다. 그가 흘리는 웃음들은 유독 기분이 안 좋았다.

가온 신도시 외곽도로에 위치한 오래된 빌라가 소녀의 집이었다. 연한 녹두색의 페인트가 듬성듬성 떨어져나가 금이 간 것처럼 보였다.

건너편에는 비닐하우스가 연이어 있었다. 빌라 사람들의 것은 아니었다. 이곳 사람들은 대부분 가온지구가 개발되기 전부터 거주했지만 신도시로 입성하지 못한, 가장자리 사람들이었다.

소녀의 아빠는 안면이 있었다. 탁한 갈색의 얼굴빛, 기다란 하관, 황달기 있는 눈, 기름 냄새와 뒤섞인 술 냄새. 시신포기각서를 취소하겠다고 생떼를 썼던 그 남자였다. 기막힌 우연이었다.

'애들이 집을 나가는 건 대부분 부모 책임입니다.'

인정하긴 싫지만, 청완이 했던 말이 떠올랐다.

청완은 한번 어떻게 하는지 보겠다는 듯 서준에게 직접 하라며 고갯짓을 했다.

서준이 물었다.

"실종신고를 안 하셨던데요?"

"들어올 때가 되면 들어올 거라고 생각했죠."

남자의 대답은 간단했다.

"언제부터 집에 들어오지 않았습니까?"

"글쎄요, 살았는지 죽었는지 모르게 방에만 박혀 있다가 쥐새끼처럼 나가니까 뭐."

"평소에 따님이 자주 가던 곳이 있나요?"

"똥 마려운 강아지처럼 쏘다니는 걸 무슨 수로."

남자의 대답을 듣던 청완은 비웃음인지 쓴웃음인지 모를 웃음을 지었다. 서준은 개의치 않았다. 남자에게 물어서 더 나올 대답은 없었다. 유족의 절차는 한 번 해봤으니 설명하지 않아도 잘 알 터였다.

남자는 머뭇거리다 궁금한 것을 물었다.

"애들도 나오는 거죠. 그 장례비용 같은 거."

서준은 더 이상 상종하고 싶지 않았다.

청완은 싱글거리며 다른 곳을 보고 있었다. 쓰레기장 같은 거실 문 뒤에 숨어 아빠를 훔쳐보고 있는 남자아이들. 죽은 소녀의 동생들이었다.

아이들의 볼에는 희미한 멍 자국이 있었다.

서준은 술에 취해 주먹을 휘두르는 남자의 모습이 연상되었다. 집을 나서면서 서준이 남자와 실랑이를 하는 동안, 청완은 두 아이에게 다가가 만 원짜리 한 장과 연락처를 건넸다.

"아저씨에게 연락해. 언제든 필요한 일이 있으면."

탐문을 끝내고 돌아오는 차 안에서 청완은 물었다.

"전에 과장한테 장기결석아동 전체를 대상으로 수사하자고 했다면서요. 지금도 같은 생각이에요?"

"이 사건 때문이 아니더라도, 누군가는 해야 할 일입니다."

서준은 건조하게 대답했다.

"아직도 순수하시네. 저런 부모 밑에 사는 아이들은 살려고 나간 거예요."

"살려고 나갔는데, 죽지 않았습니까!"

서준은 들이박을 기세로 자기도 모르게 목청을 높였다. 청완과 대화만 나누면 평소와 달리 냉정을 잃게 되는 이유가 뭘까 속으로 생각했다.

때맞춰서 전화벨이 울렸다. 청완에게 온 전화였다.

서준은 창문을 내리고 열을 식혔다.

"누나가 자주 가던 곳이요. 공사장이었어요."

전화를 걸어온 것은 소녀의 동생이었다.

아이는 자신이 아는 대로 위치를 설명했다.

"고마워. 나중에 안내해줄래?"

전화를 끊은 청완은 곁에 있던 서준에게 아무 말도 전하지 않았다.

***

현지는 이웃집 여자를 피해 다인을 우겨넣다시피 집 안에 들여보내고, 현관에 붙은 벽보부터 떼어냈다.

사형부터 시키라니.

그 맹목적인 미움이 무서웠다. 미움에는 눈이 없어서, 언제든 누구에게라도 향할 수 있었다. 친절이 증오가 되는 건 한순간이었다.

"오늘은 일단 그런대로 지내고, 내일 집에 들러서 필요한 것들을 챙겨오자."

일을 마치고 들어온 현지는 다인의 가방을 챙겨 들었다.

"짐은 이게 다니?"

"아줌마가 저한테 왜 이러는지 모르겠어요."

한 번 앉지도 않고 곧 나갈 것처럼 서 있던 다인이 말했다.

현지는 돌려 말하고 싶지 않았다.

"도와줄래? 그놈을 잡을 수 있게."

잠깐이지만, 다인의 눈동자가 흔들렸다.

다인과 함께 지내기로 결정하면서 가장 많이 고민했던 건, 어느 방에 머물게 할지 결정하는 일이었다. 사내아이라 더욱 어려웠다. 예린의 방에 머물게 하고 싶지는 않았다. 결국 현지는 부모의 방을 쓰기로 하고, 자신의 방을 비웠다.

자신이 욕실이 딸린 방을 쓰는 것이 서로 편할 것 같았다. 만약의 경우, 이 방의 잠금장치가 더 튼튼했다.

하지만 다인은 현지를 전혀 신경 쓰지 않았다. 현지가 어디에 있든 혼자 있는 것처럼 행동했다. 집 안을 스캔하듯 한참 동안 한자리에 앉아서 속속들이 눈에 담고는, 다른 자리로 옮겨가며 같은 과정을 되풀이했다.

현지는 침대에 앉아 머리를 뒤로 기대었다. 방법이 떠오르지 않았다. 다인이 자신을 돕게 만들.

소년이 원하지 않으면 안 될 일이었다. 묻고 싶은 건 많은데, 대화는 계속 제자리였다. 문제가 뭘까. 그래도 한 가지는 알게 되었다. 소년은 편식이 심했다.

현지는 저녁식사를 준비하면서 다인의 마음을 얻기 위해 상당히 공을 들였다. 그런 밥상은 3년 만인 것 같았다. 하지만 다인은 거의 모든 음식에 손을 대지 않았다. 유일하게 젓가락이 갔던 것은 멸치조림이었다. 그 요리는 실패작이었다. 분량보다 설탕이 많이 들어가

과자처럼 딱딱했다. 다인은 고집스럽게, 멸치조림만 먹어댔다.

하루 종일 신경을 곤두세웠던 현지는 언제 그랬는지 모르게 잠이 들었다. 눈을 뜨자마자 잠금장치가 무사한지 확인했다. 이상 없었다. 방에 들어오려고 했던 흔적도 보이지 않았다.

침대 밑에서 상자를 꺼냈다. 칼, 드라이버, 망치 같은 것들을 모아둔 상자였다. 소년을 데려오기 전 집 안에 흉기가 될 만한 건 모조리 거기에 넣었다. 현지는 문득 그런 자신이 우습다고 생각했다. 소년의 도움을 얻으려면 이런 식으로는 안 되었다. 상자를 들고 나가 제자리에 모두 돌려놓았다.

아침상을 차린 후 다인의 방을 노크했다.

아무런 대답이 없었다.

조심스럽게 방문을 열었다. 심장이 철렁 내려앉았다. 침대가 비어 있었다. 방마다 몇 번씩 들여다보았지만 보이지 않았다. 욕실은 사용한 흔적조차 없었다.

밤에 나간 걸까. 아침에는 전혀 기척이 없었는데, 거실에서 지키지 않고 잠들어버린 스스로를 원망했다.

어디로 갔던지 간에 찾아내야겠다는 생각이 들었다. 혹시라도 남았을 흔적을 찾기 위해 다인을 재웠던 방을 다시 열었다. 침대 밑과 책상 아래까지 샅샅이 뒤졌다. 마지막으로 옷장을 열었다. 좁고 어두운 거기에 다인은 웅크리고 잠들어 있었다.

안도의 숨을 쉰 현지는 조용히 옷장 문을 닫았다.

다인이 깨어날 때까지 오래 걸리진 않았다. 저녁과 마찬가지로 아침에도 다인은 멸치조림 외에는 거의 먹지 않았다.

현지는 다인을 태우고 달빛마을로 갔다. 다인이 들어가서 필요한 짐을 챙기는 동안, 현관 앞에서 기다렸다.

항상 딸의 전단을 부착하기 위해 오던 곳에 딸을 영영 잃고서 다시 오는 건 생각보다 훨씬 별로였다. 동 1층 게시판에 아직도 현지가 붙인 전단이 그대로였다. 관리실에 지불한 광고료 기한이 남았기 때문인 것 같았다. 무심한 사람들. 현지가 사는 곳과 다인이 사는 곳의 사람들 온도는 이렇게나 달랐다.

긴 시간이 지났지만 다인은 집에서 나오지 않았다. 현지는 껄끄러움을 무릅쓰고 안으로 들어갔다. 집 안은 온통 전쟁터였다. 현관부터 발 디딜 틈이 없었다. 무너진 신문더미는 아무렇게나 한곳으로 대강 모아졌고, 이불과 옷가지들, 자질구레한 살림살이들이 여기저기 흩어졌다. 방문은 부서져서 거실 벽에 세워져 있었다.

현지는 그 속에서 보지 못할 거라도 나올까 봐 인상을 찌푸렸다. 뭐가 나오든 이상하지 않은 풍경이었다.

'모방범일 수도 있고, 공범일 수도 있어요. 나이보다 전과가 많은 게 요즘 애들입니다. 자기들끼리 가출팸을 만들어서 온갖 짓을 벌이는 게 그런 녀석들이라고요.'

구치소에서 형사가 소리 지르던 때를 떠올렸다.

정말 그렇다면, 딸은 이곳에서 같이 지냈을지도 몰랐다. 아니, 바로 여기에서 목숨을 잃었을지도. 현지는 냉정을 되찾으려 애썼다. 여기였다면 형사들이 몰랐을 리가 없었다. 앞뒤가 맞지 않는 상상이었다. 상상이 이성을 앞서나가면 괴로웠다.

'이다인은 살인자가 아니다'

매직으로 쓴 피켓이 거실 바닥에 놓여 있었다. 그 소년이 들던 것이었다.

소년은 형사들이 왔다간 뒤 엉망이 된 집 안을 제대로 정리하지도 못한 채 밖으로 정신없이 뛰어다녔을 거였다. 아마 다인도 피켓을 보았을 것이다.

현지는 어지럽게 흩어진 신문더미와 옷가지, 살림살이들을 눈에 들어오는 대로 정리했다. 집 안에 배인 달고 끈적한 향이 느껴졌다. 조금씩 마음이 가라앉았다.

방문이 뜯겨나간 큰 방에서 다인이 나왔다. 검은 비닐봉지와 라면상자를 들고 있었다. 봉지 안에는 몇 벌의 옷이, 라면상자 안에는 곤충이 있었다. 주로 딱정벌레였다. 대부분 말라 죽어버리고, 살아남은 친구들이 거의 없다고 했다.

곤충을 데려가도 된다고 허락했을 때, 다인은 처음으로 웃어 보였다.

***

승호는 조를 만나러 왔다. 숲속 회색지붕의 집과는 전혀 다른 곳이었다. 정말 성처럼 생긴 곳이었다.

성곽 모양의 꼭대기에 빨간 깃발이 나부꼈다. 집에는 이름도 있었다. 이름은 큼직한 글씨로 써 있어서 멀리서도 쉽게 알아볼 수 있었다. 숲에서 멀리 떨어진 곳은 아니었다. 단지 승호는 가본 적 없는 새로운 곳이었다. 숲이라고 말할 때면, 왠지 손바닥으로 다 가릴 수 있을 만큼 작고 포근한 느낌이 들지만 막상 안으로 들어가면 숲속에 숲이 있고, 그 속에 또 다른 숲이 있었다. 포장지를 벗기고 열어보면 계속해서 또 다른 상자가 들어있는, 마법상자 같았다.

아는 길로만 다녀. 여기선 길을 잃으면 안 돼.

그래서 회색지붕의 조는 그런 규칙을 세운 거였나 보다.

빨간 깃발이 나부끼는 성으로 가는 길에는 '보신탕', '오리탕' 같은 나무판자로 팻말을 덧댄 집들이 있었다.

'냉면', '불고기'처럼 승호가 좋아하는 음식의 이름도 간혹 눈에 띄었다. 하지만 승호는 한눈 팔지 않고 조가 있는 새 집으로 곧장 향했다. '무인모텔' 네 글자가 승호를 반겼다.

이곳에 조가 있다는 생각을 하자, 마음이 급해졌다.

조에게 하고 싶은 말이 많았다. 약속을 지키지 않고 규칙을 어긴 것들부터, 자신이 저지른 끔찍한 일까지. 정말 그럴 생각은 아니었다고.

하얀 커튼 같은 것을 들추고 들어가자 텅 빈 주차장이 나왔다.

오른쪽 벽에 '무인정산시스템'이라는 자판기가 서 있고, 바로 옆에 승강기가 있었다.

승호는 이곳을 가르쳐준 아저씨가 말한 대로, 승강기를 타지 않고 구석에 있는 철계단을 이용해 위층으로 올라갔다. 직원전용이라고 써 있는 문을 열었다.

조, 내가 왔어.

***

다인은 차 안에서 자꾸만 뒤를 돌아보았다. 현지는 룸미러를 만졌다.

지난번처럼 따라오는 차가 있는지 살폈지만, 그건 아니었다. 멀리 숲 말고는 보이는 게 없었다.

"또 들려야 할 곳이 있니?"

현지가 물었다. 무릎 위에 라면상자를 안고 있는 다인은 고개를 저었다.

지하주차장에 도착한 현지는 다인의 검은 비닐봉지를 대신 들었다. 다인은 상자 안을 들여다보느라 상관하지 않았다.

아파트 동으로 들어가는 출입문 앞에 한 무리의 사람들이 모여 있었다. 그들은 현지와 다인을 보자 웅성거렸다. 그 속에 이웃집 여자가 다인을 가리켰다.

"저 애예요."

현지는 다인을 자신의 뒤로 잡아끌었다.

아파트 노인회 회장이 다가왔다. 그리고 몇 사람 더. 예린의 장례식에도 왔던 사람들이었다. 나머지는 출입문을 방패처럼 길게 막아섰다.

"비키세요."

"못 들어가."

"왜 이러세요, 정말!"

"꺼져, 이 살인마 자식!"

현지는 노인회 회장과 실랑이를 하고, 사람들은 다인에게 험한 말을 퍼부었다.

"누구한테 뭘 받았는지 모르겠지만, 들어가려면 저 녀석은 놓고 들어가."

"내 자식이 죽었어요. 이런 억지가 어디 있어요!"

참지 못한 현지는 소리를 질렀다.

노인들과 남자들 그리고 여자들은 현지와 다인을 에워쌌다.

그들 중 누군가 팔을 뻗어 다인을 잡아끌었다.

"저게 뭐야!"

라면상자 안에 곤충이 있는 것을 본 여자가 기겁해서 외쳤다.

사람들은 다인에게서 곤충을 뺏으라며 아우성을 쳤다. 라면상자를 향해 팔들이 덤벼들었고, 다인은 상자를 안은 채 바닥에 웅크렸다.

팔들은 다인의 옷자락과 어깨, 머리채를 잡아끌었다. 순식간에 사람들의 무리 속에 딸려 들어간 다인에게 더 많은 팔과 다리가 덤볐다. 현지는 사람들을 밀치고 다인을 감쌌다.

"애한테 왜 이래요!"

"이 자식은 살인마야!"

"이 아이는 아니에요. 아직! 아직은. 지금 재판 중이잖아요."

현지는 가슴을 꽉 틀어쥐는 것처럼 숨이 막혔다.

관리사무소 직원들이 도착했다. 그들은 어떤 행동도 취하지 못한 채 난감해했다.

"경찰까지 부를까요?"

현지의 말에, 그제야 직원들은 가로막는 이들을 설득하기 시작했다.

"저 여편네 때문에 아파트 값 다 떨어진다고!"

누군가 직원에게 항의하듯 내뱉었다.

현지는 실소가 터져 나왔다. 그들은 처음부터 예린의 죽음엔 관심이 없었다. 집값만 떨어지지 않는다면. 자기 영역만 안전하다면. 내일도 해가 뜬다면.

거실에 불을 켜는 것도 잊은 채, 다인의 존재도 잊은 채 현지는 바닥에 주저앉았다.

외로웠다. 예린이 사라진 시간 동안 혼자 싸우면서도 외롭다고 느낄 여유조차 없었지만, 지금은 그랬다.

"괜찮으세요?"

뒤늦게 머리와 옷이 헤집어진 다인이 눈에 들어왔다.

다인은 계속 현지를 기다리고 있었다.

"아까 왜 그랬어요? 사람들한테."

다인이 물었다.

"뭘?"

"내가 아니라고 했잖아요."

"아직은…… 이라고 했지."

"아무튼요. 왜 그랬어요?"

왜 그랬을까. 우리 형은 살인범이 아니에요. 그 아이가 그렇게 말했지. 현지는 혼잣말처럼 말했다.

"그냥. 그렇게 말하는 사람이 한 명은 있어야 할 것 같아서."

다인은 작은 녹색 노트를 현지에게 건넸다.

"여기 온 첫날 찾았어요."

"이게 뭐니?"

"보세요."

현지는 노트의 첫 장을 펼쳤다.

엄마, 살고 싶어. 다른 아이들처럼.

잊을 수 없는 예린의 글씨였다. 현지는 심장이 뛰었다.

"이걸 어디서 찾았니?"

"저기요."

다인은 온갖 잡동사니들이 빽빽하게 꽂혀 있는 책장을 가리켰다.

자신은 3년 동안 보지 못했는데, 다인은 한 번에 찾았다.

예린에게 이런 일기장이 있는 줄은 몰랐다. 책장을 한 번도 찾아보지 않았던 건, 무엇 때문이었을까. 처음 이 집에 온 소년만큼도 엄마인 자신은 아는 게 없었다.

현지는 애써 감정을 눌렀다.

"고마워. 나중에 볼게."

이 일기장을 엄마라고 부르기로 했어.

보고 싶은 엄마. 나 때문에 고생하는 엄마.

매일 엄마가 들어오기 전에 잠들지 않게 해달라고 기도해.

바보같이 어제도 자고 말았어. 오늘은 자지 않을 거야.

엄마. 미희는 펑펑 울면서 집에 갔어.

미희는 나쁜 애가 아니야.

내가 아무리 달래도 소용없었어. 엄마도 다른 엄마들이랑 똑같아?

엄마 때문에 난 하나뿐인 친구를 잃었어.

엄마, 어지러워. 기분이 이상해.

피씨방에서 나는 이상한 냄새야.

죽고 싶다니까 이걸 하면 괜찮아질 거랬어.

미안해. 다시는 못된 짓 안 할게.

엄마. 담임이 나는 구원받지 못할 거래.

구원이 뭐야? 엄마는 천국에 가봤어? 나는 천국에 갈 수 있을까?

엄마. 불쌍한 우리 엄마.

보고 싶어.

어두컴컴한 방, 스탠드 불빛을 받은 예린의 글씨가 출렁였다.

현지는 딸의 노트를 가슴에 끌어안았다.

자기 때문에 밤낮으로 일만 하는 엄마를 걱정하면서, 한편으로는
외로웠던 마음이 그 안에 고스란히 담겨 있었다.

자신이 가지지 못한 모든 것을 딸에게 주려고 했지만, 현지가 그
리워했던 것을 예린도 똑같이 그리워하고 있었다.

흐르는 눈물을 닦아냈다. 울 자격도 없는 엄마였다.

*＊＊

승호는 아이들이 바글거리는 허름한 방에서 눈을 껌벅이며 TV에
열중했다.

어른들이 서로를 속여먹으며 달리고 또 달리는 프로그램이었다.
오래된 에어컨에서 내뿜는 곰팡이 냄새 때문에 머리가 아팠다. 좁
은 공간은 산소가 부족했다.

지금 지내는 곳은 천국과 거리가 멀었다. 오히려 지옥에 가까웠
다. 다정한 천국 같은 회색지붕 집의 주인은 여기 없었다.

"조를 만나러 왔어요."

"우리 다 조를 만나고 싶어 해."

무인모텔에 조를 찾아온 승호를 무서운 형은 비웃었다. 형은 이 집의 가장이었고, 이름은 정우였다. 가장 외에는, 조를 만날 수 없다고 했다.

"나돈데. 나도 가장이 될 거라고 그랬어요."

그랬다. 분명 조는 승호에게 회색지붕 집의 가장이 될 거라고 말했다. 하지만 무서운 형은 듣지 않았다. 집이 바뀌면, 가장도 달라지는 거라고만 했다.

규칙도 달랐다. 출입은 밤 10시 이후에, 승강기 대신 직원용 계단만 사용, 샤워는 일주일에 한 번, 빨래는 보름에 한 번, 물과 전기는 아껴 쓰기, 비밀엄수, 가장의 말에 절대 복종할 것.

그 외에도 가장이 일러준 규칙은 외우기 힘들만큼 많았다.

"형, 배고파."

"쉿! 조용히 해."

승호 옆에 누워 TV를 보던 형제가 소곤거렸다.

승호보다 조금 먼저 들어왔고, 승호보다 조금 어렸다. 가장에게 주눅이 든 형제는 항상 소곤거리며 말했다.

둘은 사라진 누나를 찾는다고 했다. 아마도 태풍이 데려갔다고.

승호도 배가 고팠다. 여기서는 그날 벌이를 하지 않으면 굶어야 했다. 아르바이트든, 지갑을 훔치는 일이든 중요치 않았다.

일을 구하는 건 쉽지 않았기 때문에 대부분의 아이들은 가장이 정해주는 일을 했다. 수시로 눈을 껌벅거리는 승호는 사람들 눈에 금방 띄었다. 빈손으로 들어오는 날이 허다했다. 하지만 오늘은 달랐다.

승호는 TV에 지친 아이들이 어서 곯아떨어지기만을 기다렸다. 관심을 끌어서 자신이 힘들게 구한 보물을 뺏기고 싶지 않았다.

어린 형제도, 다른 아이들도 모두 하나둘 잠에 빠져들자 살금살금 모텔을 빠져나가 맞은편 골목으로 달렸다. 건강원, 자동차공업사, 미용실, 불 꺼진 간판을 차례로 지났다.

셀프빨래방. 24시.

하얀 간판에 깔끔하게 그려진 하늘색 글씨가 승호를 불렀다.

'세탁대행서비스 이용법'이라고 적힌 설명문 아래 세탁물을 모아놓는 상자가 나란히 있었다. 그곳엔 항상 모텔에서 맡겨놓은 침대 시트 같은 것들이 들어 있었다.

승호는 빨래방에 달짝지근한 음료를 공짜로 뽑아 마실 수 있는 자판기와 막대사탕이 있다는 걸 알게 된 후 자주 시간을 때웠다. 손님이 거의 없었고, 지켜본 바에 의하면 아침에만 오는 빨래방 직원은 한밤중에는 세탁물을 돌리지 않았다.

오늘 마트 주차장에서부터 가득 채워져 있는 카트를 통째로 끌고여기로 달렸다. 얼마나 열심히 달렸는지, 달리는 동안 눈 껌벅임도 멈췄다.

당장에 모텔로 가져가고 싶었지만 보는 눈이 너무 많았다. 아이들이 달려들어서 남아나지 않을 게 뻔했다. 보물들을 감추기엔 이곳이 딱이었다.

세탁물함의 전자키 비밀번호는 항상 같았다. 승호는 이런 생각들을 혼자 해냈다는 것이 스스로 너무나 대견했다. 당장에 누군가에게 자랑하고 칭찬을 받고 싶은데, 그럴 수 없다는 게 아쉬웠다.

두근두근하며 비밀번호를 눌렀다. 상자를 열고 둘둘 말려 있는 침대시트를 찾았다. 이상했다. 세탁함은 텅 비어 있었다.

그제야 승호의 귀에 기계음이 들렸다. 뒤편에서 코인세탁기가 작동하고 있었다. 동그란 유리 뒤로, 빙글빙글 돌아가는 침대시트가 보였다.

한밤중에는 세탁물을 돌리지 않는다는 생각은 틀렸다. 승호는 세탁기를 멈추려고 애썼다. 하지만 아무리 해도 세탁기 문은 열리지 않았다. 문득 승호가 숨겨둔 보물에 비해, 세탁기 안에 돌아가는 것들이 적다는 생각이 들었다. 거품 때문에 내용물이 잘 보이진 않지만, 확실히 그랬다. 직원이 빨래를 하기 전 세탁물 사이에 있는 것들을 빼돌린 것이다. 승호는 절망스러웠다.

그때 한구석에 가지런히 쌓여 있는 마트 물품들이 보였다.

다행히 직원은 보물에 관심이 없었다. 승호는 행복한 웃음을 지었다. 배가 고프다던 아이에게 아주 조금 나눠줘도 될 것 같았다.

***

현지는 다인의 곤충을 위해 커다란 나무 상자를 구해왔다.

보기 싫게 망가진 라면상자를 보면 험상궂던 사람들이 생각났다. 다인이 상자에 했던 대로 정성스럽게 톱밥을 깔고, 라면상자에 들었던 곤충들의 살림을 옮겨 새 보금자리를 장만했다.

"이렇게 하면 되니?"

현지는 톱밥 위에 분무기를 뿌리면서 물었다.

다인은 분무기를 가져가 다시 시범을 보였다. 균일하게 퍼져나가는 가느다란 물줄기가 촉촉하게 톱밥을 적셨다.

곤충과 함께 있는 다인은 한결 부드럽고 편안했다.

다인은 곤충에게 저마다의 특징에 맞게 사람처럼 이름을 지어 불렀다.

'먹충이'라고 이름 지은 검정 딱정벌레는 사람처럼 눈물을 흘렸다.

새끼를 낳으면 눈물을 흘리는데, 엄마로부터 그 눈물을 받지 못한 새끼들은 절반 이상 자라면서 죽는다고 했다. 하지만 다인이 흘린 눈물로 그 아이들은 죽지 않고 살아남았다. 그래서 다인은 자신이 '먹충이'들의 엄마라고 말했다.

"하필 왜 이름이 먹충이야?"

다인은 망설이다가 대답했다.

"동생을 먹충이라고 불렀어요."

먹충이는 죽은 동생의 몸에서 태어났다고 했다. 산 중턱에 있던 얼어붙은 빌라에서 다인이 처음 딱정벌레를 알게 된 그 아이들이었다.

"이 아이는 이름이 뭐니?"

현지는 하얗게 꼬물거리는 애벌레를 보고 물었다.

"에메랄드."

"왜? 이렇게 하얀데?"

"어른이 되면 녹색으로 반짝거려요."

"아……."

고여 있던 현지의 우물에 물방울이 떨어졌다.

"이 아이가 그 아이구나."

다인은 말없이 고개를 끄덕거렸다.

현지는 명치끝이 저릿했지만 내색하지 않았다.

"원래는 뭐라고 부르는데?"

"책에 나오는 이름이요? 그런 건 잘 몰라요. 그냥 에메랄드라고 불러요."

"사람들이 부르는 이름이 중요하지 않아?"

"전 그냥 털북숭이라고 하면 누구인지 아는 걸요. 저한테 중요한 건 그거예요."

아마 털북숭이는 친구일 테지. 현지는 이름에 대해 더 묻지 않았다.

다인은 하얀 에메랄드 애벌레를 손톱 위에 올렸다.

"유난히 이 아이를 아끼네."

"제가 부르면 어디서든 올 거니까요. 그러면 천국에서도 혼자가 아니에요."

다인은 잔잔하게 말했다.

에메랄드는 다인의 가장 가까운 친구였다.

납작한 이마에, 온몸이 보석처럼 반짝이는 친구를 본 순간 한눈에 반해서 항상 몸에 지니고 다녔다고 했다. 신기하게도 에메랄드는 산불이 나면 수 킬로미터 떨어진 곳에서도 가장 먼저 알아보고 달려오는 아이였다. 자신은 죽게 된다면, 불에 타서 죽고 싶다고 했다. 어디서든 친구들이 알아보고 올 수 있도록.

그러면 자신도 친구들처럼 녹색 빛의 찬란한 날개를 가진 모습으로 변신해서 함께 할 거라고. 머무는 곳마다 에메랄드 애벌레를 풀어줬다고 했다. 어른이 돼서 만나자는 약속과 함께.

아직 열다섯 살인 소년은 그렇게 자신이 죽는 순간을 준비하며 살아가고 있었다.

현지는 늘 혼자였던 딸이 이젠 더 이상 외롭지 않을까 생각했다. 예린의 천국은 어떤 모습일까, 그리고 이 아이는. 내가 사랑하는 건 모두 곤충으로 태어나요. 법정에서 다인이 한 말이 비로소 이해되었다. 하지만 여전히 같은 곤충이 왜 예린에게 있었는지는 이해되지 않았다.

"검사는 네 친구가 내 딸을 잡아먹은 것처럼 말했어."

현지의 말을 들은 다인은 안색이 어두워졌다. 현지는 정말 궁금한 것을 물었다.

"네 친구가 왜 예린이와 함께 있었는지, 알 것 같니?"

생각에 잠기던 다인은 고개를 저었다.

현지는 다인이 곤충을 풀어준 곳이 어디일까 궁금했다.

그곳에 단서가 있지 않을까.

조금만 더 말해준다면 좋을 텐데.

"숲에 다녀오고 싶어요."

다인이 주저하다가 말했다. 현지는 짧게 대답했다.

"그래, 데려다줄게."

외곽도로를 통해서 숲에 도착한 현지는 산책로 입구에 주차했다.

멀리 시선을 두면 언제나 보이는 숲이지만, 와본 것은 처음이었다. 올 여유도, 와야 할 이유도 없었다.

차에서 내리자, 바람에 실린 소나무향이 머리를 맑게 했다.

산책로 안내 팻말에는 코스와 경과 시간 등이 상세히 설명되어 있었다. 해가 지기 전에 어디까지 다녀올 수 있을까 계산해보는데, 다인이 보이지 않았다.

다인은 산책로 오른쪽, 좁은 길로 올라가고 있었다. 사람이 다닌 흔적이 거의 없는 길이었다.

왜 그쪽으로 가는 거야?

현지는 의아했지만 질문을 삼켰다. 남들이 가지 않는 길은, 남들이 모르는 비밀을 간직할 수도 있었다.

다인을 따라 오르는 길은 더뎠다.

다인은 한 걸음 내딛을 때마다 온갖 풀과 나무에 한 번씩 눈맞춤을 해주고는, 걸음을 떼었다.

무엇 때문인지 알지도 못한 채 그저 따라가는 입장에서는 지루할 뿐이었다. 한참 만에 평탄한 곳이 나왔다. 삼십 여 분이면 충분했을 거리를, 두어 시간은 걸린 것 같았다.

현지는 그루터기에 걸터앉아 땀을 식혔다. 인내심은 거의 바닥나 있었다.

이젠 좀 말해줄래, 왜 여기로 온 거니. 물어보려는데, 다인의 얼굴이 기쁨으로 빛났다.

바람을 타고 녹색 날개가 춤을 추듯 다인을 향해 날아왔다. 에메랄드였다.

여기 있었구나.

현지는 곤충의 실마리를 살짝 잡은 듯했다.

다인은 마냥 반가워서 어쩔 줄 몰라 했다. 에메랄드를 손등에 올리고 눈을 맞추고는, 공중에 날렸다.

에메랄드는 몇 바퀴 돌다가 다시 다인의 손등에 앉았다. 햇빛을 반사하는 에메랄드의 녹색 날개만큼 다인의 웃음도 환하게 반짝였다.

이 아이에게 이런 웃음이 있었구나.

현지는 처음 보는 소년의 웃음이 생경했다. 애타게 찾던 녹색 곤충을 숲에서 만난 것보다, 시실은 그게 더 놀라웠다.

숲에는 곤충이 있고, 아이는 웃는 게 당연한 건데. 당연한 일이 왜 당연하지 않을까.

현지는 걸터앉은 그루터기에 난 노란버섯을 무심코 뜯었다.

"먹으면 안 돼요."

다인이 다급하게 말했다.

"그 버섯은 독이 있어요."

현지는 버섯을 다시 봤다. 느타리처럼 생긴 평범한 노란 버섯이었다.

"괜찮아 보이는데?"

"꿈꾸는 것처럼 변하다가, 정신을 잃어요."

환각버섯인가? 어렴풋이 책에서 본 기억이 난 현지는 바닥에 던 졌다.

뒤집어진 버섯 갓에서 까만 것이 조금씩 움직였다. 쪼그려서 자세히 들여다보니 검은 몸에 노란 점이 박힌 곤충이었다.

"이런 곳에도 곤충이 살고 있네."

"어디든 곤충이 있어요."

감탄하는 현지에게 다인이 말했다.

"곤충은 좋아하는 것만 먹어요. 그래서 좋아하는 먹이 근처에 사는 거예요."

"이 버섯엔 독이 있다면서?"

"얘들은 아줌마가 생각하는 것보다 훨씬 영리해요. 맛으로 뭐든지 구별할 수 있어요."

현지는 궁금해졌다. 내 딸에게 있던 그 곤충들은 뭐에 끌린 걸까.

"그럼 에메랄드는 뭘 좋아하니?"

다인은 바로 대답하지 않았다.

"에메랄드는…… 육식을 하지 않아요."

단지 그렇게만 말했다.

그것으로도 한 가지는 알았다. 검찰의 주장은 또 틀렸다. 곤충은 예린의 말라붙은 피부를 갉아먹지 않았다. 육식을 하지 않는다는 건, 다른 이유가 존재한다는 의미였다.

현지는 다인의 어깨 위를 비행하는 에메랄드를 바라보았다.

이곳에 뭐가 있을까.

그때 다인이 주머니에 넣어둔 하얀 에메랄드 애벌레를 꺼냈다.

다인은 쓰러진 나무에 버티고 있는 노란 버섯 옆에 애벌레를 올렸다. 거기가 애벌레의 새 집이었다. 노란 버섯이 있는 곳에 곤충이 자라는 거였다.

현지는 지금 자신과 다인이 있는 주변에 노릇노릇한 것들이 잔뜩 올라온 사실을 깨달았다. 에메랄드는 눈앞을 날았고, 현지는 해야 할 일을 알았다.

수풀에서 나는 발자국 소리는 듣지 못했다. 현지는 노란 환각버섯에 빠져서 다인이 사라진 것을 알지 못했다. 조금 뒤, 다인은 돌아왔다.

***

"옛날에 딱지만 받았어도 이 꼴은 안 당하고 살았어!"

두번째 소녀, 연미의 아빠인 남자는 서준을 잡고 고래고래 소리를 질렀다.

"마누라도 모자라서, 애새끼들은 다 사라지고. 당신들 어쩔 거야!"

남자는 지난번보다 술 냄새가 더 강하게 풍겼다. 아이들이 사라져서 분이 난 건지, 오래전 아파트분양권을 받지 못한 화를 푸는 건지 알 수 없었다. 형사들이 애들을 데려갔다며, 찾아내라고 우격다짐을 했다.

"왜 여기서 억지를 부리십니까!"

"내 새끼들 데려와! 당장 데려오라고!"

의경이 서준에게서 억지로 남자를 떼어내 형사과 밖으로 끌고나갔다. 남자는 끝까지 고함을 멈추지 않았다. 그가 휘두르던 주먹에 입구에 있던 화분이 깨졌다.

신입에게 통화기록을 받아든 서준은 바로 청완에게 전화를 걸었다.

"이청완 경위님, 통화 괜찮으십니까?"

청완이 있는 전화기 너머는 고요했다.

"말씀하시죠."

"유연미 피해자 동생과 통화한 적 있으십니까?"

"네, 있죠."

청완은 순순히 인정했다. 애써 흥분을 누르는 서준의 목소리는 떨렸다.

"아이들이 실종되었답니다. 무슨 이야기 나누셨습니까?"

"별 이야기 없는데."

"통화 시간이 동반 탐문할 때던데요. 왜 저에게 말씀 안 하셨습니까?"

"이젠 내 기록도 조회하셨어?"

"실종피해자 기록을 조회한 겁니다."

"별거 없으니까 말을 안 한거지. 뭘 그렇게 따져요?"

"동반수사에서 공유는 기본 아닙니까!"

"실종아동이 여청 담당이지, 형사 담당이야? 그걸 내가 왜 유경위한테 보고해!"

서준은 격분했고, 청완은 버럭 소리를 질렀다. 통화는 끊어졌다.

청완이 팀에 합류한 이후 위태하던 둘의 관계는 깨졌다. 더 이상 한 팀이 아니었다.

"저기…… 경사님."

신입이 주저하다 서준을 불렀다.

서준은 간신히 냉정을 찾았다. 통화하는 동안 곁에서 기다린 걸 잊었다.

"어, 그래."

"지난번 CCTV에 나온 마크를 조사한 겁니다."

서준은 신입이 건넨 출력물을 훑었다.

"단체나 기관, 학교, 동호회 같은 것도 다 찾아봤어?"

"이경위님이 기업 먼저 달라고…… 곧 드리겠습니다."

신입은 난감해하며 대답했다.

서준은 이청완이 언급되자 자기도 모르게 어금니를 깨물었다. 자료를 넘기는 손에 힘이 들어갔다.

등록된 상표를 조회한 자료는 꽤 두툼했다. 이건택배, 동산식품, 크라운제지, 그린베이커리, 오성정밀……. CCTV에 등장한 남자의 등판에 있던 톱니 문양으로 추정해볼 수 있는 상호명은 셀 수 없이 많았다.

검토할 자료가 쌓여갈 때마다 검은 안경을 끼고 안개 속을 헤매는 기분이었다. 안개 속에서는 누군가 끊임없이 그의 이름을 불렀다.

그때 강력2팀 대각선 방향 형사1팀이 일제히 일어났다.

'어린애라는데!' 하는 말이 언뜻 들렸다. 서준은 그중 나이 지긋한 형사를 잡았다.

"무슨 일입니까?"

"도난사건인데, 용의자가 어린애야."

"혹시 실종접수가 된 애입니까?"

"그건 모르겠고, 집 나온 건 맞는 것 같고."

형사는 재빠르게 대답하곤, 동료를 따라나갔다.

서준의 안테나가 날카롭게 섰다. 어쩌면 피해자의 동생일지도 몰랐다.

"뭐? 잔뜩 있어?"

형사과장의 무전이 울렸다.

"저기 지원 좀 해줘!"

과장이 외치는 소리에 반사적으로 서준은 쫓아 뛰어갔다.

애송이.

통화를 끊어버린 청완은 귀엽다는 듯 웃었다. 감정을 억누르느라 떨리던 서준의 목소리는 내면 깊은 곳을 자극했다. 과거와 현재가 만나는 그 어떤 곳. 계획만 마무리되면 좀 가르쳐야 되는데.

손부터 먼저 봐줄까. 서준이 태연하려고 애쓸수록 감춰진 여린 얼굴을 꺼내고 싶은 욕망이 커졌다. 소리 지르고, 화내고, 울면서 매달리게 하고 싶었다. 그럼 조가 이렇게 말해줄 텐데. 괜찮아, 꼬맹아.

하지만 지금은 더 급하고 중요한 일이 기다렸다.

청완은 인조벽돌이 장식된 무인모텔로 걸음을 재촉했다. 우뚝 선 노란 에어 기둥이 그를 맞았다. 대실 2만원, 숙박 5만원. 저렴한 가격이었다.

로비 한가운데, 무인정산기 터치 화면에서 화려한 녹색방을 서둘러 찾았다.

관리실에서 젊은 남자가 튀어나와 깍듯이 인사했다.

"이 방 맞지?"

"네, 이걸로 들어가시면 됩니다."

마스터키를 내미는 남자의 손끝이 부들거렸다.

청완은 그를 쏘아보았다.

"요즘도 약 하나?"

"끊었습니다, 형사님. 정말이에요."

"애들은?"

"이제 안 받습니다."

청완은 경멸하는 눈으로 키를 집어 들었다.

약쟁이와 거짓말쟁이. 남자는 그가 싫어하는 둘 다였다. 수사에 협력하지 않았다면, 벌써 불법영업으로 집어넣었을 거였다.

여성청소년과 아동청소년계에서 청완이 주로 담당하는 사건은 실종, 학대, 성폭력, 학원폭력 같은 것들이었다.

하늘마을 수사팀에 합류하기 직전까지 주력한 것은 성매매 신상정보에 등록된 놈들을 터는 것이었다.

모텔 남자의 진술은 거기에 별 도움이 되지 않았다. 청완이 찾는 놈이 자신의 단골고객이었다는 것 말고는 아는 게 없었다. 결국 하나부터 열까지 직접 수고해서 알아내지 않으면 안 되었다.

청완은 형사에게 책잡히지 않으려고 벌벌 떠는 남자를 뒤로 하고, 승강기에 올라탔다.

가장은 왜 하필 저따위 녀석과 거래한 거지. 거래처 고르는 안목도 가르쳤어야 했는데. 덜 떨어지고, 찌질한 녀석들은 제발 피하라고.

가족은 숙소에 필요한 것을 제공하고, 숙소는 가족에게 지낼 곳을 제공한다.

조가 가족을 유지하는 규칙이었다.

물론 각 가족은 규칙 범위 안에서 가장이 책임지는 거였지만, 이 일을 맡은 가장들은 필요 이상으로 자립심이 강하고, 의욕적이며, 서툴렀다. 인터넷을 타고 다니다 검증도 없이 멋대로 거래처를 골라왔다.

뒤치다꺼리는 질색이었다. 가족이 많으면 만족스러울 줄 알았는데, 아니었다. 덩치만 커버린 짐들을 벗어나, 진정한 안식을 찾아야 했다. 하나뿐인, 진짜 가족 다인과 함께.

그럴 때가 가까워졌고, 마음은 급했다. 계획을 끝내야 했다. 소중한 다인이 여자의 손아귀에 영영 묶이기 전에. 한시라도 빨리. 더 빨리. 곧 모든 것은 잘될 것이다.

딩, 둔탁한 음과 함께 청완의 생각은 멈췄다.

승강기에서 내려 좁고 어두운 복도를 걸었다. 두꺼운 카펫이 소리를 삼켜 오가는 인기척을 지워버렸다. 아무도 살지 않는 무인 공간을 떠가는 것 같았다.

외떨어진 섬처럼, 방에서는 결코 복도의 일을 알 수 없을 것이다. 방에서도 물론이고. 단절된 섬들을 빠르게 지나쳐 그 중 한곳에 마스터키를 가져다대었다.

녹색 방은 사진과 달리 허름했다. 묵은 곰팡이 냄새와 방향제 냄새가 골을 흔들었다. 오래된 때로 더러운 벽과 흠이 난 가구, 화장대 앞에 놓인 안마의자. 기묘하고 생뚱한 조합이었다.

청완은 인상을 쓴 채 방 안을 몇 바퀴 돌았다.

이곳에서 일어났을 일들을 머릿속에 그렸다. 초조하게 기다리는 남자. 노크를 하고, 문이 열리면 겁먹은 표정으로 들어왔을 소녀. 놈은 다급하게 약을 찾았을 거고…….

색색거리는 가쁜 숨소리가 들렸다. 여리고 가냘픈. 움켜쥐면 부서질 것 같은, 마른 잎 같은 소녀의 팔과 다리, 허리와 목. 우악스러운 괴물에게 던져진 어린 희생양.

청완은 안마의자에 비스듬히 기대어 앉아, 아무런 장식이 없는 침대를 바라보았다.

이 방을 거쳐간 아이들은 모두 그의 아이들이었다. 가족을 위해서 일을 하고, 가족을 위해 침대에서 고통을 팔았다. 청완은 자못 미안해졌다.

가족을 유지하는 더 좋은 방법이 있다면 좋았을 텐데. 미안. 그 방법뿐이었어.

그때 침대 옆 벽, 삐뚤빼뚤 나란한 선들이 눈에 들어왔다.

다가가 살펴보니, 허리께보다 조금 더 높은 곳부터 가슴께까지 여러 개의 선들이 짧게 그어져 있었다. 무엇인지 알 만했다. 이 방을 애용한 놈의 기념 표식이었다. 예린이를 데려간.

예린이 사라진 후, 숙소는 가장에게 제 발로 나간 아이를 어쩌라는 거냐고 강짜를 부렸다고 했다. 그리고 가장 녀석은 그 사실을 숨겼다. 조가 알게 될 때까지.

다시금 분노가 밀려왔다. 누구든, 가족을 건드리는 건 용서 못했다. 조의 가족은 조의 것이니까. 놈이 집으로 돌아올 시간이었다.

청완은 표식을 확 찢어발기고 빌어먹을 놈이 있는 곳으로 향했다. 이제 방 안에 놈의 흔적은 없었다.

아이들은 비명을 지르며 도망 다녔다.

형사들은 한 명씩 쫓느라 진땀을 뺐다. 욕실을 잠그고 숨었던 아이들은, 문이 뜯기자 복도를 내달려 직원용 계단의 위와 아래로 닥치는 대로 뛰었다. 이불 속에 웅크리거나, 문 뒤에 숨은 아이들도 있었다.

열리지 않는 창문을 깨보려고 의자를 던지거나, 형사들 사이를 빠져나가며 한없이 복도를 오가기도 했다.

무인모텔 주인 여자는 안절부절못했다.

"얘들이 다 어디서 온 거야!"

철계단 아래 주차장과 빨간 깃발이 휘날리는 옥상, 각 층의 복도에서 십여 명의 아이들을 잡아온 형사들은 녹초가 되어 탄식했다.

형사의 손에서 벗어나려는 아이들은 쉼 없이 깨물고 발버둥쳤다. 하나같이 깡말랐고, 손발을 떨었다.

수십 개의 CCTV에 보란 듯이, 마트에서부터 카트를 끌고 빨래방까지 달렸던 소년은 빈손으로 나와 미용실, 자동차공업사, 건강원을 지났고 거기에서 행방이 끊겼다.

몇 시간 후, 소년은 빨래방을 다시 찾았고 경찰은 흔적을 쫓았다.

무인모텔 앞에 버려진 빨래 수레를 발견하고는 아이다운 무모함에 기가 막혔다. 모텔 입구에는 CCTV가 없었다.

서준은 아이들 속에서 아는 얼굴을 찾아보았다. 연미의 동생은 보이지 않았다.

복도 맨 끄트머리, 아이들이 모여 있던 방을 살폈다.

방은 장기간 거주한 흔적이 뚜렷했다. 기다란 줄에 널린 쿰쿰한 빨래, 쌓아올린 짐 상자들과 겹쳐서 건 옷가지들. 침대에서 바닥까지 질질 끌려 내려온 시트는 누렇게 색이 바랬다.

가까이 다가가자 주름진 시트가 바스락거렸다. 아직, 누군가 있었다.

서준은 시트를 잡아당겼다.

끌려 올라오지 않으려 버티던 시트를 벗겨내자, 침대 밑에 몸을 숨긴 소년이 서준을 올려다보았다. 얼굴만 밖으로 내민 소년은 눈을 껌벅이며 어쩔 줄 몰라 했다. 아이의 옆으로 마트 물건들이 삐져나왔다.

서준은 몸을 숙이고 그것들을 하나씩 꺼냈다.

승호는 잔뜩 겁에 질려서 외쳤다.

"내가 안 그랬어요."

"그래."

"정말이에요."

"믿을게."

"난 집에 안 가요."

"네가 가기 싫다면 보내지 않으마."

"감옥에도 안 가고요."

"잠시 우리랑 같이 가서 몇 가지만 얘기해주면 돼."

"정말이죠?"

"그러니까 이만 일어나자."

"제가 사람을 죽였어도 괜찮아요?"

서준은 멈칫했다.

"사람을 죽였니?"

"아뇨, 안 죽였어요."

"착한 아이구나."

서준은 침대 밑에서 소년을 빼냈다.

승호는 상자 속에 꼭꼭 숨은 어린 형제가 부러웠다.

***

성태는 샤워를 마쳤다. 마지막 순간에 샤워를 하게 해달라는 요구는 인간으로서 최소한의 자존심에서 비롯되었다. 마른 피부에 바디로션을 듬뿍 발랐다. 각질이 허옇게 일어난 채로 모르는 사람들에게 발견되는 건 질색이었다.

깨끗한 속옷으로 갈아입고 머리도 멀끔하게 드라이를 했다. 시간을 끌 만한 건 더 이상 없었다. 자신 안의 짙은 어둠이 끝날 시간이 다가왔다.

"받아 적어."

성태는 줄곧 자신을 지켜보던 남자에게서 종이와 펜을 건네받았다.

햇볕을 가린 창고 안은 어두웠다. 녹색 곤충이 머리 위를 날았다.

이왕이면 글이 길었으면 좋겠다고 생각했다.

울창한 소나무 숲 중턱에 이 집을 마련했을 때, 자연에서 버섯을 채취하며 꿈같은 시간을 즐기는 멋진 전원생활을 바랐다.

평일 낮에는 공단에서 건조기를 제작하고, 밤과 휴일에는 꿈에 빠져서 지냈다. 육체를 떠난 몸이 허공을 날아다니거나, 엄마의 젖을 빨던 어린 시절의 자신을 만나기도 했다. 그러나 몽롱하고 아득한 꿈을 꾸는 동안에도 외로움은 채워지지 않았다. 늘 허기지고 목이 말랐으며, 춥고 무서웠다.

그는 숲 주변의 모텔을 전전하기 시작했다. 더 깊은 쾌락 속으로 도망치기 위해서.

어느 날 여자를 불러달라고 했을 때, 주인은 주문사항을 얘기해 보라고 했다.

"작고, 여린 아이. 그런 애들만이 나를 이해할 수 있어요."

그의 요구를 들은 주인은 피식 웃었다.

기대없이 한 말이었지만, 바람은 쉽게 이뤄졌다. 잠시 후, 문을 열고 어린 소녀가 들어왔다. 그는 주인이 부르는 대로 값을 치렀다.

아이들은 모두 그가 처음은 아니었다. 죄책감 같은 걸 가질 필요는 없었다.

"학교엔 안 가니?"

"안 가요. 아저씨 같은 쌤 있을까 봐."

"가지 마. 거긴 바보들이나 가는 데야."

성태는 가냘픈 소녀들을 사랑했다. 그 아이들과 있으면 자신의 나약한 영혼은 흠이 아니었다. 대화가 잘 통한다고 느꼈고, 그들 중 누군가와 결혼도 하고 싶었다.

유난히 피부가 하얗고 예쁘장하던 소녀는 가장 마음에 들었다.

가느다란 팔로 툭 불거져 나온 무릎을 안고 침대 깊숙이 앉은, 금방이라도 부서질 것 같은 모습을 보자 흥분을 참지 못했다.

침대 위를 기어 소녀의 어깨를 잡았다. 목이 헤진 티셔츠의 성긴 실밥이 두드득 뜯어졌다.

소녀는 미약한 상체에 힘을 주고 고개를 저었다. 얼굴을 덮은 엉킨 머리카락을 쓸어 올렸다. 연약한 목덜미, 깡마른 광대, 소녀는 성태를 똑바로 보았다. 검은 두 눈은 강하고 맑은 빛을 뿜어냈다. 가쁜 숨을 내쉬었지만, 떨지 않았다.

약이 필요했다.

"먹어봐. 기분이 좋아질 거야."

성태는 주머니에서 각설탕을 꺼내 내밀었다. 아이들이 먹기 좋도록, 자신이 만든 꿈꾸는 약을 바른.

어서 소녀와 같이 천국에 가고 싶었다.

소녀는 성태의 손을 툭 쳐냈다. 각설탕이 시트 위에 뒹굴었다.

성태는 소녀와 함께 할 시간이 더 기대됐다. 각설탕을 집어 다시 소녀에게 내밀었다. 소녀의 숨은 더 가빠졌다. 얇은 가슴이 계속 종이 공처럼 부풀어 오르다 가라앉았다.

"뭐라고?"

소녀의 입술이 살짝 움직이자, 성태는 가까이 다가갔다.

꺼억, 꺼억, 힘겨운 숨소리가 귀를 간지럽혔다. 소녀에게서 풍기는 시고 달콤하고 쿰쿰한 냄새에 어질했다. 소녀가 각설탕을 먹든 말든, 더 이상 참을 수 없었다.

성태는 소녀를 침대에 쓰러뜨렸다. 티셔츠는 마저 뜯겼다. 소녀의 목덜미에 얼굴을 파묻고 말라가는 생명을 흠뻑 들이마셨다.

성태의 가슴에서 파닥거리던 마른 손가락이 풀썩, 시트 위로 떨어졌다. 간당거리던 호흡이 마지막 숨을 뱉었다. 귀에 닿은 그 소리는 낮고 희미하지만, 또렷했다.

'죽어버려.'

저주였다. 아마 성태가 잘못 듣지 않았다면, 처음에 소녀가 뱉은 말은 분명 살려주세요…… 였을 거다.

성태는 소녀를 흔들어 깨웠다. 맥이 뛰지 않았다. 자신 때문에 죽은 것은 아니었다. 그저 운수가 나빴을 뿐이다. 하지만 어쨌든 소녀는 자신과 함께 있다가 죽었다.

소녀의 저주가 머릿속을 맴돌고, 두려움이 몰려왔다. 자신의 어둠이 세상에 알려지게 된다면, 쏟아지는 비난을 견뎌낼 자신이 없었다. 이곳은 무인모텔이었다. 소녀를 데리고 몰래 빠져나가는 건 어렵지 않을 터였다.

돌아오는 차 안에서 소녀의 티셔츠가 찢긴 게 눈에 걸렸다. 이성을 잃고 순간적으로 저지른 일이었다. 도중에 만화 캐릭터가 그려진 티셔츠도 하나 샀다.

그는 며칠 동안 집 안에서 자신의 눈에 띄지 않는 곳에 소녀를 두었다. 눈에 보이지 않으면 잊을 수 있었다. 그러나 언제까지나 그럴 수는 없었다.

죽어버려! 소녀의 목소리에 꿈에서 깨어난 성태는 소녀를 신고 정신없이 달렸다.

잠깐이지만 소녀에게 반했고, 사랑에 빠졌다. 그런데 왜 저주를 내린 거지? 나쁜 짓을 할 생각은 없었다. 세상의 모든 나약한 것들은 아름답고 사랑스러웠다. 자신이 그렇게 생각한다는 걸, 소녀도 알아야 했다. 그런데도 저주라니. 억울했다. 소녀가 나빴다. 자신이 만만한 거였다.

성태는 차에서 내려 소녀를 안고 두터운 철벽 사이로 들어가, 절벽 아래로 던졌다. 안녕.

한참 뒤에 아파트 화단에서 소녀가 발견되었다는 뉴스를 보고서야, 일이 잘못되었다는 걸 깨달았다. 그때 성태는 아직 꿈에서 깨어나지 못한 거였다.

'두 소녀의 죽음에 대해 깊이 사죄합니다.'

남자가 시키는 대로 글을 끝낸 성태는 계속 이 문장이 마음에 걸렸다.

두 소녀. 자신이 아는 죽은 소녀는 하나였다. 아무리 생각해도 정정하는 게 옳았다.

그러나 말을 하기도 전에, 하얀 비닐이 머리에 씌워졌다.

성태는 봉지를 벗기려고 바동거렸다. 가죽 허리띠로 단단하게 의자에 묶인 허리는 움직일 수 없었다. 억센 힘이 성태의 두 팔도 팔걸이에 고정시켰다.

봉지 안으로 바람이 들어왔다. 바람에 날리는 꽃가루처럼 나풀대던 푸른 가루는 어느새 마구 휘날렸다. 숨을 들이쉴 때마다, 아무 맛도 없는 가루들이 코와 입으로 쏟아졌다. 즐겨먹던 꿈꾸는 약이었다.

꿈속처럼 몽롱하고 아득한 기분은 잠깐이었다. 쿵, 쿵, 쿵, 쿵 심장이 사정없이 고동치더니 찢어지는 것 같은 날카로운 고통이 찾아왔다.

온몸이 산산 조각나는 것 같았다. 핏줄이 몸 밖으로 튀어나가려

요동쳤다. 피식피식 웃음이 새어 나왔다.

　죽은 소녀와 자신을 거친 수많은 소녀들의 얼굴이 스쳐갔다. 인생에 의미있는 것은 그뿐이었다. 녹색 곤충이 비닐 밖에서 춤을 추었다.

　남자의 이름은 조였다.

11

남동경찰서 형사과는 전쟁터를 방불케 했다. 형사들은 곤충채집
과 화단사건 용의자 검거 이후 한동안 잠잠하길 바랐지만, 고달픈
시간은 끝나지 않았다.

아침 배식 시간, 무인모텔 아이들 중 한 명이 사라진 사실을 뒤늦
게 발견하고는 더 그랬다.

유치장 감시대를 지켰던 경찰관은 곧 죽을 것 같은 얼굴로 CCTV
모니터 옆에 서 있었다.

자신이 꾸벅꾸벅 조는 동안, 아이가 몸을 비틀어 유치장 배식구
를 빠져나와 감시대 책상 아래를 기어가는 장면에서는 녹화기가 고
장 나서 영상이 끊기기를 간절히 바랐다.

다른 아이들은 숨죽인 채 그런 아이를 보고 있었다. 아이가 의자
를 밟고 키보다 높은 창문 환기구에 간신히 기어올라 스테인리스
창살 사이로 나갈 때까지 영상은 계속되었다.

서준은 혼란스러웠다. 갑자기 튀어나온 퍼즐 조각을 어디에 맞춰야 할지 몰랐다.

아이들은 하나같이 조에 대해서 이야기했다. 하지만 조가 누구인지 아는 아이는 없었다.

"조가 우리 집의 주인이에요. 가장은 알아요."

배식구를 나와 사라진 아이는 가장이었다.

모텔 주인 여자도 조에 대해서는 처음 듣는다고 했다. 혼자 무인 모텔을 운영하느라 아이들이 집단 거주한 사실에 대해서는 알지 못했다고 발뺌을 했다. 혹 청소년보호법 위반이 인정되더라도, 기껏해야 벌금에 그칠 것이다.

과연 조는 누구일까. 아이들의 실종과 관련 있을까. 화단사건과는?

조라는 건 이름의 일부일까. 숨겨진 다른 뜻이 있을까. 여자일 수도, 남자일 수도. 아니면 처음부터 가상의 존재는 아니었을까. 가장이라는 아이가 만들어낸.

신입이 생각에 열중해 있는 서준을 불렀다.

"경위님, 결과 나왔습니다."

받아든 결과지는 두 번째 소녀, 연미의 부검결과였다.

분석결과 실로신이 검출됨

서준은 생소한 단어에 고개를 갸웃했다.

"실로신?"

"곰팡이 독인데요, 버섯 같은 데 있는……. 환각작용을 일으킨답니다."

신입이 대답했다.

서준은 책상 위에 아무렇게나 놓인 노란 버섯 다발을 보았다.

가장이 빠져나간 걸 발견한 후 한창 정신없을 때, 피해자의 엄마가 두고 간 거였다.

"이걸로 뭘 알 수 있냐고요?"

자신을 쏘아보던 그녀의 눈빛이 떠올랐다.

피해자 엄마는 두 번째 아이에게서 발견된 곤충이 어디서 묻어왔는지 알면 범인의 단서를 찾을 수 있을 거라고 말했다.

곤충은 환각버섯이 있는 곳에서 모여 있었고, 그렇다면 아마도 범인은 환각버섯과 관련된 자일 것이라고.

버섯을 뜯으러 숲에 다닐 수도, 어쩌면 그곳에서 딸과 아이를 죽였을 수도 있다고.

"숲은 너무 넓어요. 도움이 필요해요."

피해자 엄마가 펼쳐 보인 지형도에는 붉은 동그라미가 여러 개 그려져 있었다. 직접 찾아낸 버섯과 곤충이 있던 장소들이었다.

숲은 넓고, 억측만으로 버섯이 난 곳을 찾아다니기란 난감한 일이었다.

서준은 그녀의 말에 귀 기울일 겨를이 없었다. 머릿속엔 조가 가득했다.

"나중에 확인해보겠습니다. 그런데 이 지도로 뭘 알 수 있습니까?"

"그런건 당신들이 더 잘 알잖아요. 당신들이 해야 할 일이잖아요. 나한테 제발 알려줘요. 이걸로 뭘 알 수 있는지."

그녀는 숲에서 뜯어온 노란 버섯을 서준의 책상 위에 던지듯이 놓고 나갔다.

서준은 아침의 일을 생각하자, 건성으로 대한 것이 미안해졌다.

밑둥이 검푸른색으로 변한 버섯을 조금 깨물어 씹다가 뱉었다. 아무 향도, 맛도 느껴지지 않았다. 상처 난 노란 버섯은 푸른색을 띠었다.

환각버섯. 자연산 환각제. 환각제는 한 번 맛들이면 손을 떼기 어려웠다. 약에 빠져서 살던 녀석들이 법을 피해서 환각버섯을 구할 수도 있었다.

"마약반에……."

"그래서…… 이거 마약반에 요청해서 받은 겁니다."

신입은 서준이 말을 마치기도 전에, 책처럼 두꺼운 서류를 건넸다. 마약사범 리스트였다. 서준은 그런 신입이 기특했다.

신입은 걱정스러운 표정으로 말했다.

"그런데 이걸로 뭘 해야 할지. 해마다 검거된 녀석들이 만 명이 넘습니다."

명단이 너무 많았다. 걸러낼 기준이 필요했다.

환각제. 마약사범. 버섯……. 이걸로 뭘 알 수 있을까. 만일 범인이 중독자라면. 환각버섯을 상습적으로 섭취해야 한다면.

서준은 무언가 번뜩이고 지나갔다.

"버섯은 어떻게 말리지?"

"저희 어머니는 채반에……."

신입은 별 생각 없이 대답했다.

"아니, 대량으로 말려서 보관하는 거 말야."

"버섯은 모르겠지만, 농가에서는 건조기를 사용……."

질문에 대답하던 신입은 무슨 뜻인지 깨닫고 소리쳤다.

"아, 네. 알겠습니다!"

가온지구 외곽은 비닐하우스와 텃밭이 많았다. 농가에 건조기를 설치하는 업체가 인근에 있을 것이다. 어쩌면 화단 CCTV에 등장했던 마크가 그것일 수도 있었다.

신입은 의욕에 차서 물었다.

"경위님, 이거 제가 마저 알아뵈도 되겠습니까?"

'그 아이는 곤충이 태어나면 숲에 놓아줬다고 했어요.'

서준은 피해자 엄마의 말을 떠올렸다.

CCTV 마크, 마약사범, 숲. 세 개가 교차하는 곳에 범인이 있는 것은 아닐까.

퍼즐조각이 조금씩 모이고 있었다.

"숲, 숲과 관련된 주소지부터 확인해봐."

***

자물쇠 아이콘과 함께 대화방이 생성되었다. 가족의 대화방 설정 규칙은 2초였다.

'이 메시지는 2초 뒤 자동 삭제됩니다'

안내문구가 화면에 떴다.

잠시후 메시지가 도착했다.

어디
중앙마트
15분

메시지는 읽는 동시에 지워졌다. 짧은 대화 후, 방이 닫혔다.

정우는 잠시 후면 조를 만날 수 있다는 생각에 마음이 놓였다. 경찰서에 잡혀갈 때부터 조를 만나야 한다는 것 말고는 아무 생각도 나지 않았다.

경찰이 어떻게 알고 무인모텔로 찾아왔는지 도저히 이해되지 않았다. 자신은 가족을 유지하기 위해서 최선을 다했다. 그래도 가장으로서 가족을 지키지 못한 책임을 묻는다면, 무엇이든 해야겠다고 마음먹었다.

대신 지낼 곳이 필요했다. 가족들은 자신의 얼굴 말고는 아는 게 없지만, 그래도 불안했다.

15분 후에 정우는 화장실을 나왔다. 모자를 깊게 눌러쓰고 입구로 이동했다. 누군가 지나갈 때마다 조마조마해하며 고개를 푹 숙였다. 잠시 후 자전거 한 대가 멈춰 섰다.

"저기로!"

정우는 자신을 향해 웃는 조를 보고 깜짝 놀랐다.

자전거는 마트 건너편 체육공원으로 경쾌하게 사라졌다. 조가 사라진 방향으로 정우도 따라 걸어갔다.

공원은 한적했다. 드문드문 운동기구에 올라타서 양팔을 어깨 위로 들어 올리거나, 다리를 앞뒤로 흔드는 사람들이 있었지만 조는 보이지 않았다. 그때 조가 탄 자전거가 휙, 정우 앞을 지나갔다.

정우는 자전거를 쫓았다.

조는 오두막 옆에 자전거를 세우고 올라가 앉았다. 정우도 얼떨떨한 표정으로 따라 들어갔다.

정우는 긴장된 목소리로 가족이 습격 받고 모조리 경찰서로 잡혀간 일을 한참 설명했다.

새벽에 몰래 유치장을 빠져나온 일까지.

형사들이 몇 번씩 조에 대해서 물어도 자신은 아무 말도 안 했다고. 다시 생각해도 심장이 쿵쾅거렸다. 조는 골몰히 생각하는 표정으로 듣기만 했다.

"가족을 지키려면 어떻게 해야 할까?"

정우의 말이 끝나자, 조가 말했다. 정우는 고개를 푹 숙였다.

조는 눈물자국이 남은 정우의 볼을 툭툭 치며 격려했다.

"괜찮아. 넌 최선을 다했어."

그제야 정우는 마음이 조금 편안해졌다.

조는 약간의 돈을 쥐어주며 안전한 곳에서 기다리라고 했다. 곧 연락하겠다고.

"알지? 우린 가족이야."

정우는 고개를 끄덕였다.

"이러고 다니면 더 의심받는 거야."

조는 정우가 눌러쓴 모자를 살짝 위로 들어올렸다.

정우는 조가 준 자전거를 타고 페달을 힘껏 밟았다.

도대체 조는 어떤 사람일까.

정우는 조에 대해 아는 게 없었다. 그저 대단하게만 생각되었다.

여기가 맞나 싶을 때쯤, 내리막길이 나타났다.

정우는 조가 가르쳐준 대로 내리막길을 내달렸다. 다리만 살짝 부러지는 거야. 한 달, 운이 좋으면 두 달은 편하게 숨어서 지낼 수 있어. 아무도 널 찾지 못할 거야.

도로 건너 막다른 벽이 가까워지자 덜컥 겁이 났다. 다른 방법이 있진 않을까. 자전거는 점점 빨라졌다. 정우는 브레이크를 잡았다. 이상했다. 아무것도 잡히지 않았다. 조의 자전거에는 브레이크가 없었다. 앞으로 달리는 것 말고는 어떻게 해야 할지 몰랐다. 다른 방법은 알려주지 않았다. 정우는 그대로 벽에서 튕겨 나왔다. 자전거에서 몸을 빼내려는데, 클랙슨이 찢어지도록 귓전을 때렸다.

***

서준은 자살한 남자를 살폈다.

현장은 온통 푸른 가루로 뒤덮였다. 박달나무 의자에 몸이 묶인 채 쓰러진 남자의 모습은 끔찍했다. 김장 비닐에 에워싸인 남자의 얼굴은 검푸른 칠을 한 밀랍인형 같았다.

표적 잃은 동공과 흰자위, 짧은 머리카락, 코와 귀, 입 속까지도 검푸르렀다.

식도와 위, 폐까지도 푸른 가루로 가득 찼을 것이다. 가죽 띠로 고정한 척추와 손목뼈는 뒤틀렸고, 바닥에 부딪힌 의자의 한쪽 다리와 남자의 목뼈는 부러졌다. 하지만 기이하게도 벌어진 입은 웃고 있었다. 지독한 환각 상태에서 죽음을 맞이했을 것이다.

정성태.

사망한 남자의 이름이었다.

두 번의 마약 전과가 있는 그는 공단에 위치한 농산물 건조기 제조공장 직원이었다. 왕관 모양의 상표를 가진 오성정밀이라는 회사였다.

인가와 떨어진 숲에 집을 구하고 창고를 설치해 자신만의 환각제를 제조했다.

검은 차양막을 내린 비좁은 창고는 거의 제조 농장 수준이었다. 55도로 온도가 설정된 건조기는 버섯을 바싹 말리는 중이었다. 터보팬에서 더운 바람을 내보내는 방식의 어른 키보다 약간 큰 건조기였다.

그 옆에는 나무줄기째 잘라온 버섯들이 층층이 쌓여 있고, 커다란 베자루마다 곱게 간 버섯 분말이 가득 담겨 있었다. 버섯들 주변을 녹색 곤충이 날아다녔다.

서준은 바닥에 뒹구는 송풍기 먼지 주머니를 열었다. 환각버섯 가루가 남아 있었다.

남자는 머리에 쓴 비닐 안에 이걸로 가루를 집어넣었을 것이다. 스스로 선택하기에는 번거로운 방법이었다. 더 쉬운 죽음도 얼마든지 있었을 텐데.

왜 이런 방법을 선택했을까.

"죽음을 즐기고 싶었던 걸까요?"

송풍기를 본 신입이 물었다.

아니, 그런 사람은 없지. 서준은 고개를 저었다.

'두 소녀의 죽음에 대해 깊이 사죄합니다.'

남자의 유서는 이렇게 끝을 맺었다.

현장에서 수집된 증거는 남자의 자백을 뒷받침했다.

건조기 안에서 소녀의 것으로 보이는 단발 길이의 머리카락이 나왔고, 집 앞에 주차된 소나타 트렁크에는 찢어진 티셔츠가 있었다.

건조기에 소녀의 시신을 두었다가 차량에 싣고 하늘마을 화단에 버렸다는 남자의 말 그대로였다.

전방을 응시하며 생각에 골몰하던 서준은 문득 현장 감식반에게 물었다.

"사망자 키가 몇이죠?"

"167입니다."

대답을 들은 서준은 맞은편 벽으로 가까이 다가갔다.

벽에 등을 대고 자신의 정수리 부분에 맞춰 선을 그었다.

거기에는 알 수 없는 선이 하나 그어져 있었다. 원래 있던 선보다 8센티미터 가량 높은 곳에 나란히 새로운 선이 생겼다. 자신의 키는 175센티미터가 조금 넘었다. 그러니까 벽에 그어진 금은, 남자의 키높이였다. 어린아이의 키를 재는 것처럼, 죽은 남자는 자신의 키를 재서 표시한 것이다. 왜 이런 선을 그었을까. 단순한 습관일까. 아니면 어떤 표식일까. 자신의 존재를 벽에 남기고 싶었을까.

밀려오는 질문 속에서 서준은 어두운 창고를 벗어났다. 강한 햇빛이 눈부셨다.

남자는 소녀들을 어디에서 만났을까.

유서에는 왜 그 부분을 적지 않았을까.

두 번째 소녀는 왜 건조하지 않았을까. 덜 당황했기 때문일까.

같은 장소에 버린 건 환각 때문이었을까. 무엇을 놓치고 있는 걸까. 이 남자는 왜 이제야 자백하는 걸까.

그는 의문 가득한 눈으로 외장시 경찰청 형사들과 대화중인 청완을 쳐다보았다.

잠시 후 감식을 마친 수사관에게 DNA 샘플을 따로 요청했다.

***

숲의 밤은 더 깜깜했다. 현지는 길을 잃었다.

휴대폰 불빛에 의지해 발을 디뎠다.

배터리가 얼마 남지 않은 빛은 흐릿했다. 바로 딛어야 할 걸음 외에 그 이상은 보이지 않았다. 올라가는 건지, 내려가는 건지 알 수 없었다. 방향 감각은 모조리 상실되었다. 날카롭게 살아있는 건 청각이었다.

바람이 불고, 이름 모를 곤충이 울고, 나뭇잎이 비벼댔다.

발밑에 작은 돌이 밟히고, 어디선가 물소리가 들렸다.

희미한 불빛이 비추는 길은 두 갈래였다. 어디로 가야 할지 알 수 없었다. 현지는 그 자리에 주저앉았다.

'진범을 찾았습니다.'

조금 전 전화를 받았다. 범인은 서른여섯 살이었고, 숲 반대편에 사는 남자였다.

막연하게 곤충이 있는 곳을 따라가면, 범인을 만나게 될지도 모른다는 생각으로 버섯을 찾아 숲을 헤매던 현지는 할 말을 잃었다.

이렇게 하면 된다는 확신은 없었다. 무엇이든 해야 하니까, 망망대해에서 바늘이라도 건져야 하니까, 진실을 알 수 있을 때까지.

그 이유가 전부였다. 그리고는 함께 나왔던 다인을 놓치고 길을 잃었던 참이었다.

전화를 걸어온 형사는 다음 말을 이었다.

"따님이 있던 곳을 가보시겠습니까."

현지는 숨이 탁 막혔다.

"그곳이…… 어디인가요?"

"숲에 있습니다."

주저하던 형사는 예린이의 행적에 대해 간략하게 말했다.

"딴에는 살기 위한 선택이었나 봅니다. 더 일찍 따님을 찾아드리지 못해 유감입니다."

지금에 와서 아무 소용도 없는 말이었다.

현지는 형사의 사과 같은 건 안중에 없었다. 그가 했던 말, 예린이 남자들과 성을 거래했다는 그 말만이 심장을 꽉 틀어막고 들어앉았다.

휴대폰 불빛이 꺼졌다.

물소리, 숲에서 흐르는 물소리가 계속 현지를 자극했다.

어둠속에 웅크린 현지의 뺨에 주르륵 눈물이 흘러내렸다.

막혔던 눈물이 폭포처럼 터졌다.

한번 터진 눈물은 걷잡을 수 없었다.

으억, 으억. 창자가 뒤틀리며 허리가 끊어질 듯 뜯겨나갔다.

위와 폐, 간과 신장, 모든 장기가 뒤집히고, 틀어지고, 어그러지며 토해낼 수 없는 아픔을 토했다.

너무 많은 숨을 뱉어 호흡은 금방 숨이 넘어갈 것처럼 가빴다. 으아아, 스스로를 찢는 비명이 터져 나왔다.

"아줌마."

다인이었다. 현지를 찾아다닌 다인이 놀라서 숲에 서 있었다.

"어떡해, 우리 예린이, 예린이 불쌍해서 어떡해."

현지는 다인을 부여잡고 소리 높여 울었다. 지금 이 순간, 이 아이가 곁에 있어 다행이었다. 숲의 밤은 너무 깜깜했다.

달큰한 향과 보이지 않는 먼지가 가득한 낡은 창고는 이상한 곳이었다.

불을 밝히는 것은 작은 백열전구 하나가 다였다.

울음을 토해 목이 마르고 갈라진 현지는 입안이 텁텁했다. 작은 알갱이들이 코와 입으로 들어와 몸속을 돌아다니는 것 같았다. 가슴이 답답했다.

그래도 이곳에서 밤을 보내야 했다. 어둠을 더듬으며 또 길을 잃고 싶진 않았다.

"이거요."

다인의 손에는 노란 버섯이 있었다.

현지는 대각선으로 맨 불룩한 가방이 찢겨서 벌어진 걸 깨달았다. 아마도 숲을 헤맬 때 나뭇가지나 돌부리에 걸려서 그랬을 것이다.

눈가가 따끔거렸다. 긴 시간 짠물이 닿지 않은 여린 살에 눈물을 퍼부었으니 짓무른 게 분명했다.

다인은 아무 말 없이 그런 현지를 보고 있었다.

"고마워."

버섯을 받아든 현지는 말했다.

다인의 하얀 얼굴에 쑥스러움이 감돌았다.

누군가 바라보는 것만으로 위로가 될 수도 있다는 걸, 처음 알았다.

조금 진정이 된 현지는 그제야 숲에서 찾은 창고의 모습이 눈에 들어왔다.

지금 앉아 있는 낡은 소파 외에 다른 가구는 없었다. 한쪽에 택배 박스가 모아져 있고, 덩그러니 포대가 있었다.

다인은 상자에서 곰돌이 식판을 찾아 꺼냈다. 그리고는 포대를 벌려 하얀 가루를 식판에 담았다. 현지가 다가가자, 다인이 말했다.

"먹어봐요. 기분이 좋아져요."

손가락으로 찍어 혀에 대본 현지는 바로 뱉어냈다.

달았다. 찌릿할 정도로 단맛이었다.

"설탕이 화약보다 위험하대."

현지가 말했다. 설탕에 졸여진 멸치조림만 먹던 다인이 떠올랐다.

다인은 고개를 갸웃했다.

"예린이를 검사한 의사가 한 말이야……. 어쩌면 예린이를 죽게 만든 건 설탕 같은 걸지도 모르겠다고…… 그렇게 말했었지."

다인의 얼굴이 어두워졌다.

현지는 다인의 머리를 쓰다듬었다.

"걱정하지 마, 괜찮아."

그녀는 조금 더 이야기를 하고 싶었다.

예린이가 나쁜 일을 많이 당했다고…….

천국에서 예린이는 여기를 잊고 싶어 할 것 같다고. 어쩌면 이 엄마까지도…….

다인이 말했다.

"아줌마 딸은 제가 죽였어요."

"아니야, 그놈을 찾았어."

곤충이 다인의 주변으로 모여들었다.

조는 희미한 불빛이 새어나오는 회색지붕의 집을 바라보았다.

유독 긴 여름이 끝나가고 있었다. 이제 그에게 남은 일은 하나뿐이었다.

전에도 산책로 오른쪽 길로 다인과 여자를 따라갔었다. 다인의 녹색 곤충이 바람을 타고 날아왔다. 고약한 녀석이지만, 다인은 여전히 녀석을 반겼다.

숲에서 다인은 예전에 알던 모습 그대로였다. 숲에 있는 모든 것이 다인을 사랑하고 있었다.

여자가 버섯에 정신이 팔려 있는 사이, 다인은 수풀 속으로 들어갔다.

조는 그런 다인을 가만히 따라갔다.

회색지붕의 집에 잠깐 들른 다인은 수풀을 돌아 나오며 꽃을 꺾었다. 황금빛 고운 꽃들이 다인의 손에서 더 밝게 피어났다.

다가가서 말을 걸까 싶었지만 그 모습이 너무 예뻐서 잠시 바라보자고 생각했다. 때론 기다리며 바라보는 게 더 좋을 때도 있으니까.

여자는 다인이 돌아올 때까지 사라진 사실을 몰랐다. 그런 여자에게, 자신 말고는 아무것도 모르는 여자에게 다인은 꽃을 주었다. 여자는 웃었다. 꽃에 얼굴을 파묻고 향기를 맡았다.

안 돼, 가족 말고는 다 네 걸 훔치려는 도둑놈들이야!

조는 빨리 다인을 여자에게서 구해야 했다.

하지만 해가 떠오를 때까지, 여자가 다인과 떨어질 때까지, 조는 기다렸다. 기다렸다. 기다렸다.

서준이 성태를 알아낼 때까지, 양호교사가 자신의 존재를 깨달을 때까지, 엄마가 자신의 고통을 알아볼 때까지, 진짜 가족이 나타날 때까지.

기다릴 줄 아는 것은 규칙이었다.

날은 밝았고, 회색지붕의 집에서 여자가 나왔다.

***

승호는 겁이 나기 시작했다. 경찰 아저씨가 약속을 지킬 것 같지 않았다.

아이들은 한 명씩 집으로 보내졌다. 아침이면 승호의 엄마도 올 것 같았다.

그건 세상에서 가장 무서운 일이었다. 엄마가 우는 것은 죽기보다 싫었다. 울기 시작하면, 학원과 학습지, 개인교습으로 채워진 끔찍한 10분 단위 생활시간표를 견뎌야 했다. 눈 뜰 때부터 잠자리에 들 때까지 승호가 자유롭게 사용할 수 있는 10분은 없었다.

집에 가지 않을 방도를 찾아야 했다. 승호는 비밀을 털어놓기로 했다. 철문을 잡고 흔들며 경찰 아저씨를 목청껏 불렀다.

형사과에서 서준이 달려왔다.

서준은 철창을 열고 아이를 자리로 데려갔다. 서랍에서 묵은 사탕을 몇 개 꺼냈다.

승호는 입술을 깨물며 안절부절못했다. 눈 껌벅거림도 더 심했다.

"할 말이 있니?"

승호가 대답했다.

"난 집에 안 가요."

"그건 엄마랑 의논해보는 게 좋을 것 같다."

"약속이 다르잖아요."

"네가 싫다면 보내지 않을게. 대신 엄마를 만난 후에."

승호는 마침내 용기를 내었다.

"난…… 난 사람을 죽였어요."

"그런 적 없다고 했잖아."

승호는 애원하듯이 말했다.

"아니에요, 내가 죽였어요. 그러니까 엄마를 부르지 말아요."

승호는 간직했던 비밀을 털어놓았다.

천국 같은 집에서 조가 사라진 후, 며칠 동안 기다리던 승호는 직접 조를 찾아 나섰다. 막연히 숲을 뒤졌고, 마을로 내려가 조와 비슷한 뒷모습을 보면 달려갔다.

또래를 붙잡고 조를 아는지 물어보기도 했다. 조는 없었다. 승호를 보는 사람들의 눈은 차가웠다. 다정한 조가 그리웠다. 혼자서는 너무 심심했다.

회색지붕 집에서 챙겨 나온 식사는 다 떨어졌고, 여름이어도 밤은 추웠다. 밤거리를 헤매다가 튼튼한 벽과 지붕이 있는 공사장으로 들어갔다. 멋진 곳이었다.

어디선가 노랫소리가 들렸다. 벌꿀 냄새도 났다. 무당벌레처럼 귀엽고 예쁘게 생긴 누나였다.

승호는 누나에게 다가갔다. 누나는 도망쳤고, 재미있는 놀이라고 생각한 승호는 뒤를 쫓았다. 다다다다닥, 손바닥으로 벽을 두드렸다. 누나가 부르던 노래의 장단이었다.

누나는 신이 나서 숨을 헐떡거렸다. 승호는 더 열심히 쫓았다. 너무 열심히 쫓은 나머지 그만 바닥 턱에 발이 걸려 넘어져버렸다. 다시 일어났을 때 누나는 바닥에 쓰러져 있었다.

승호는 누나를 흔들었다. 누나는 심하게 몸을 떨었다. 승호가 외치는 소리는 듣지 못했다. 울다가, 웃다가, 울다가, 웃었다. 엄마, 하고 말하고는 영영 잠이 들었다.

자신이 겁을 줘서 누나는 죽은 것이다. 너무 무서웠다.

자박자박 발소리가 들렸다. 검은 어둠이 망토처럼 길게 드리운 아저씨였다. 아저씨는 모든 것을 다 알고 있다는 듯이 천천히 승호에게 다가왔다. 언제부터 보고 있었던 걸까.

겁이 난 승호는 먼저 고백했다.

"예쁜 누나를 죽게 했어요."

"괜찮아, 아무도 모를 거야."

조처럼 다정한 목소리였다.

"갈 곳이 없어?"

"아니에요, 난 조를 찾는 거예요."

아저씨는 조를 알고 있었다.

조를 만나고 싶으면 성처럼 생긴 무인모텔로 가라고 일러주었다.

"그 아저씨 얼굴은 기억나니?"

승호는 고개를 저었다.

"깜깜했어요."

승호는 잘못을 털어놓고는 고개를 들지 못했다.

이제 혼나는 일만 남았다. 그래도 엄마만 오지 않는다면 견딜 수 있었다. 아까부터 참았던 사탕을 집었다. 사탕이 좀 더 많다면 혼나더라도 더 잘 견딜 텐데.

형사 아저씨가 빼낸 서랍 속을 기웃거렸다.

서준은 머릿속이 삐걱거렸다. 그 남자는 누굴까. 죽은 정성태일까. 어떻게 조를 아는 걸까. 이 아이에게 조에 대해 물어봐야 했다.

그때 승호가 외쳤다.

"조!"

서준은 승호를 돌아보았다.

"지금 뭐라고 그랬니?"

"조!"

승호가 보고 있는 곳을 쳐다본 서준은 동공이 커졌다.

***

현지는 정신을 차렸다. 어디인지 알 수 없는 곳에 갇혀 있었다. 금속 재질의 커다란 상자였다. 마치 관 속에 서 있는 것 같았다.

입은 테이프로 막혔고, 팔과 다리도 움직일 수 없게 감겼다. 꼬물거리는 애벌레처럼.

현지는 어깨로 상자 벽을 때렸다. 텅, 텅, 텅, 둔탁한 쇳소리가 상자 안을 돌다가 사라졌다. 눈높이에 난 동그란 유리창으로 누군가 얼굴을 들이밀었다.

유리의 굴절 때문에 일그러진 얼굴은 무슨 말을 하는 듯했다.

텅, 텅, 텅, 현지는 더 세게 벽에 부딪혔다. 상자의 문이 열렸다. 아는 얼굴이 서 있었다. 3년 전, 예린이를 담당한 형사였다. 지난 밤 전화했던. 따님이 있던 곳을 가보시겠습니까. 그렇게 말했던가…….

현지는 테이프에 봉해진 입으로 도와달라고 웅웅거렸다.

상자에서 나오려고 팔과 다리가 고정된 몸을 앞으로 튕겼다. 균

형을 잡지 못해 시멘트 바닥에 그대로 쓰러졌다.

허리를 뒤틀며 뒹구는 현지의 가슴팍을 형사, 청완이 밟아 눌렀다. 눈앞에 다인의 에메랄드가 날아다녔다. 썩은 소나무향이 났다.

"사는 거 참 벌레 같죠?"

청완이 말했다.

현지는 발밑에서 고개를 들고 허리 아래를 구부렸다. 허공으로 묶인 다리를 힘껏 차올려 몸을 틀고 간신히 발밑을 빠져나왔다. 몸에 앞뒤로 반동을 주어 창고문을 향해 기었다. 청완은 웃었다. 현지의 머리와 어깨, 등과 허리, 온몸을 사정없이 짓밟았다.

"사람들 참 이기적이야. 자기 말고는 관심을 안 가져요."

청완은 현지를 안아 올렸다.

"아니면, 너무 많거나. 그렇죠?"

현지의 커다란 눈에 의문이 가득했다. 왜 이러는지 이유를 짐작할 수 없었다.

청완은 건조기에 현지를 밀어넣고 말했다.

"이건 조가 주는 선물이에요. 딸이 거기 있었거든요."

현지의 눈시울이 붉게 충혈되었다.

여기? 이 상자에? 당신이 그랬어? 내 딸을, 당신이 데려가서 가뒀어? 답답한 웅웅거림이 현지에게서 마구 울려 나왔다.

청완은 건조기의 문을 걸어 잠궜다.

60도에 온도를 맞추고 시작 버튼을 누르자, 터보팬이 더운 바람을 일으켰다.

여자는 이곳에서 온몸이 마를 것이다. 그 전에 꺼내서 딸 옆으로 편안히 보내주지.

걱정하지 마, 곤충으로 다시 태어날 테니까.

여자가 사라지고 다인만 돌아오면, 이제 완벽한 엔딩이었다.

서준은 숲을 달렸다. 피해자 엄마는 연락이 되지 않았다. 아파트도 비어 있었다.

모텔 아이가 조라고 외치며 가리킨 서랍 속 사진은, 이다인이었다.

아이들이 모여 만든 가족의 주인이라는 조.

모텔 아이는 조를 숲에서 만났다고 했다. 자신은 그곳의 가장이었다고.

이다인이 다른 아이들의 실종에 대한 것도 알고 있을까. 하지만 지금 달리는 것은 그 때문만은 아니었다.

'드디어 끝났네요.'

정성태의 시신이 발견되기 직전, 국립생물자원관 연구원은 소녀에게서 발견된 곤충의 장에 있던 내용물 DNA 분석을 끝냈다고 연락했다.

그녀는 검사의 증인 심문을 두고 여전히 분통을 터트렸다.

"정작 중요한 건 하나도 묻지 않더군요."

박사는 분석결과, 녹색 곤충의 장에서 소녀의 DNA는 나오지 않았다고 말했다. 소녀의 시신을 먹고 자랐다는 검사의 상상은 완벽하게 틀렸다고.

"하지만 정말 사람을 먹었을 수는 있어요."

"무슨 말씀입니까?"

"두번째 곤충의 장에서는 남자의 DNA가 나왔거든요."

서준은 누군가 소녀를 죽이면서 곤충에게 물리는 장면을 떠올렸다. 처음 이다인을 제보했던 동대표도 곤충에게 물렸다고 했다.

"건드리면 성질이 고약해지는 아이예요. 형사분들 중에 누가 먹히신 건 아니죠?"

박사는 자신의 농담이 마음에 들었는지 유쾌하게 웃었다.

모텔 아이의 이야기를 들은 서준은 계속 박사의 말이 떠올랐다.

곤충의 장에 있던 DNA는 정성태의 것이 아니었다. 그렇다면 누구의 것일까. 소녀가 쓰러진 것을 발견한 아이에게 나타난 남자는 누구였을까.

그 남자가 소녀를 죽인 것은 아닐까. 소녀를 죽인 후에 정성태에게 덮어 씌운 걸까. 그 정도로 대범하고 잔혹한······.

형사분들 중에 누가 먹히신 건 아니죠?
여성청소년과에서 가끔 오셨는데 요즘은 바쁘신가 봐요.
경찰에 알렸겠죠. 그게 저희 의무인걸요.
죽기엔 너무 아까웠어요. 잘 좀 부탁해요.

여러 개의 과녁을 뚫고 지나가는 화살처럼, 그동안의 수사 내용이 뇌리를 관통했다.

만약 이예린과 아이들의 실종을 가출로 종결하고, 행방불명된 아이들의 실종접수를 보고하지 않고, 아이들을 데려가고 죽인 게 모두 한 사람이라면······.

과하지만 불가능한 추측은 아니었다. 그게 맞다면, 이다인, 이청완, 조. 이 셋은 대체 어떤 관계일까.

서준은 나음 오솔길로 빠르게 내달렸다.

현지는 더운 바람에 숨이 막혔다.

질식할 만큼 뜨거운 바람이 아닌, 의식은 남긴 채 서서히 수분을 빼앗는, 조금씩 숨통을 조이는, 무서운 바람이었다.

이대로 말라버리는 걸까. 딸이 이곳에 있었다는 사실에, 짓밟힌 몸의 고통은 느껴지지 않았다. 얼마나 무서웠을까. 놈이 밖에 있을까. 대체 정체가 뭘까. 그게 무엇이든, 알아내야 했다.

현지는 끊임없이 어깨로 벽을 울리며, 다른 누군가 소리를 듣고 달려오기를 간절히 기다렸다. 하지만 소리는 점차 약해졌다. 올 사람은 없었다.

순간 고요가 찾아왔다. 시끄럽게 더운 바람을 쏟아내던 팬이 멈췄다.

철커덕, 잠금장치가 풀리더니 거짓말처럼 문이 열렸다.

현지는 또 바닥에 쓰러졌다.

누군가 다가와 현지의 입을 봉한 테이프를 뜯었다.

현지는 서늘하게 느껴지는 한여름의 공기를 허겁지겁 들이켰다. 몸 안에 산소가 돌면서 흐릿하던 의식이 또렷해졌다. 눈앞에 보이는 얼굴은, 다인이었다.

기적과 같은 일이었다.

"여기 어떻게 찾아왔니?"

"버섯을 따라왔어요."

다인은 현지의, 옆이 터진 가방을 가리켰다.

현지는 무언가 뭉글거리며 따뜻한 것이 올라왔다.

다인은 있는 힘을 다해 현지의 팔과 다리를 동여맨 테이프를 뜯어내고, 피가 잘 돌도록 주물러주었다. 현지는 창고 안을 살피며 서둘러 말했다.

"여기서 나가자. 조라는 사람이……."

"조!"

다인은 현지 뒤로 다가오는 청완을 보고 외쳤다.

현지는 놀라서 다인과 청완 둘을 동시에 쳐다보았다.

다인은 예상치 못한 상황에 당황했다.

"다인, 곧 너에게 가려고 했는데. 기다리지 않고."

"조가 그런 거야?"

"조, 그게 나였던가?"

다인은 기세등등하게 서 있는 청완을 보며, 이해 가지 않는 상황이 하나하나 이해가기 시작했다. 놀라서 섬광처럼 번뜩이던 눈은, 차분한 빛으로 가라앉았다.

"조, 아줌마는 보내줘. 우린 가족이잖아."

"……."

"가족이니까! 너를 구하려고!"

"가족이니까 이러지 않아도 돼. 아줌마를 나쁘게 하면 난 영영 못 돌아갈 거야."

다인은 건조기 안으로 한 발씩 뒷걸음쳤다. 버튼을 누르고, 팬을 켰다.

건조기의 열린 문으로 더운 바람이 쏟아져 나왔다.

창고 안 베자루에 있던 푸른 가루들이 허공에 휘날렸다.

다인의 에메랄드와 푸른 가루가 마구 섞였다. 다인은 말린 버섯을 잔뜩 움켜쥐고 건조기 안으로 들어가 문을 닫았다. 그보다 빠르게 청완이 달려왔다.

청완은 다인의 두 팔을 잡고 뒤로 꺾었다.

"알겠어. 그만해."

바동거리는 다인의 손에서 버섯을 쏟아내고, 현지에게 말했다.

"그거 알아? 네 딸을 데려간 건 다인이었어."

현지는 무슨 말인지 몰라 다인을 보았다.

미안해요, 다인은 눈으로 말했다.

청완의 테이저건이 현지를 쓰러뜨렸다.

하얀 스파크가 허공에 불꽃을 피우다 사그라졌다.

조는 다인의 손을 잡아끌고 숲을 달렸다.

잔뜩 약이 올랐다. 아니, 머리끝까지 화가 났다. 다인이 그 여자 때문에 사라지려고 하다니.

여자를 죽이지 않은 것은 잘한 일일까. 하지만 지금 다인보다 소중한 건 없었다.

무성한 솔잎들 사이로 햇볕이 내리쬐었다. 덥지만 건조한 바람이 불었다. 떠나기엔 좋은 날이었다. 조는 스스로를 달랬다. 자신의 손에는 다인이 있었다. 그래, 그것으로 충분하다.

게다가 다인은 조를 잊지 않았다. 조가 말했다.

"다인, 다른 녀석이 너보고 조라던데?"

다인은 대답 대신, 물었다.

"곤충은 설탕을 먹고 죽지 않아."

"무슨 말이야?"

"예린이는 설탕 때문에 죽었다고 했어."

조는 빙긋 웃었다.

"그 말을 믿어? 그 애는 약쟁이 녀석이 죽인 거야."

"조가 예린이한테 나쁜 일을 시켰어?"

"……."

"다른 아이도 조가 죽였어?"

조는 달리기를 멈추고, 다인을 마주보며 양 어깨를 잡았다.

"다 네가 했던 일들이잖아. 잊었어?"

인상을 찌푸린 조는 다인의 손을 다시 거칠게 잡아끌었다.

다인의 눈은 벼랑 속으로 떨어졌다.

어둡고 추운, 바닥이 나타나지 않는 벼랑······.

거리에선 언제나 설탕을 곤충과 나눠먹었다. 둘 다 배를 채울 방법은 그것뿐이었다.

하지만 설탕을 먹는 게 좋았다. 곤충도 설탕을 좋아했다. 한 입 가득 입에 넣으면, 따뜻한 봄햇살, 빙글빙글 돌아가는 관람차, 멋진 갈기를 휘날리며 마차를 끄는 갈색 말, 아빠가 사주던 솜사탕이 생각났다.

그때 엄마는 환하게 웃었다.

동생은 녹아서 끈끈해진 솜사탕이 묻은 손으로 아빠을 안고 깔깔거렸다. 곤충들과 설탕을 먹을 때마다 행복했던 그때로 함께 돌아갔다.

처음 조를 찾아갔을 때, 가족들은 곤충만큼 설탕을 좋아했다.

조는 말했다.

"네 설탕을 아이들에게 계속 나눠줄래?"

가족을 위해 설탕만큼 값싸고 좋은 건 없다고.

행복했다. 가족이 생겨서, 가족을 위해 할 수 있는 일이 있어서.

조는 곤충을 아껴줬다. 가족들에게도 말했다. 다인만큼 다인의 곤충도 사랑스러워.

그리고는 이렇게 말했다. 같이 더 많은 가족을 만들자.

기쁜 일이었다. 갈 곳이 없는 아이들을 만나면 데려왔다. 가족이 하나 둘 늘었다.

"다인, 이건 가족을 위해서야. 함께 살려면 이 방법밖에는 없어."

아이들에게 나쁜 일을 시킬 때마다, 조는 말했다.

정말일까. 이 방법밖에는 없을까. 아냐, 조는 거짓말을 하지 않아.

예린이를 집에 보내주기로 약속한 직후였다. 조는 가방을 부탁했다.

"이걸 전해주기만 하면 돼."

조가 알려준 주소를 어렵게 찾아 벨을 눌렀다. 미로처럼 복잡한 아파트였다.

아무리 벨을 눌러도 대답이 없었다.

사랑하는 조가 부탁한 거니까 꼭 전해줘야 하는데.

문을 두드렸다. 슬며시 문이 밀렸다.

살짝 겁이 났지만 안으로 들어가 주인을 불렀다.

"계세요?"

순간 멈칫했다. 핏자국이었다.

신발장에서 윤이 나는 마루를 지나 대리석 식탁까지 길게 끌린 핏자국의 끝에는 아줌마가 쓰러져 있었다. 본 적이 있는 아줌마였다. 가족 중 한 명의 선생님.

가족의 집을 찾아와, 너도 같이 지내는 아이냐고 물었던.

심장이 멎는 것 같았다.

아줌마를 일으키려 했지만, 손에 피만 더 묻어났다.

벌게진 손이 괴물 같았다. 얼굴이 축축했다. 땀을 닦은 얼굴도 덕지덕지 벌겋게 물들었다.

'무슨 일이 생기면 아무것도 하지 말고 바로 나와.'

조의 말이 떠올랐다. 곧바로 일어났다.

그때 가냘픈 숨소리가 들렸다. 살아있었다. 손가락이 약하게 꿈틀거렸다.

조의 말은 어기면 안 돼.

가족의 규칙이 떠올랐다. 아니, 사실은 겁이 나서 도망친 거였다. 미로 같은 아파트를 달리고 또 달렸다. 어느새 나타난 경찰들이 자신을 잡았다.

조가 준 가방에는 아줌마의 드라이버가 들어 있었다.

아줌마는 죽었다고 했다. 자신이 죽였다고.

도망치지 않았다면 살릴 수 있었을 텐데. 말할 수 없이 미안하고, 후회됐다.

저벅저벅, 귀에 익은 걸음이 들렸다.

경찰서 철창 사이로, 조가 다가와 속삭였다.

"괜찮아, 알지! 넌 감옥에 안 가!"

탕!

총소리가 울렸다.

"멈춰!"

놀란 다인이 풀 위에 넘어졌다.

청완은 뒤를 돌아보았다. 애송이. 서준이었다.

30미터 떨어진 곳에서 이쪽을 겨누고 있었다.

첫발은 공포였다. 두 번째는 실탄이 날아들 거였다.

너한테 그런 배짱이 있어? 정말 쏠 수 있어?

손 봐 주기엔 좋은 날이었다. 겁많은 꼬맹이의 가면을 벗기고 어른이 뭔지 가르쳐줄 때였다. 여자 대신 서준도 나쁘지 않았다. 아니, 어떤 면에서는 더 좋았다.

탕!

청완도 허공을 향해 공포를 쏘았다. 잘 보라고, 이런 게 어른이야.

자신을 겨누는 서준을 보며 어깨를 으쓱거렸다. 게임은 공평하게! 이제 조건은 같았다. 그 역시 다음 발은 실탄이었다.

숲은 몸을 가릴 곳이 많았다. 청완은 자신 앞에 엎어진 다인을 내려다 보았다.

순간 다인의 목에 팔뚝을 걸고 잡아당겨 앞으로 세웠다.

실핏줄이 선 관자놀이에 잽싸게 총구를 가져다댔다.

서준의 한쪽 다리가 옆으로 살짝 미끄러지는 게 보였다. 긴장한 거였다. 청완은 씨익 웃더니 다인을 잡아끌고 달렸다. 저만치 바로 회색지붕의 집이 있었다.

애송이의 총은 아직 거리가 멀었다. 3인치 38구경 리볼버에게는……

서준은 호흡을 골랐다. 허벅지에 피로가 느껴졌다. 등줄기에 땀이 흘렀다. 폴로티를 벗어던지고, 얇은 면티셔츠만 남겼다. 피해자 엄마는 여전히 전화가 꺼져 있었다. 무슨 일이 일어나고 있는 게 틀림없었다.

다른 사람이라면 쇼핑을 갔거나, 친구를 만나거나, 여행을 갔다고 생각할 수도 있는 일이었다. 하지만 그녀는 아직 진범을 찾겠다고 숲을 헤매고 다녔다.

어딘가에서 위협을 당하는 걸까. 그렇다면 조일까. 청완일까. 아니면 또다른 인물일까.

소나무는 터널처럼 끝도 없이 뻗어 있었다. 메아리처럼 사람의 말소리가 울려왔다. 반대 방향이었다.

소리는 빠르게 다가왔다. 서준은 오른쪽으로 확 꺾어서 재빨리 수풀에 몸을 숨겼다.

달려오는 것은, 청완과 조였다.

불길했다. 둘이 같이 있는 건 좋지 않았다. 조는 피해자 엄마와 있어야 하는데.

여자는 어디에 있는 거지. 조는 청완에게 잡혀서 거의 끌려가다시피 했다.

"조가 예린이한테 나쁜 일을 시켰어?"

"……."

"다른 아이도 조가 죽였어?"

조가 청완에게 말했다. 조가 청완을 조라고 불렀다.

머리가 또다시 뒤엉켰다. 두 사람이 달려온 곳은 정성태의 집 쪽이었다.

여자가 그곳에 있을까. 어쩌면, 죽은 걸까. 서준은 멀어지는 두 사람을 보았다.

소나무 터널은 한동안 외길이었다. 둘이 달리는 건, 혼자보다 느렸다. 더군다나 소년을 데리고 간다면. 확인한 후에 쫓아도 따라잡을 수 있을 터였다.

그곳에 여자가 있다면, 아직 살아있다면 엉킨 실타래를 풀 수 있을 것이다.

심장이 아까보다 더 빠르게 뛰었다. 허벅지에 더 강하게 힘이 들어갔다.

조는 회색지붕의 문을 걸어 잠갔다.

창을 깨 구멍을 내고, 파란 천 아래로 총구를 내밀었다.

서준이 다가오고 있었다. 숨이 차서 헉헉대는 다인을 안아 창문 앞으로 세웠다.

"괜찮아, 다인. 저놈은 내가 널 쏠 줄 알 거야."

다인은 고개를 돌려 조를 보았다. 땀이 찬 안경이 흘러내렸다.

조는 안경을 벗었다. 넓적한 광대, 뾰족한 턱. 날카로운 눈. 다인이 아는 얼굴. 사마귀. 다른 어른들처럼 조도 사마귀였다. 이미 알고 있었고, 전보다 더 무서워졌다. 안경은 맑게 닦였고, 날카로운 눈은 유리알 속에 숨었다.

애송이, 거기서 맞출 수 있겠어? 조금 더 가까이 와.

서준은 회색지붕의 집에서 20미터 가량 떨어져 있었다.

조는 파란 천을 뜯어내고, 조심스럽게 다가오는 서준을 향해 외쳤다.

"애송이, 가까이오지 그래?"

서준의 총이 조를 겨눴다.

탕!

서준의 5미터 전방, 조가 쏜 실탄이 땅에 부딪혀 튀었다.

"거기까지 와. 그래야 대화가 되지. 안 그래?"

유리창에 부딪힌 조의 목소리가 회색지붕의 집에 울렸다.

다인은 창으로 쏟아지는 햇살 속에서 춤추는 먼지를 보았다.

하얀 나비 같은. 수많은 나비가 내려앉는 곳에, 택배 상자와 설탕 포대와 자신의 소망이 있었다.

또 다른 조의 가족을 만들고 싶었는데.

나쁜 짓을 하지 않아도 되는, 가족.

조는 다인의 관자놀이에 다시 총구를 대고, 서준을 부르며 고개를 까닥거렸다.

모든 총을 장전된 것처럼 다루어라

파괴하려는 대상이 아닌 것에는 절대 총을 겨누지 마라

발사하기 전까지 손가락을 방아쇠에 걸지 마라

사격 전에 목표물의 앞과 뒤를 살펴라

모든 총기 사용의 절대적인 안전 수칙이었다.

하지만 목표물 앞에 인질이 있고, 그곳을 향해 방아쇠에 손을 걸고 겨누고 있었다. 자신은 지금 수칙의 대부분을 어기고 있었다. 징계감이군. 실없는 생각이 스쳤다.

서준은 몰아치는 생각을 떨쳐내려 애썼다. 총을 든 순간, 목표물에만 집중해야 했다.

가까이 오라는 건, 어쩌면 자신이 없어서일 수도 있었다. 지금 이 거리에서는, 정확한 사격이 쉽지 않았다. 더구나 단발 명중은.

인질의 머리에 총을 겨누고 있는 한, 쏠 수 있는 건 단 한 발뿐이었다. 그 한 발로 끝내야 했다. 하지만 유리창이 너무 뿌옜다.

서준은 청완이 원하는 곳까지 조금씩 앞으로 나아갔다. 회색지붕의 집까지 15미터 거리로…….

조는 다인의 어깨에 고개를 묻고 말했다.

"금방 끝날 거야. 아무도 모르는 곳에 가자. 거기서 새로 시작하는 거야. 우리만의, 진짜 가족."

다인은 아무 말 없이 뿌연 창밖만 바라보았다.

서준이 실탄이 튀긴 곳까지 다가왔다.

"누가 그러던데, 경찰은 총알보다 강하다고."

조가 외쳤다.

서준은 말을 아꼈다.

꾸준히 사격을 하지 않으면, 손이 떨리고 호흡이 거칠어 실력이 떨어졌다. 조의 호흡이 거친 게 느껴졌다. 그립을 잡은 오른손을 감싸쥔 왼손을 서서히 떼었다.

총을 든 오른팔을 앞으로 쭉 뻗었다.

호흡을 고르고, 숨을 멈췄다. 미세하게 떨리는 근육의 경련을 진정시켰다.

유리창 너머 청완에게만 모든 신경을 집중시켰다. 그의 시계는 현미경처럼 좁아졌다.

조는 상체를 앞으로 조금 숙이고, 한쪽 발을 뒤로 뺐다.

다인의 관자놀이에서 서준에게로 총구를 옮겼다.

애송이, 너무 멀어.

조는 서준이 한 발밖에 쏘지 못한다는 걸 잘 알았다. 그에게는 네 발의 실탄이 있었다. 애송이를 혼내주기에는 충분했다.

떨림과 두려움이 무겁게 다인을 짓눌렀다. 이대로 사라질 수만 있다면…… 영원히…….

순간 다인의 눈이 커졌다. 뿌연 유리창 밖으로 저만치 현지가 달려오고 있었다.

아줌마…….

어둠 속에서 울던 아줌마가 떠올랐다. 자기 때문에 예린이는 나쁜 일을 당했다. 아줌마는 목숨을 잃을 뻔했다. 자신은 아마, 평생 조를 떠날 수 없을 것이다.

창고 안에 달큰한 향이 가득했다. 햇살 속에 하얀 나비 같은 먼지들이 수없이 떠다녔고, 목이 콱콱 막혔다.

조의 손끝에서 튀기던 강렬한 스파크와 푸른 가루가 만들어낸 불꽃…….

아줌마가 했던 말.

'설탕은 화약보다 위험해.'

다인은 조의 허리춤에 있는 테이저건을 보았다.

에메랄드가 부르는 소리가 들렸다. 이제 변신을 해야 했다. 아직 때가 되지 않았지만.

탕!

서준의 권총이 청완을 향해 격발했다.

탕! 탕! 탕! 탕!

조의 총도 서준을 향해 격발했다. 그가 쏜 것은 모두 세 발이었다.

집 안에서 조의 테이저건이 튀긴 하얀 스파크가 허공을 날았다.

격발된 총과 테이저건.

그 중에 무엇 때문인지는 알 수 없었다. 공중에 떠다니는 수많은 하얀 나비들이 일제히 솟아올랐다. 맹렬한 폭발음이 들리고, 불꽃들이 산산이 날아갔다.

회색지붕의 집에 불길이 치솟았다.

현지는 불길을 향해 달렸다.

학처럼 날개를 뻗은 커다란 숲 여기저기에서 다인의 에메랄드가 불길로 날아들었다.

하늘은 온통 녹색빛으로 뒤덮였다. 얇은 날개를 부딪히는 소리가 사방에 꽉 찼다.

"우린 아빠를 만나러 갈 거야."

다인은 꿈결처럼 엄마의 목소리를 들었다.

함박눈이 내리는 성탄이브 저녁, 엄마는 달콤한 시럽을 주었다.

다인도 아빠가 그리웠지만, 엄마와 더 오래, 살고 싶었다.

"엄마, 날 버리지 마."

엄마는 싫다고 매달리는 다인을 안고 울었다.

다인도 울었다. 그렇게 울다가 잠이 들었다. 그리고 눈을 떴을 때, 엄마와 동생은 돌아오지 못했다.

이제 친구들처럼, 에메랄드빛 날개를 달고 엄마와 동생을 만나러 갈 것이다.

그곳에는 윤수와 가족이었던 예린과 다른 아이들이 기다릴 터였다.

조와 사마귀 같은 어른들은 없을 것이다.

12

"체력단련장에서 체력 단련은 안 합니까?"

신입은 물티슈로 책상을 닦으며 볼멘소리를 했다. 운동기구가 모두 빠진 휑한 공간에 책상과 파티션이 들어찼다.

"막내! 우리가 여기서 체력 단련할 시간이 어딨어?"

앞머리가 벗겨진 경사는 신입의 정수리를 문질렀다.

신입은 경사가 돌아서자 물티슈로 슬쩍 정수리를 닦았다. 맞은편 여민주 팀장이 그 모습을 보고 미소 지었다.

경사는 출입문의 체력단련장 팻말 위에 '합동수사본부' 출력지를 덧붙였다. 사라진 아이들을 찾기 위해 중앙시경찰청 여성청소년과, 남동경찰서 여성청소년과, 형사과로 구성된 합수본이었다.

합동점검으로 발견된 23명과 아직 사라진 것조차 발견되지 않은 수많은 아이들이 그 대상이었다. 중앙시뿐만 아니라 전국 경찰망과 공조하기로 했다.

서준은 국과수에서 보낸 결과지를 펼쳤다. 책상에는 벌써 서류가 한가득이었다.

'DNA 분석결과 추출된 두 개의 샘플은 일치함'

두번째 소녀에게서 발견된 곤충의 장에 남아 있던 내용물 DNA와 이청완의 DNA를 분석한 결과였다. 이청완이 소녀를 살해했고, 그때 곤충에게 물렸을 거라는 가정이 사실로 확인되었다. 짐작했지만, 쓸쓸했다.

"곤충과 닮았네요."

국립생물자원관 연구원이 조에 대해 듣고 나서 한 말이었다.

"딱정벌레가 그렇거든요. 흙구덩이에 하나씩 알을 떨어뜨리고, 알아서 살도록 하죠."

박사 말처럼, 조가 한 일은 곤충의 그것과 같은 건지도 몰랐다.

그동안 조는 수많은 가족을 만들었지만 서로 단절되어 있었고, 어느 곳에 얼마만큼 가족을 만들었는지 본인 말고는 몰랐다.

조라고 불렸던 이청완의 죽음이 알려진 뒤, 몇몇 아이들은 먼저 연락을 해오기도 했다. 지금은 그 아이들의 증언이 유일한 실마리였다.

"한 가지 다른 점은 있어요."

박사는 이렇게도 말했다.

"곤충이 알을 두고 떠난다고 해서, 아무 흙구덩이에나 버려두고 가는 건 아니에요. 습도, 온도, 바람, 먹이…… 알에서 깨어난 새끼가 자랄 수 있는 가장 좋은 장소를 찾아서 두는 거죠. 엄마가 없어도 살아갈 수 있도록. 곤충도, 사람도 처음부터 혼자 살 수 있는 건 아니지 않을까요."

서준은 그 말을 계속 생각했다.

촉촉하게 적신 톱밥처럼 누군가는 물을 주어야 했다. 엄마가 아닌 그 누구라도.

"손님 오셨어요."

여민주 팀장이 서준의 책상을 톡톡 두드렸다. 출입문에 현지가 서 있었다.

서준은 가볍게 목례를 했다. 그는 여민주 팀장에게 물었다.

"지금 아이는 어디 있습니까?"

"상담실에요."

서준은 현지를 민원실 2층에 있는 피해자상담실로 안내했다. 가는 동안 둘은 별반 말이 없었다. 상담관 한 명이 상담실을 지켰다.

"안에 있나요?"

"네."

서준은 상담실 문을 두드렸다.

예린이 또래의 여자아이가 문을 열었다.

현지를 보자 쑥스러운 얼굴로 인사했다.

서준은 간략하게 만남을 주선한 이유를 설명했다.

"따님과 비슷한 시기에 실종되었던 아이입니다. 꼭 뵙고 싶다고 해서 연락드렸습니다."

현지는 소녀와 단 둘이 남았다. 소녀의 이름은 유선혜였다. 예린보다 한 살 많았고, 엄마와 함께 정착한 새터민이라고 했다.

"예린이는 저보다 두 달 늦게 왔지만, 금방 가족이 되었어요."

선혜는 담담하게 예린에 대해 말했다. 현지는 묵묵하게 들었다.

고요한 상담실은 선혜의 소리만 흘렀다.

"예린이 진짜 이름은 나중에 알았어요. 우리는 별이라고 불렀어요. 서로 다 별명을 썼거든요. 우리 가족의 가장은 다인 오빠였어요. 모두 열두 명이었는데, 대부분 갈 곳이 없어 헤매다가 오빠를 만나서 오게 되었어요. 별이…… 예린이도 마찬가지였고요. 두 사람은 금방 친해져서, 예린이를 샘내는 아이들이 많았어요. 오빠가 인기가 있었거든요. 둘이 나중에 결혼하냐고 놀리기도 하고요. 근데 얼마 지나지 않아서 예린이는 집에 가고 싶다고 했어요. 엄마한테 돌아가야겠다고요. 다인 오빠한테도 울면서 이야기하는 걸 봤는데, 나중에 좋아하면서 오더라고요. 오빠가 조아저씨에게 '집에 데려다줄 거지?' 하고 묻는 걸 들었다면서. 조아저씨는 오빠하고만 말을 했거든요. 그때 전 집에 가고 싶지 않았기 때문에, 예린이를 이해하진 못했어요. 하지만 이별식도 하고 나중에 보기로 약속도 했어요. 그런데 며칠 뒤에 갑자기 전부 다른 집으로 이사했어요. 다인 오빠도 보지 못했고요. 우리 중에 한 아이가 새로운 가장이 되었고, 그 애는 우리를 무섭게 대했어요. 가족을 버리고 떠나는 건 용납할 수 없다면서요. 나중에 들었는데, 예린이한테는 엄마를 가만두지 않겠다고 겁도 줬대요. 그때부터 우리는 정해진 규칙에 따라서 일을 했어요. 여자애들은……."

선혜가 말을 잇지 못했다. 현지는 선혜의 손을 꼭 잡았다.

"그만해도 돼."

선혜는 고개를 저었다.

"아니에요, 다 말씀드려야 돼요."

울컥하는 감정을 진정시키고 계속 얘기를 이었다.

"우리는 정해진 일을 했는데, 한 번은 예린이가 순찰차가 보이자 도와달라며 막 뛰어갔어요. 경찰 아저씨한테 말하면 엄마한테는 나쁜 짓을 못 할 거라고 생각했대요. 그것 때문에 예린이는 사흘 동안 갇혀 있었어요. 저는 그만 포기하라고 말했어요. 여기가 우리 집이라고. 돌아갈 수 없다고. 하지만 예린이는 달랐어요. 자기는 엄마를 지킬 수 있을 만큼 어른이 되면 꼭 돌아갈거래요. 그리고는 일을 할 때마다 종이에 적었어요. 저한테도 적으라고 했어요. 그래야 돌아가고 싶을 때 살 수 있다고. 나중엔 다른 아이들도 적었어요."

선혜는 책상 아래 두었던 종이가방에서 집게로 모아둔 것을 꺼냈다. 화장지, 광고지, 과자봉지 같은 것이 책상에 잔뜩 올라왔다.

"우리가 그동안 적은 거예요."

선혜는 꺼낸 것을 하나하나 펼쳐 보였다.

구겨지고 지저분한 종이마다 날짜, 시간, 장소, 그밖에 기억해야할 것들이 빼곡하게 적혀 있었다. 종이마다 적은 펜도 제각각이었다. 어떤 것은 연필로, 어떤 것은 사인펜으로, 또 어떤 것은 못 같은 걸로 꾹꾹 눌러서 자국을 내기도 했다. 현지는 그것들을 차마 읽어 내려가지 못했다.

**

여름과 가을의 경계에서 폭우가 쏟아졌다. 야박했던 하늘이 아껴둔 비를 한꺼번에 내리는 듯했다. 눅눅한 공기가 집 안을 떠돌았다.

거실 바닥에 누운 현지는 베란다 창을 때리는 빗줄기의 리듬을 느끼며 눈을 감았다.

시간이 멈추고, 태아로 돌아가는 기분이었다. 그렇게 며칠을 꼼짝없이, 깊게 흙구덩이를 파고 들어가 스스로를 견디는 번데기처럼 어둠 속에 파묻혀 시간을 보냈다.

빗소리가 거세질수록, 그녀는 고요해졌다.

마침내 비가 그쳤다. 현지는 집 밖을 나섰다. 시리도록 푸른 하늘이 그녀를 맞았다. 늘 다니던 아파트 산책로에서 머뭇하다 걸음을 돌려 인공분수와 커뮤니티센터를 지나 일주문으로 나왔다.

간이출입구가 아닌 중앙로를 통해 정문으로 나온 것은 3년 만이었다. 횡단보도를 건너 출퇴근마다 타고 내리던 버스 정류장에 멈췄다.

정류장 벤치 뒤에는 약 10미터 길이의 화단이 있었다. 현지는 무심하게 화단의 우거진 녹색 중 한곳에 시선을 주었다.

아! 현지는 자신도 모르게 작은 탄성을 냈다. 작은 깻잎 모양의 잎사귀 여기저기 앙증맞고 동그란 구멍이 있었다. 애벌레가 갉아먹은 흔적이었다.

이끌리듯 가까이 다가가 잎사귀를 들추었다. 헨젤과 그레텔의 빵부스러기처럼, 동그란 구멍이 계속 눈에 들어와 현지를 떠나지 못하게 했다.

다인은 잎사귀를 먹는 곤충들은 대부분 잎의 뒷면에서 사랑을 나누고, 알을 낳고, 또 애벌레로 모여 산다고 했었다. 그동안은 한 번도 이 잎사귀들을 눈여겨본 적이 없었다.

버스를 타고 가는 동안, 너울진 가로수가 나란히 손을 내밀었다.

현지는 홀린 듯이 끊어질 듯 이어지는 나무들의 기다란 행렬을 바라보았다.

어느새 내려야 할 정류장에 도착했다.

나무 사이로 난 흙길을 지나 돌계단을 올랐다. 계단 꼭대기, 깔끔한 기와지붕 건물 오른쪽 네 번째 방. 검은 대리석의 벽에 걸린 수

많은 사진들 사이에서 딸 예린이 훤히게 웃었다.

긴 시간을 보내지는 않았다. 사진 속이 아닌, 딸이 정말 있는 곳이 어디인지 알 것 같았다.

건물 출입구로 나오자, 납골당을 감싸고 있는 숲이 한눈에 들어왔다. 숲은 겹겹이 파도처럼 멀리 뻗어갔다.

저 커다란 숲, 저 많은 나무.

'어디든 곤충이 있어요.'

다인 말이 맞았다. 현지가 사는 세계 곳곳은 곤충으로 가득 차 있었다. 자신이 보지 못한 곳에서 그들은 살아가기 위해 힘겹게 싸우고 있었다. 마치 다인과 사라진 아이들처럼. 그리고 예린이처럼.

어디든 곤충이 있다는 걸 깨닫는다면, 세상은 혼자가 아니었다. 미안해……. 눈물이 차올랐다, 아프고 따뜻한.

두 달 만에 재개된 공판을 방청하러 온 사람들은 많았다.

303호 법정 앞 대기석에서 웃음이 터졌다.

"정말 그랬어요?"

"네, 맘마마마맘, 자기한테는 꼭 그렇게 밥 달라는 것처럼 들린다더라고요. 바쁘다니까 아예 매미 소리를 녹음해서 줬어요. 어떻게 들리는지 꼭 얘기해달라고."

"적극적인 모습이 예쁘네요."

"맞아요. 사랑스러운 아이였어요."

현지는 그들과 눈을 맞추며 웃었다. 이렇게 사람들과 예린이 이야기를 나눌 때면 딸이 곁에 있는 것 같았다.

"엄마, 내 얘기좀 그만해. 창피해 죽겠어."

아마 듣고 있다가 이렇게 핀잔을 줄지도 모를 일이었다. 그래도
괜찮았다. 현지는 슬픔을 드러내는 게 더 이상 두렵지 않았다. 단단
한 껍질 안에 가두고 참아 내거나 삼켜버리지도 않았다. 예린이 얼
마나 사랑스럽고 예쁜 딸이었는지, 만나는 사람마다 자랑스럽게 이
야기했다.

공판 시간이 가까워졌다. 사람들은 일어나 법정으로 움직였다.

현지는 피고석이 잘 보이도록 맨 오른쪽 앞 열에 앉았다. 재판석
은 여전히 높았고, 샹들리에도 같은 자리에서 흔들렸다. 검사가 먼
저 도착했고, 곧이어 변호인이 도착했다.

사람들은 새로 재판부를 맡게 된 재판장이 어떤 사람일지 궁금해
했다. 현지가 궁금한 건, 법정 안에는 왜 곤충이 없을까 하는 거였
다. 어쩌면 곤충에게는 너무 추운 곳일지도 몰랐다.

몇 시간 같은 몇 분이 지나고, 오른쪽 출입문이 열렸다. 경위가 들
어오고, 그 뒤로 푸른 수감복의 하얀 얼굴이 들어왔다.

아직 화상이 아물지 않은 얼굴은 여전히 수척했지만, 맑았다. 지
금 이 순간, 가장 반가운 얼굴이었다. 현지는 다가가 가만히 안았다.

"네 친구들은 왜 불길 속으로 날아가니?"

"타버린 나무에 알을 낳기 위해서요."

언젠가 다인과 나누었던 대화가 에메랄드빛으로 허공을 맴돌았다.

이 소설은 정부희 고려대 한국곤충연구소 연구교수의 책과 강의에 많은 도움을 얻었습니다. 바쁜 연구 중에 시간 내주시고 격려해주신 박사님께 깊은 감사를 드립니다.

2018년 4월 작가 장민혜